마탄의 **사수**

마탄의 사수 52

ⓒ 이수백, 2017

발행일 2021년 9월 6일 초판 1쇄 2021년 9월 13일 | **발행인** 김명국 | **책임 편집** 황수민 | **제작** 최은선 | **발행처** 주식회사 인타임 출판 등록 107-88-06434(2013년 11월 11일) **주소** 서울시 구로구 디지털로 1길 38-21 이앤씨벤처드림타워 3차 405호 전화 070-7732-6293 팩스 02-855-4572 이메일 in-time@nate.com | ISBN 979-11-03-31873-4 (04810) 979-11-03-31704-1 (세트) | 이 책은 주식회사 인타임이 저작권자와의 계약에 따라 발행한 것이므로 내용의 전부 또는 일부를 사용하려면 반드시 양측의 동의를 받으셔야 합니다. 잘못된 책은 구매처에서 바꿔 드립니다.

마탄의 사수

이수백 게임판타지 장편소설

52

INTIME GAME FANTASY STORY

Der Freischutz Musketeer

INTIME

차례

Geschoss 1.   7

Geschoss 2.   43

Geschoss 3.   75

Geschoss 4.   109

Geschoss 5.   143

Geschoss 6.   173

Geschoss 7.   205

Geschoss 8.   239

Geschoss 9.   277

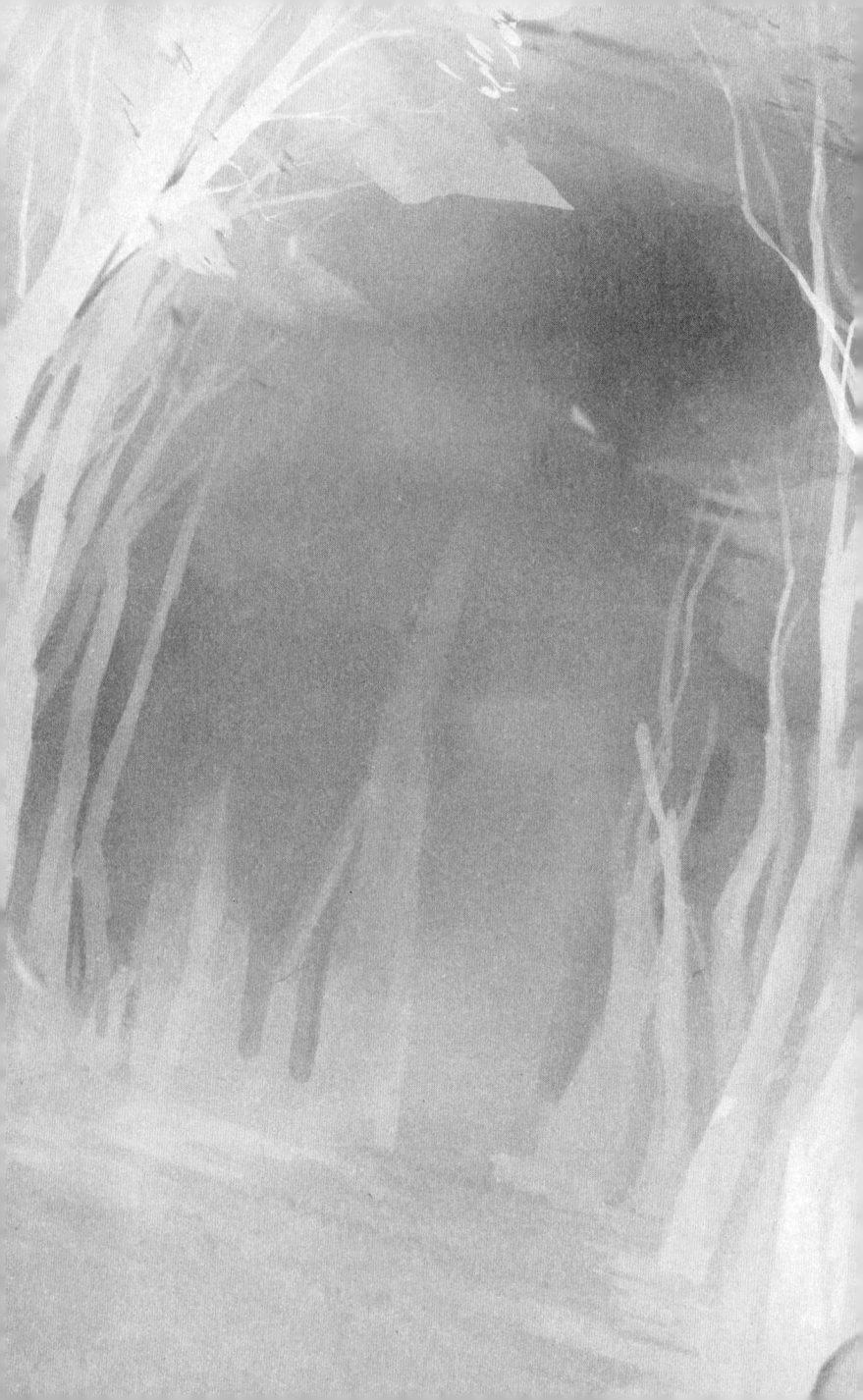

투콰아아아────……!

총성이 울림과 동시에 이하의 얼굴도 일그러졌다.

"후우…… 역시 그때는 우연이었나."

탄환은 노렸던 표적에서 한참이나 벗어난 상태였다.

"그래도 나아지고 있잖아요."

"블라우그룬 씨가 너무 매몰차게 해서 그래요. 좀 봐주면서 하지."

"봐, 봐드리면 연습이 되지 않는다고 하셔서─."

당황한 블라우그룬의 모습을 보며 이하는 웃었다.

"농담이에요. 도와주는 것만도 고맙죠."

다만 평소의 즐거운 기분은 아니었다.

이제 에얼쾨니히의 침공까지 남은 시간은 30일. 현실 시간

으론 고작 6일이 남았다는 뜻이다.

'근데 아직도 이 정도 실력밖에 안 되다니…….'

마음 편히 웃을 수 있을 리가 없었다.

D-day를 알게 된 후 이하는 수면까지 줄여 가며 연습에 매진하고 있었다. 하지만 아직 한 번도 제대로 만족스러운 성과가 나오지는 않았다.

"그래도 멈춰 있는 물체는 거의 성공하시잖아요."

"그런 거야 별 의미도 없죠. 몬스터들이 멈춰 있을 가능성은 없으니까요."

"그건 그렇습니다. 제가 〈패럴라이즈〉라도 걸어야 할까요?"

"하핫, 그거야말로 딜레마 아니겠어요? 보통 몬스터라면 제가 굳이 이런 짓을 하지 않아도 되니 패럴라이즈가 필요 없고, 정작 필요한 대상들에겐 블라우그룬 씨의 마법도 통하지 않을 테니까요."

이하는 힘없이 웃었다.

상대방을 마비시키는 스킬을 걸어 움직임을 봉쇄한다면 이하는 스킬을 활용할 수 있다.

그러나 어차피 멈춰 있다면 굳이 스킬을 쓸 필요도 없는 데다, 애당초 블라우그룬의 스킬로 완전히 멈춰 세울 수 있을 정도의 몬스터라면 그냥 블라우그룬의 공격용 마법으로 태워 버리면 그만이다.

반대로 일반 몬스터를 넘어선 개체라면?

"그렇죠. 마왕의 조각 녀석들에겐 제 마법이 안 통하니까."

블라우그룬의 눈썹이 축 처지는 것을 보며 이하는 재빨리 입을 열었다.

"그, 그래도 블라우그룬 씨가 도움이 안 된다는 말은 아니잖아요! 제 말 무슨 뜻인지 알죠? 항상 얼마나 고맙게 생각하는데요."

"근데 이번엔 정말 별로 도움도 안 되는 것 같아요."

"아냐, 아냐! 진짜 크게 도움받고 있어요! 환영 생성해서 타깃 만들어 주는 것만도 얼마나 대단한데!"

"……그런가요?"

이하거 블라우그룬을 보며 엄지를 치켜들었다.

침울에 빠진 그의 표정이 펴지는 것을 보고서야 이하는 안도의 한숨을 쉴 수 있었다.

그리고 자책했다.

'내가 과제를 못 푼다고 블라우그룬 씨한테 짜증을 낼 필요는 없지. 침착하자.'

오직 선의로만 자신을 대하는 파트너에게 조급함을 드러낼 필요는 없다.

"후우우우…… 어려우니까 과제라고 부르는 거겠죠?"

"네?"

"흐흐, 이 정도로 어렵지 않으면 애초에 엘리자베스 선배가 전부 해결했겠지."

천하의 엘리자베스도 해결하지 못한 문제다.

'과거와 현재 그리고 미래.'

방아쇠를 당기는 시점과 탄환이 날아가는 순간, 그리고 도달하는 시점의 시간차를 없애야 한다.

그런 문제를 쉽게 해결할 수 있었다면 애당초 과제로 남겨두지도 않았으리라.

'하지만 나는 엘리자베스와 다르지. 과제 해결의 실마리는 찾았잖아? 아니, 엄밀히 말하면 성공한 것과 마찬가지야. 다만 너무 과학 실험과 같은 상황에서 성공했을 뿐.'

이제 이론적으로 성공시킨 것을 현실에 적용만 하면 된다.

이런 실험(?)은 이하 자신에게 익숙한 것이지 않은가.

'단순히 멈춘 타깃을 맞추기 위해 훈련했던 것과…… 나름대로 실전이라고 할 수 있는 KCTC에서 움직이는 대항군들을 노렸던 건 확실히 달랐어. 그 감각일 뿐이야. 그 정도의 차이밖에 안 된다.'

물론 실제로는 그렇지 않다.

단순히 저격하는 것보다 훨씬 큰 차이가 있다는 것을 이하는 알고 있다. 그럼에도 이하는 의식적으로 생각을 지웠다.

보다 단순하게, 보다 간소하게.

자신이 할 일을 쉽다고 여기며 좌절하지 않는 게 '도전'을 계속할 수 있는 원동력이 된다는 걸 알고 있었기 때문이다.

'실패해도 좋아. 해내지 못해도 할 수 없지.'

설혹 에얼퀴니히의 침공 때까지 과제를 풀지 못하더라도, 지금 하는 노력은 분명 도움이 될 것이다.

이하는 친구 창을 열었다.

루거와 키드뿐만이 아니라, 자신의 친구 목록에 등록된 유저들 전원이 접속한 상태였다.

그들 모두가 로페 대륙의 곳곳에서 자신의 역할을 다하고 있을 것이다.

지금은 그것으로 충분하다.

모두와 함께한다는 즐거움이 이하의 기분을 반짝이게 만들었다.

"자! 다시! 다시 하죠!"

갑작스레 쾌활해진 이하를 보며 블라우그룬은 고개를 갸웃거렸으나, 곧 그럴 정신도 없어졌다.

"알겠습니다. 그럼— 잠깐! 고양이! 그쪽으로 가지 마!"

여전히 아무런 능력도 보이지 못한 에르빈의 고양이가 허공을 거닐고 있었다.

블라우그룬의 레어에서 총성은 끊이질 않았다.

그것은 이하의 레어에서도 마찬가지였다.

이하의 레어를 지키는 가디언, 영령 늑대는 피수호자의 명령을 충실히 이행하는 중이었다.

"이런 빌어먹을! 도대체 이 셰끼는 어떻게 해낸 거야!? 다들 일어서! 할 일이 태산이라고!"

그럴수록 이하의 레어에선 누군가의 투덜거리는 소리가 우렁차게 퍼졌다.

"몸은 괜찮습니까."

"나쁘지 않네."

알렉산더의 물음에 바하무트는 가볍게 웃는 것으로 화답했다. 그러나 그는 말과 달리 좋은 기색은 아니었다.

"⋯⋯이전만큼은 회복되지 않았으니 주의해야 하오, 로드."

에얼쾨니히를 막으며 받은 상처는 아직 완전한 회복을 하지 못할 정도로 대단한 것이었다.

"물론입니다, 베일리푸스 님."

바하무트에 모인 거의 모든 메탈 드래곤들이 걱정하는 눈빛으로 그를 바라보고 있었다.

"인간 녀석들의 말대로라면 이제 고작 15일 남았어요. 이번엔 레와 피로트-코크리 그리고 마왕까지 오는데⋯⋯. 로드께서 회복하시지 못하신다면 저는 로드의 곁에 남겠습니다."

젤레자는 말했다.

베일리푸스는 잠시 한숨을 내쉬었을 뿐, 그녀를 적극적으로 말리지 못했다.

에얼쾨니히의 침공에 대비하여 메탈 드래곤들은 어떻게 움직여야 하는가?

이제 15일 남짓이면 로페 대륙에 피바람이 불어닥칠 것이다.

인간의 대표로 이 자리에 참석한 알렉산더 또한 머릿속이 복잡하기 이를 데 없었다.

에얼쾨니히의 침공을 막는 건 굉장히 어려울 것이다.

다른 퀘스트와 달리 명확하게 주어진 힌트나 답안이 없다. 대부분의 유저들이 곤란해하고 고민하는 부분도 바로 그러한 점 때문이었다.

그러나 메탈 드래곤들이 느끼는 불안과 공포는 유저들이 생각하는 것보다 훨씬 심각했다.

젤레자가 바하무트의 곁에 남겠다고 말하는 것 또한 그러한 발상의 연장선에 있었다.

"그럴 필요 없다, 젤레자야."

"아뇨! 이번만큼은 로드의 뜻에 따를 수 없어요. 지난번에야, 로드께서 무사히 퇴각하신다면 놈들이 쫓아올 여력이 없었지만, 이번은 그게 아니잖아요."

"내 마나 운용이 녀석들에게 추적당할 것 같으냐."

"피로트-코크리는 못 하겠지만⋯⋯ 레, 아니, 레가 안 되더라도⋯⋯."

에얼쾨니히는 할 수 있지 않을까?

바하무트가 전투 일선에 나서지 않아도 바하무트를 홀로 내버려 두었다간 마왕의 조각이나 일부 전력이 우회하여 바하무트를 공격하려 할지 모른다.

마왕 입장에서 지금 로페 대륙을 통틀어 가장 성가신 존재는 바하무트와 교황, 둘이라는 건 너무나 당연한 사실일 테니까.

"그래서 교우에게 집합을 부탁했소."

따라서 그에 대한 방비를 〈신성 연합〉 측에서 정리하지 못했을 리가 없다.

라르크와 람화연의 두뇌 시너지는 상상을 초월할 정도였다.

거기에, 이제 모든 준비가 끝난 로페 대륙에서 전투를 치른다면?

에즈웬 교국은 로페 대륙의 서쪽 해안에서 그리 멀지 않다.

마왕의 침공이 개시되어 방어선이 뚫리게 된다면 가장 먼저 점령당할 지역이라고 봐야 한다.

이미 교황청의 모든 주요 자산은 퓌비엘과 미니스로 옮겨 놓았다.

교황은 스스로 교황청을 떠나지 않겠다 밝혔기에 강제로 이주시키진 못했지만, 사실상 에즈웬 교국은 이제 '상징성'을 제외하고는 아무것도 남지 않은 상태였다.

그렇다면 바하무트는?

"네가…… 베일리푸스 님께 부탁했다고?"

"그렇소. 로드 바하무트는 무엇보다 중요하지만 젤레자, 당신이 남아 있다 한들 로드를 지킬 수는 없소."

"너—."

"젤레자야, 들어 보자꾸나."

젤레자는 당장이라도 알렉산더의 목을 베어 버리겠다는 듯 눈을 부라렸지만, 바하무트에 의해 저지당했다.

젤레자의 눈빛이 사나워졌다.

하지만 곧 주먹의 힘을 풀 수밖에 없었다. 그녀의 눈동자는 알렉산더와 베일리푸스의 손을 훑었기 때문이다.

'이미' 창을 쥐고 있는 랭킹 1위와, '벌써' 마나 캐스팅을 끝낸 골드 드래곤. 그들을 동시에 상대하는 건 젤레자로서도 불가능하다.

알렉산더는 잠시 주변의 드래곤들을 바라보았다.

지금 젤레자가 보인 반응은 오히려 애교였다. 지금부터 드래곤들이 보일 반응에 비하면.

'하지만 이것이 나의 할 일……'

〈신성 연합〉에서는 이미 모든 이야기가 나왔다.

바하무트가 추적당할 수 있다면, 그를 바하무트의 레어에 그대로 두어서는 안 된다.

그렇다고 메탈 드래곤들을 바하무트 곁에만 둘 수는 없다.

메탈 드래곤이 없는 전장의 전력 약화는 불 보듯 뻔한 것이기 때문이다.

인간으로 텔레포트하여 다른 수도에 숨는 것도 의미가 없다.

이미 전대 삼총사의 공격을 통해, 추격이 된 대상에 대한 그들의 공격이 얼마나 집요한지 충분히 경험을 해 봤다.

어차피 로페 대륙에 있어야 한다면 바하무트의 마나는 분명 추적이 될 테고, 추적된다면 마왕의 조각 또는 마왕이 바하무트부터 처리하러 나설 테니까.

'추적이 될 거란 가정하에, 추적된 직후 함부로 움직일 수 없는 곳으로……'

바하무트를 데려다 놓으면 된다.

문제는 메탈 드래곤 전원을 설득해야 한다는 점. 그리고 바하무트가 교황 이상으로 고집불통이라는 점이다.

알렉산더는 〈신성 연합〉에게서 부탁받은 자신의 임무를 되뇌다 피식 웃었다.

"왜 웃지?"

"아니, 아무것도 아니오. 내 일이 끝나고…… 내 '바통'을 이어 갈 남자를 생각하니 웃음이 나는군."

이건 오히려 쉬운 일이 될 것이다.

더욱 힘든 임무를 처리해야 할 유저가 있다. 그를 위해서라도 자신이 이 임무를 최대한 **빠르게** 끝내야 한다.

알렉산더는 결국 〈신성 연합〉에게서 부탁받은 말을 꺼내어 들었다.

"로드 바하무트의 거처를 옮기자는 게 나와 교우의 의견이오."

 베일리푸스는 특별히 의견을 더하지 않았다.

 이번 일에서만큼은 메탈 드래곤에서도 발언권이 큰 자신이 나설 일이 아니라는 판단이었다.

 그런 말을 할 수 있는 건 오직 인간뿐이었다.

 "어디로?"

 젤레자의 물음에, 알렉산더가 답했다.

 현시점에서 바하무트를 가장 안전하게 모실 수 있는 곳.

 로페 대륙을 양분하고 있는 드래곤들의 수장이 함께한다면, 제아무리 마왕의 조각이라도 함부로 움직일 수 없으리라.

 "컬러 드래곤의 거처."

 콰아아아아앙—!

 젤레자는 바하무트 레어의 석재 테이블을 강하게 내리쳤다. 그러거나 말거나 알렉산더는 특유는 나직한 어투로 할 말을 끝냈다.

 "정확히는 컬러 드래곤의 장로와 함께 계시는 것을 건의하오."

 "베일리푸스 님! 지금 이게 무슨 말입니까!"

 "로드, 설마 이런 안건을 받아들인 것은 아니겠지요!"

 화가 난 것은 그녀만이 아니었다.

 알렉산더의 예상처럼 메탈 드래곤들은 모두 강하게 반발했다.

알렉산더의 파트너인 베일리푸스와 이번 안건을 미리 들었던 바하무트만이 조용히 있을 뿐이었다.

"그들과의 합의는 상호 불가침이 전부였습니다! 베일리푸스 님과 블라우그룬이 녀석들의 거처 인근에서 문제가 터졌을 때 도와준 것 정도로, 그들에게 로드의 안전을 맡기자는 것은 매우 불성실한 책임 전가이자, 불분명한 희망 사항일 뿐이요!"

"그렇습니다. 가증스러운 블랙 드래곤을 몰아내는 와중에 의미 없는 소모전을 그만 두자는 의미에서 합의를 했다는 것이지, 그 조약을 기반으로 로드께서 은신하러 가시기에는 부족함이 크다고 생각되는―."

"가능하오."

알렉산더는 무거운 침묵으로 메탈 드래곤들의 분노를 눌렀다.

그들의 말처럼 사소한 전투를 예방하는 차원에서 이루어진 협약이, 메탈 드래곤과 컬러 드래곤 사이의 깊은 골을 메울 수 없다는 건 그도 알고 있었다.

언데드 브라운의 문제에 일부 도운 것에 대한 요구로 요청할 수 없음도 알고 있다.

"가능? 가능은 하겠지! 이건 굴욕이야! 우리 메탈 드래곤의 긍지가 영원히 컬러 드래곤들의 아래에 들어가는―."

"아니, 그런 굴욕적인 조건이 아니라도 충분히 가능할 것으로 추정되오."

알렉산더의 목소리에는 자신이 있었다.

"우리에겐 그가 있으니까."

별다른 설명을 덧붙이지도 않았다. 그러나 '그'라는 단어에 이미 대부분의 메탈 드래곤들의 표정이 바뀌기 시작했다.

뛰어난 AI인 그들은 역시 일반적인 NPC들보다 훨씬 빠른 사고의 흐름을 지니고 있었다.

가장 먼저 자리에서 일어난 것은 아르젠마트였다.

"'그'라…… 로드, 그렇다면 나는 반대하지 않습니다. 할 일이 있어서 이만."

그는 바하무트에게 인사를 올리곤 곧장 텔레포트했다. 기타 드래곤들은 아르젠마트의 재빠른 반응에 잠시 어안이 벙벙해졌다.

유일하게 젤레자만이 아르젠마트를 바라보지도 않고 있었다.

그러나 알렉산더는 자신을 바라보는 젤레자의 눈빛에 힘이 많이 빠졌음을 알아챘다.

"그 녀석이! 그 녀석이 대체 뭐라고……."

바하무트를 제외한다면 그 어떤 드래곤에게도 굴복하려 하지 않는 왈가닥 스틸 드래곤이지만, 그녀 또한 쌓은 업적을 쉽게 폄훼하진 못했다.

"젤레자, 너 또한 그와 함께한 나날들이 있으니 알 것이다. 단순히 그의 능력만을 말함이 아니다. 그는 메탈과 컬러의 오랜 싸움을 중재한 자. 인간으로 태어난 메탈 드래곤이자 동시에 컬러 드래곤에게 인정받은 인간이지."

베일리푸스가 알렉산더를, 하이하를, 람화정을 인정한 것과 같다.

드래곤이 인정하기에 충분한 능력을 지니고 있다면 어쩔 수 없는 것이다.

베일리푸스의 뒤를 이어 알렉산더가 첨언했다.

"그는 이미 이 상황을 대비하고 있었습니다."

"뭐? 어떻게 그럴 수가 있지? 에얼쾨니히의 침공을 알고 있었단 말인가?"

젤라자가 소리치자 다른 메탈 드래곤이 거들었다.

"하이하의 능력에 대해서라면 이견이 없습니다만, 그것은 너무 억지가 아닙니까."

"아니, 에얼쾨니히의 침공에 대한 게 아니오."

알렉산더는 재미있다는 생각을 하며 주위를 둘러봤다. 그는 정말 이런 것까지 생각을 했던 것일까?

"그가 중재안에 삽입해 둔 문구는 하나뿐입니다."

〈신성 연합〉에서 기본적인 계획이 수립된 이후, 그들은 이하와도 접촉했었다.

바하무트를 컬러 드래곤에게 맡길 수 있느냐.

그 작전이 가져올 효과와 함께 작전 실행의 어려움에 대해 막 설파하려는 찰나, 블라우그룬과 함께 있던 이하는 말했다.

―어? 되죠, 되죠. 안 그래도 나는 컬러 드래곤들이랑 같이 싸우려고 했는데?

―어, 어떻게? 하이하 씨가 아무리 앞을 내다본다 해도 그런 협조까지 받아 놨을 것 같지는―.

―아니, 그게 아니라. 예전에 메탈과 컬러 사이에서 중재안을 짤 때…… 제가 중간책을 맡았거든요. 아마 바하무트 님을 제외하면 다른 드래곤들도 몰랐을 거예요. 알렉산더 씨도 모를 만하죠. 베일리푸스 님도 그렇고…… 합의문 전체 내용은 본 적이 없었으니까.

알렉산더와 베일리푸스는 알 수 없었지만 하이하와 블라우그룬은 알고 있던 사실.

중간 다리 역할을 하며 컬러 드래곤의 장로와 메탈 드래곤의 수장의 의견을 끊임없이 조율하던 이하이기에 알 수 있는 조항!

―그, 그래서요?

―그때 한 줄 슬쩍 추가했었죠.
―한 줄?
―흐흐, 지금 생각하면 굳이 조건을 달지 말 걸 그랬어. 그랬다면 기브리드 죽일 때 조금 더 쉬웠을 텐데요.

〈제2차 인마대전〉에 필적하는 위기가 로페 대륙에 드리워졌을 때, 메탈 드래곤과 컬러 드래곤은 상호 적극 협력하기로 한다.

에리카 대륙에서 기브리드의 서진 당시 컬러 드래곤이 참전하지 않았던 이유?
그것은 그들이 도울 의무가 없었기 때문이다.
그러나 메탈 드래곤과 컬러 드래곤의 '합의안'에 따르면, 〈로페 대륙에서 일어난 일〉에 대해서는 양측 드래곤 모두 적극적인 협력을 해야만 한다.
언데드 브라운이나 언데드 브로우리스 같은 '개별 사항'이 아니라, 에얼쾨니히의 침공, 말하자면 〈제3차 인마대전〉과 같은 경우라면······.

―흐음······하이하 씨랑 체스 한판 확실히 둬 봐야 하긴 할 것 같네.

라르크의 빈정거리는 감사 인사(?)로 마무리 지어진 이번 작전을 떠올리며 알렉산더는 헛웃음을 터뜨렸다.

물론 문구에 추가되어 있다고 하여 컬러 드래곤을 설득하는 게 쉽다는 것은 아니다.

그러나 메탈 드래곤들만 이번 안건을 수용하게끔 만들 수 있다면, 그다음은 알렉산더 자신이 할 일이 아니다.

'하이하라면…….'

컬러 드래곤을 분명히 설득해 낼 것이다.

그리고 지금, 알렉산더는 이하에게 귓속말을 보내기로 결심했다.

"하아……. 어차피 로드께서, 결정하시면 저희는 반대할 수 없죠. 단!"

젤레자가 십 년은 더 늙은 듯한 표정으로 말을 덧붙였다.

"하이하 그 자식이, 로드의 체면을 조금이라도 손상시키거나! 컬러 자식들한테 얕보이게 만들면! 저는 정말 참지 않을 거예요!"

젤레자를 마지막으로 더 이상 이번 안건에 대해 반대하는 드래곤은 없었다.

바하무트는 입술을 앙다문 젤레자를 보며 빙긋 웃었다.

"내 걱정은 하지 않아도 된다. 그쪽에서 더 빠른 회복 방법을 찾게 된다면 그거야말로 두 일족의 항구적인 평화를 이룩하는 길일 수도 있지 않겠니."

알렉산더는 바하무트의 말을 들으며 감탄했다.

전대의 바하무트와 확연히 드러나는 차이 중 하나가 바로 이것이었다.

　수장임에도 독단적으로 결정하지 않는다는 점.

　자신이 처음 이야기를 꺼냈을 때에도 끝까지 경청한 이후에 모든 일족의 동의를 얻기 위해 노력한다는 것.

　"로드의 위신에 한 치의 흐트러짐도 없이 보필될 수 있도록…… 하이하에게 말해 놓겠습니다."

　비단 젤레자의 협박(?) 때문이 아니더라도, 알렉산더는 이번 바하무트를 오랫동안 보고 싶었다.

　약 3분 후, 이하는 알렉산더의 귓속말을 받았다.

　"블라우그룬 씨, 가죠."

　"잘 됐대요?"

　"알렉산더 그 인간이 일 하나는 똑 부러지게 하니까. 으으…… 바람이나 쐬고 옵시다!"

　이하는 기지개를 켰다.

　로그아웃을 미루고 미루다 보니 미들 어스에서조차 몽롱한 기운이 남아있는 상태였지만, 아직 과제의 해결은 요원했다.

　'이러다 정말 못 끝내는 거 아냐?'

　남은 기간은 미들 어스 시간으로 15일.

재충전을 위해 휴식해야 하는 시간을 제외한다면 약 12일밖에 남지 않았다.

"기브리드 기여율로 받은 아이템도 별 쓸모가 없고……."

이하는 자신이 무슨 아이템을 받았는지도 정확히 떠오르지 않았다.

무엇보다 그 아이템들은 가방이 아니라 소환수 관리 창에서나 볼 수 있는 것들이다.

쿨타임이 돌 때마다 〈키메라 생성〉을 사용하던 이하는, 에즈웬 교황청의 아이템이 퓌비엘과 미니스로 이동되기 직전 그곳에서 아이템을 선택했었다.

'그냥 내 장비나 챙길 걸 그랬나.'

그러나 미들 어스에서 둘도 없는 무기를 지니고 있는 데다, 방어구 또한 젤라퐁과 방탄조끼가 있으니 그다지 아쉬울 게 없는 상황이다.

그 탓에 아이템에 대한 미련이 별로 없는 이하였다.

결국 이하가 고른 것은 〈키메라 생성〉을 극대화하기 위한 재료 아이템이었다.

그렇게 만들어진 키메라들의 특성은 재료 아이템들과 거의 유사했다.

'후…… 다만 대부분 방어 특화라는 게 문제지. 그것도 암 속성과 마 속성 공격에 대한 방어력 증대.'

심지어 에르빈의 고양이처럼 작은 크기도 아니고, 상당한 덩치를 자랑하는데다 속도까지 느려 이하와는 함께하기에 부적합한 키메라였다.
따라서 이하는 선택했다.

―키메라들은 잘 있어?
―응? 당연하지. 하이하 당신의 '펫'인데 별다른 명령어가 없는 이상 나를 계속 보호하고 있을― 근데 이거, 이렇게 둬도 되는 거야? 어차피 나는 전투 일선에서 움직일 일이 없을 텐데.
―아니, 그래도…… 화연이 네가 다치는 모습은 별로 보고 싶지 않거든.

자신의 여자 친구를 지키기 위해 키메라를 사용하기로.
람화연은 이하가 자신의 곁에 없어서 다행이라는 생각을 했다.

―……돼, 됐어. 알렉산더 연락은 지금 나도 받았어. 컬러 드래곤 마무리 부탁해.

아니었다면 당황한 자신의 목소리가 고스란히 전해졌을 것이다.

―흐흐, 알겠습니다!

물론 이하는 람화연의 상태를 충분히 그려 볼 수 있었으므로, 그녀의 목소리를 듣자마자 미소를 짓고 있었다.

일에 있어서 '수 싸움'은 라르크보다 더욱 치열한 그녀지만 이하가 자신의 상태를 이미 알고 있다는 것은 예측할 수 없었던 람화연은 허겁지겁 손부채질을 할 따름이었다.

"무우우우―."
"부우, 부우우……."
"메에에에~."

손부채질이 신호라도 되는 듯, 그녀의 곁에 있던 세 기의 키메라가 그녀를 향해 스멀스멀 다가왔다.

기브리드의 키메라에 비하면 훨씬 정상적인 외형이었다.

다만, 그 외형이 소와 돼지 그리고 몸집이 비대한 양인 데다 그 색색은 모두 표백이라도 한 것 같은 새하얗게 되어 있었다.

눈동자마저 새하얗게 된 가축 세 마리가, 심지어 전부 물컹거리는 신체였으니…….

"에잇! 저리 좀 비켜! 왜 이렇게 몸을 비비적거리는 거야, 기분 나빠!"

람화연으로선 키메라들이 자신을 보호하기 위해 달라붙는 게 기분 좋을 리 없었던 것이다.

손바닥으로 찰싹 때릴 때마다 물 풍선이 흔들리듯 부르르, 떨리는 녀석들의 신체를 보며 람화연은 한숨을 내쉬었다.

'날 생각해 주는 거야 고맙지만…….'

덩치만 크고 쓸데도 없는 물침대 같은 키메라로 뭘 할 수 있을까.

'게다가 이 녀석들이 몸을 비빌 때마다— 느, 느낌이—.'

물컹거리는 감촉은 일상생활에서 쉽게 느껴 볼 수 있는 게 아니다.

람화연은 어쩐지 묘한 기분에 몸을 부르르 떨었다.

서류를 들고 있던 자청이 난처한 표정으로 람화연을 바라보고 있었다.

"길마님? 무슨 일 있으십니까?"

"아뇨. 메탈—컬러 연합의 초안이 성사됐네요. 아! 누가 연락했다고 했나요?"

람화연이 고개를 저으며 물었다.

"키드 님의 연락입니다. 내일 〈신성 연합〉 참모진을 긴급 소집해 달라는 요청이었습니다."

"키드가요? 하이하한테 이야기하면 될 것을 굳이 왜……?"

"저도 그렇게 말씀드려 봤습니다만—."

자청도 조금 이해가 되지 않는다는 투로 말했다.

"이쪽에서 처리해 주는 게 좋겠다고 했습니다."

람화연은 고개를 끄덕였다.

키드가 그렇게 말했다면 분명 무슨 이유가 있을 것이다.

조금 이해가 되지 않는 것은 사적 루트.

즉, 이하에게서 자신에게 연결되는 루트를 사용했다면 지금보다 훨씬 원활하고 빠르게 진행되었을 이야기를 굳이 자청을 통해 진행했다는 점이었다.

'왜 굳이 자청에게 연락을 한 걸까? 페르낭의 말에 따르면 키드는 미개척지에서 한 번도 떠나지 않았다고 했는데? 미개척지에서 뭘 알아낸 건가?'

람화연의 의문은 그것이었다.

이하는 줄곧 블라우그룬과 있었고, 루거는 크라벤에 있다. 즉, 삼총사와 관련된 무언가는 아니라는 뜻이다.

그렇다면?

"알겠어요. 에윈과 그랜빌은 참석할 수 없겠지만, 그 외엔 모두 오도록 전달하죠. 내일 정오, 에즈웬 교황청."

"알겠습니다. 그리 전달하겠습니다."

람화연은 자청에게 지시를 내리곤 〈신성 연합〉의 방어선 전반에 대한 점검을 했다.

준비를 해도 해도 부족하다.

'마왕을 죽일 방법이 없어.'

에얼쾨니히를 죽일 수 있는 방법을 찾지 못한 채 전투를 치러야 한다. 이게 과연 옳은 일일까.

막대한 희생이 나올 게 분명하다.

결국 방법은 힘 싸움밖에 없는 것인가?

'교황이 교황청을 떠나지 않은 게 어떤 암시 같은 걸까? 미들 어스에서 신성력이 가장 강하다고 볼 수 있는 NPC의…… 자기희생?'

교황은 교황청 보물의 이동에는 찬성했지만 본인의 피신은 거부했다.

그 탓에 추기경 NPC들과 팔라딘들까지 오열하며 교황의 곁에 끝까지 남겠다는 해프닝이 벌어질 정도가 아니었던가.

'어차피 교황은 그들도 대부분 피신시켰지만……'

그럼에도 교황 자신은 끝끝내 이동하지 않아 지금의 상황이 만들어진 것이었다.

그러한 난리 통에서 모두가 교황의 피신을 바란 것도 사실이지만, 라르크와 람화연만은 적극적으로 나서지 않았었다.

'지금 상황에서 그나마 가능성이 있는 건 교황이 자신을 희생하여 마왕과 함께 죽는 것뿐이니까.'

람화연은 라르크에게 자신의 생각을 말하지 않았다.

라르크도 람화연에게 말하지 않았다. 그러나 두 사람은 같은 그림을 그리고 있었다.

람화연과 라르크는 비정한 결정을 내린 셈이었다.

그리고 그 문제 때문에, 라르크는 골머리를 썩고 있었다.

"나라 씨가 남을 필요는 없다니까요."

라르크의 말에도 신나라는 고개를 저었다.

그녀의 표정은 다소 어두워진 상태였다.

라르크는 한숨을 내쉬며 그녀를 설득하려 했으나, 신나라의 고집은 만만치 않았다.

"당사자가 교황청에 남겠다는데, 그건 그러니까…… 교황이 스스로 희생하겠다는 뉘앙스를 준 거거든요. 말하자면 힌트? 나라 씨, 미들 어스 잘 아시면서 그런다."

교황은 누가 뭐라고 말하지 않았음에도 교황청에 남겠다고 했다.

그것이 마왕군을 상대하는 일종의 힌트가 아니냐.

라르크는 언제나처럼 논리적이고 합리적으로 말했다.

평소의 신나라라면 충분히 이해할 수 있을 것이다. 그러나 '희생'과 관련된 일들은 신나라에게 조금 복잡한 개념으로 다가올 수밖에 없었다.

"그렇죠. 하지만…… 모르겠어요, 저도. 그 옛날— 아니, 라르크 씨도 절 위해 희생하신 적이 있잖아요."

티아마트 사태 당시 블랙 드래곤 오닉스와 라르크, 신나라가 엮였던 일.

신나라에게 피해를 주지 않기 위해 라르크는 혼신의 노력과 연기를 펼쳤다.

 물론 티아마트와 오닉스를 동시에 없애 버릴 수 있었던 것은 그의 노력 때문만이 아니었다.

 본인을 스스로 버려 가면서, 모든 고통을 참아 가는 희생이 있었기에 가능한 일이었다.

 "그거야 나라 씨가 마음에 들었으니까."

 티아마트를 죽이고 〈용살자〉로 2차 전직하기 위한 목표도 있었지만, 애당초 컬러 드래곤들의 레어를 돌아다닐 때 신나라와 함께했던 이유는 그것이었다.

 라르크는 그때를 생각하니 괜스레 민망하여 코끝을 긁었다.

 신나라는 라르크를 보며 울적한 미소를 지었다.

 라르크 '이전'에 말하려다 말던 '옛날'이 떠올랐기 때문이었다.

 '그 옛날의 이하 씨도 그랬지……. 지금 생각하면 우습기 싹이 없지만…….'

 신나라에게는 준비운동감도 안 되는 유저들이었다.

 그런 유저들이 이하를 노리고 했던 공격은 빗나갔고 그 자리에는 신나라가 있었다.

 우습기만 한 '저레벨 유저'의 공격이었으나 무언가 조치를 취하기도 전, 이하는 신나라에게 피해를 끼치지 않기 위해 온몸으로 그 스킬을 막아 낸 적이 있다.

 '그렇게 데굴데굴 구르기까지 하면서…….'

신나라가 이하에게 처음 호감을 가졌던 것도 그러한 이유였다.

그녀 스스로도 어렴풋이 알고 있었던 이유.

'어릴 때부터 운동만 해서 그런가.'

굳이 자신이 보호받아야 하는 이유나 상황을 겪은 적이 없었기에, 그녀는 자신을 희생하고 타인을 보호하는 자에게 약했다.

이번 교황과 관련된 것도 그 연장선이나 다름없었다.

교황만 교황청에 남겨 두고 방어를 할 수는 없다는 게 그녀의 결정이었기 때문이다.

"이런 말씀까지는 안 드리려고 했는데, 교황이 이미 어떤 마음을 먹은 상태에서…… 강제로 다른 도시로 옮기는 설득을 해 봤자— 그다음 벌어질 일이 상상은 되세요?"

"어느 정도는요."

라르크의 공격적인 물음에 신나라는 고개를 끄덕였다.

라르크는 곧장 말을 이었다.

"그럼 피해를 최소화하는 게 가장 낫다는 생각은 안 듭니까? 마왕이 에즈웬에 도달했을 때, 교황이 마왕과 함께 자폭해 버리면— 그래 봐야 교황청이 날아가고 끝이죠. 하지만 미니스나 퓌비엘의 수도에서 터지면 어떻게 될까요?"

마왕이 바하무트를 추적하리라는 판단을 내린 〈신성 연합〉에서, 교황의 추적에 관한 가정을 생각하지 않았을 리가 없다.

그러한 측면에서도 교황은 에즈웬 교황청에 남아 있는 게 가장 피해를 최소화할 수 있다는 의미가 아닌가.

"물론, 물적, 인적으로 피해가 더 커지겠죠. 그래서 라르크 씨한테 말하는 거잖아요. 교황을 다른 곳으로 옮긴다는 게 아니라, 제가 교황청에 함께 있겠다고."

신나라는 조곤조곤한 목소리로 답했다.

라르크는 답답한 심정을 참을 수 없었다.

"거기 다 개박살 날 거라니까요! 교황이 교황청의 보물을 미니스와 퓌비엘로 분산한 이유! 모르겠어요? 나중에 폐허가 되어 버린 에즈웬을 재건할 비용으로 사용할 명목이라는 게 딱 봐도 보이는데!"

라르크는 이미 눈치채고 있었다.

이번 에얼쾨니히의 침공을 성공적으로 막아 내더라도 로페 대륙의 모든 곳이 100% 보호될 수는 없다.

분명히 어느 한 곳은 처참한 형태로 파괴될 것이고, 바로 그곳이 에즈웬 교국이 될 거라는 게 그의 추측이었다.

〈에얼쾨니히의 로페 대륙 침공〉이 얼마나 큰 사건이었는지 보여 주는 상징의 공간, 그곳이 바로 에즈웬이 되리라.

교황이 죽든 살든 적어도 에즈웬 교국은 풀 한 포기 남지 않는, 마왕의 힘을 과시하는 공간이 될 가능성이 높다.

'마는 마로써 제압하는 것……. 곧 죽어도 교황의 힘을 '마'라고 할 수 없는 이상— 이것 자체도 결국 과정의 하나일 뿐

이다.'

 교황이 죽고 나서, 에얼쾨니히의 신체에 어떤 이상이 생길 것이다.

 그러한 틈을 타 마의 힘. 즉, 현재 생각할 수 있는 유일한 마의 힘인 〈마탄의 사수〉의 능력을 획득하여 약화된 에얼쾨니히를 상대한다.

'그 방법밖에 없어.'

 적어도 미들 어스가 지금까지 뿌려 놓았던 이야기에 근거하자면 반드시 그런 흐름을 타야만 한다.

'하핫, 〈신성 연합〉이 이긴다는 전제를 앞에 둘 때의 이야기지만.'

 라르크도 현실에서의 이슈를 알고 있었기에 쓴웃음이 지어졌다.

 그것은 신나라도 마찬가지였다.

 라르크 정도로 빠릿빠릿한 두뇌는 아니어도, 그녀 또한 세이크리드 기사단의 일을 보며 미들 어스의 흐름에 대해서는 충분히 파악이 가능한 능력을 키웠다.

 즉, 라르크와 유사한 시야를 갖고 있으면서도 그녀는 스스로 결정을 내렸다는 의미다.

"그래서 저는…… 교황과 함께 있을 거예요. 지금 라르크 씨의 이야기를 들으며 확신했어요."

 신나라는 미소 지었다.

라르크에게는 라파엘라의 별명을 빼앗아 신나라에게 주어야 한다고 생각이 들 정도의 따스한 미소였다.

"확신이요?"

"라르크 씨는 잘 모르고 있어요."

"제가요?"

라르크의 물음에는 자신감이 포함되어 있었다.

미들 어스를 통틀어 자신과 수 싸움을 할 수 있는 유저는 손에 꼽을 정도다.

실제로 〈신성 연합〉의 참모진으로 활약한 사건이 몇 개나 되는가?

그러나 신나라의 눈빛은 그 이상의 무언가를 담고 있었다.

"교황은 라르크 씨에게 무엇이죠? 체스로 비교하자면……."

"교황이요? 으음, 비숍이나 나이트 정도? 3점짜리 기물이지만, 그걸로 킹— 아니, 킹이면서 동시에 퀸의 능력을 지닌 기물에게 타격을 주면 일단 목적은 달성한 셈이니까—."

"바로 그거예요."

라르크의 두뇌 회전은 그 누구보다 빠르다.

바로 그 점을 신나라가 인정하고 있었기 때문에, 그녀는 라르크에게 이런 말을 할 수 있었던 것이다.

단순한 이해득실로 계산해서는 안 되는 것도 있다.

"이번 전투를 〈에얼쾨니히의 로페 대륙 침공〉으로 본다면,

당연히 그렇겠죠. 하지만……그게 아녜요. 에즈웬 교국이 무너지고, 교황청이 전부 파괴될지라도 교황은 살려야 해요."

"이번 전투가 〈에얼쾨니히의 로페 대륙 침공〉이 아니라면…… 아."

그제야 라르크도 알 수 있었다.

신나라는 단지 희생하는 교황의 곁에 있겠다는 뜻이 아니었다.

"이건 〈제3차 인마대전〉이에요. 이번 전쟁을 포함하여 로페 대륙의 모든 구심점은…… 바로 교황이죠. '머리'가 따로 있고, 교황은 몸통의 어딘가쯤이 아녜요. 교황을 내주고 적의 머리를 가격한다? 그런 교환은 불가능하다는 뜻이에요. 플뢰레Fleuret로 따지자면 머리를 맞고, 어깨가 관통당하는 한이 있더라도 몸통을 지켜야 하니까. 그렇다면…… 점수는 빼앗기지 않으니까."

그녀는 교황을 살리려 하고 있다.

그것을 남에게 강요하지 않는다. 심지어 남자 친구이자 〈신성 연합〉의 각종 방어 세력의 위치를 좌우할 수 있는 자신에게도 털어놓지 않는다.

'오직 자신의 힘만으로—.'

성녀의 미소는 단지 따스하기만 한 게 아니다.

견고하고 단단한 의지가 기반이 되지 않으면 결코 나올 수 없는 게 바로 그녀의 미소였다.

라르크는 마침내 자신의 여자 친구가 얼마나 큰 그림을 그리고 있었는지 알게 되었다.

특유의 유연한 사고는 라르크 스스로를 곧장 반성하게 만들었다.

"휘유, 뭐, 그럼 어쩔 수 없죠. 우선 해안선에 배치한 방어 병력들도 에즈웬으로 옮기고, 저도—."

"아뇨. 라르크 씨는 교황청에 있으면 안 돼요. 해안선 방어 병력도 이동시켜선 안 되고요."

"네?"

"그건 라르크 씨를 비롯하여 〈신성 연합〉의 최고 두뇌들이 설정한 거잖아요? 그 머리, 그 실력. 라르크 씨는 라르크 씨가 활약할 수 있는 곳으로 가세요."

라르크는 신나라의 말을 들으며 아무 말도 할 수 없었다.

그날의 대담 이후, 지금까지도.

"쩝, 어떻게 해야 하나."

그렇게 마음에 짐을 여전히 풀지 못한 채, 라르크는 에즈웬 교국으로 향하고 있었다.

람화연이 소집한 〈신성 연합〉의 참모진 긴급 회동 때문이었다.

에윈과 그랜빌을 대신할 그들의 제자격 NPC들과, 람화연, 라르크, 신나라 그리고 알렉산더와 별초의 혜인, 비예미, 성녀 라파엘라와 베르나르까지. 그 외의 대부분 유저들이 교황청으로 모여들고 있었다.

물론 그중에는 컬러 드래곤과의 협상을 마친 이하도 끼어 있었다.

"하이하, 로드의 거취는 확정된 건가."

"아, 네. 컬러 드래곤 쪽에서 오히려 반기던데요? 크게 어려울 건 없었습니다. 바하무트께서 빨리 회복해야 로페 대륙에 보탬이 되는 것도 사실이니까요."

베일리푸스의 물음에 이하는 웃으며 답했다.

베일리푸스와 알렉산더 모두 흐뭇한 미소를 지었다.

"퉤, 늬들끼리 모여서 시시덕거릴 거면 나는 왜 불렀지? 크라넨에서 가뜩이나 할 일이 많은데—."

"키드 씨가 하이하와 당신도 꼭 부르라고 했으니까. 듣기 싫으면 나가셔도 돼요."

루거가 괜스레 한마디를 던졌다가 람화연에게 즉시 저지당했다. 민망해진 루거가 투덜거리는 사이, 누군가가 회의실 문을 두드렸다.

"다들 모였습니까."

"아, 키드 씨…… 음?"

람화연이 그를 맞이하려 했다가 키드 뒤에 곧장 따라오는 유저를 보는 순간, 말문이 막히고 말았다.

회의 테이블을 둘러싸 앉아 있던 유저들 전원이 벌떡 일어섰다.

"너— 너—."

"당신이, 어떻게— 키드 씨?"

"키, 키키킷…… 과연. 그때 이미 커뮤니케이션이 이루어졌던 건가."

비예미의 말을 들으며 몇몇 유저가 탄성을 냈다.

키드의 뒤에 따라 들어온 유저는 조용히 손바닥을 펼쳤다.

그 모습에 루거는 곧장 〈코발트블루 파이톤〉을 손에 쥐었지만, 그는 아무런 반응을 보이지 않았다.

화르륵…….

그저 조용히 자신의 손바닥 위로 붉은 불꽃을 띄웠다.

"난 이제 뱀파이어가 아닙니다."

키드의 비호를 받으며, 파이로가 〈신성 연합〉의 회의실에 들어섰다.

회의실의 공기는 여전히 무겁기만 했다.

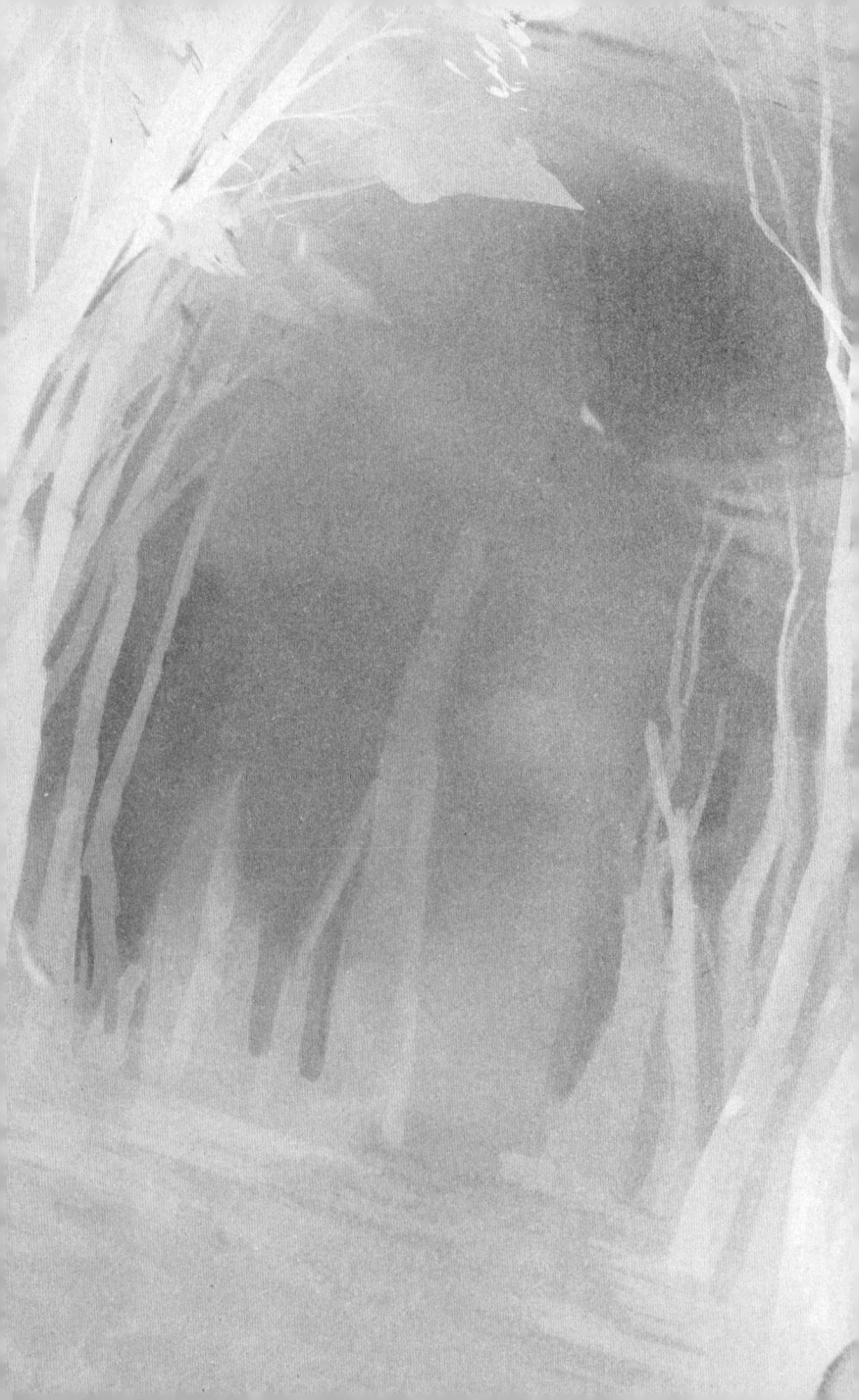

"불꽃의 색으로 판별하라는 건가?"

라르크가 말했다.

람화연도 그의 불꽃색이 깔때기 작전에서 보았던 것과 다르다는 걸 알 수 있었다.

"치요가 쓸모없어지니까 버리고 온 건가? 박쥐같은 새끼."

"루거, 그런 말은 아무런 도움도 안 됩니다."

"하! 키드, 나사가 하나 빠졌나? 이제 와서 저런 새끼의 힘이라도 한 번 빌려 보자?"

"……'이제 와서'라는 표현이 맞는다고 생각합니까."

키드는 모자를 슬쩍 들어 올리며 루거와 눈을 마주쳤다.

인상을 찌푸리던 루거도 더 할 말은 없었다.

사실 파이로의 도움이 아니었다면 기브리드를 죽일 수 없었다.

미들 어스의 시스템이 기브리드 처치의 기여율을 계산해 냈고, 그 순위권에 당당하게 이름을 올렸다.

그것만으로도 파이로의 발언권은 인정받을 만하긴 했다.

"으음…… 키드 씨? 하지만 이게 끝은 아닐 것 같은데…… 어때요?"

묘한 긴장감이 감도는 회의실에서 람화연이 말했다.

"파이로 씨의 방문이 반갑긴 하지만 그의 합류 정도로 이 멤버를 소집해 달라고 하진 않았을 것이고……."

신나라도 그 말에 고개를 끄덕였다.

대단하다고 해도 일개 유저일 뿐이다.

영웅의 후예이고 아웃사이더로 이름이 드높다지만 결국 그게 전부.

단지 전투력의 도움이라면 이렇게까지 사람들을 모았을 리가 없다. 즉, 말할 게 있다면 바로 본론을 말해 달라.

람화연이 멍석을 깔아 주자 키드가 옆으로 한 걸음 물러섰다.

"그는 얼마 전까지 치요와 함께 있었습니다."

"치요 측의 정황을 알고 있다? 특별한 정보라도 있나 보죠?"

라르크의 질문에 파이로는 고개를 끄덕였다.

그가 입을 열려는 순간, 누군가가 앞으로 나섰다.

 "저는 반대인데요. 아예 이야기를 듣지 않는 것도 좋을 것 같습니다만."

 별초의 전 길드 마스터, 혜인은 자신을 향하는 파이로의 눈길을 피하지 않았다.

 평소와 달리 혜인 또한 전의를 불태우는 눈빛이었다.

 그것은 당연한 일이기도 했다.

 "당면의 적은 마왕이지만 치요 또한 적입니다. 그리고······ 우리는 그 '적'이 어떤 방식으로 싸우는지 아주 잘 알고 있지요. 별초 안에서 사스케가 얼마나 오랜 기간 친목을 쌓다가 본색을 드러냈었는지 여기 계신 분들도 잘 알고 계시리라 생각합니다."

 뱀파이어를 버렸다? 그래서?

 정작 자신의 마음이 치요에게 남아 있다면, 그는 언제든지 다시 배신할 수 있는 게 아닌가.

 혜인이 그 부분을 무자비하게 지적했다.

 키드는 그럴 줄 알았다는 듯 혜인을 바라보았다.

 "바로 그겁니다."

 그의 말을 들으며 혜인은 잠시 생각했다.

 키드가 말한 의미가 무엇인가. 키드 또한 치요 측의 특별하다는 정보를 들었을 것이다.

그럼에도 파이로를 데리고 왔다.

그렇다는 말은?

혜인은 잠시 입술을 깨물었으나 곧 키드의 뜻을 이해했다.

"함께 검증해 보자는 뜻이었군요."

정보라는 것이 때론 없느니만 못한 경우도 있다. 그리고 치요는 그것을 잘 이용하는 유저이기도 하다.

별 도움도 되지 않으면서 혼란만 가중시키는 게 정보의 역기능 중 하나가 아닌가.

다만 그것을 모를 키드가 아니다.

그 키드가 사람들을 이렇게까지 모으라 요청할 정도의 사안이라면 그건 그것만으로도 들을 가치가 있을지 모른다.

그것에 설혹 치요의 전략이 숨어 있다고 할지라도.

혜인이 물러서자 키드가 모자를 벗으며 경의를 표했다.

그리고 곧 파이로가 입을 열었을 때, 〈신성 연합〉의 유저들은 키드의 행동을 이해할 수 있었다.

"카일은 마왕을 죽일 수 없습니다. 아니, 아마도 제가 들은 그대로라면…… 만나려 하지도 않을 거예요. 마탄의 사수는 마왕에게 잡히는 순간 흡수당합니다."

파이로가 가져온 것은 듣고 무시할 정도로 가벼운 정보가 아니었던 것이다.

"아아앗!?"

이하는 놀라움을 참을 수 없었다.

유저들의 시선이 순식간에 이하에게 집중되었다.

"뭘 알고 있나, 하이하?"

"당신도 이 내용을 아는 겁니까."

루거와 키드의 경우는 더욱 그럴 수밖에 없었다.

마탄의 사수에만 국한된 게 아니라, 마왕과도 연관이 되어 있는 내용에 대해 이하가 어떻게 알 수 있었을까.

"아니, 그, 뭐랄까……. 안다는 것보다는— 아니, 안다고 해야 하나?"

얼마 전 정령계에서 들은 적이 있다.

무려 알렌 스르나에게 직접 들었던 내용 중 하나가 자미엘과 에얼쾨니히의 사이에 대한 내용이었기 때문이다.

그러나 이하는 곧장 말할 수 없었다.

자신이 하는 말을 듣고 파이로가 말을 지어내 버릴 가능성이 있었으니까.

파이로는 이하와 눈을 마주쳤다.

이하의 반응 자체는 파이로 자신에게 도움이 되는 일이었다.

자신이 했던 말이 진실임을 알고 있는 자가 있다면, 완전히 치요 측을 떠나 이곳에 온 걸 믿어 줄 확률이 높아지지 않는가.

'하이하…… 벌써 이것까지 알고 있는 건가.'

그러나 속에서 들끓는 이 복잡다단한 감정은 무엇일까.

어리바리한 표정으로 람화연이나 신나라, 라르크 등에게 손사래를 치며 '아직, 아직! 이따가 이야기할게요, 우선은— 나도 정리 좀 하고!'라며 말하고 있는 저자가 정말 미들 어스의 최강자 중 한 사람이란 말인가.

"음?"

파이로는 등 뒤에서 느껴지는 감촉에 정신을 번쩍 차렸다.

키드는 파이로의 등을 가볍게 두드렸다.

—저게 하이하라는 사람입니다. 당신이 어떤 생각을, 어떤 감정을 느낄지 나도 알고 있습니다.

키드의 말 한마디에 파이로는 무언가 다른 생각이 들었다.

하이하는 완벽한 사람이라고는 할 수 없다.

알렉산더처럼 완벽주의자도 아니고, 이지원처럼 끈질긴 악바리도 아니다.

페이우처럼 거대 세력의 지원을 받는 것도 아니고, 람화정처럼 미들 어스의 이해도 부분에서 천재성을 보이거나 재력이 뒷받침되는 것도 아니다.

그 외의 랭커들과 비교하자면?

하물며 루거나 키드에 비한다면?

"훗…… 크크크크, 그런가."

파이로가 웃자 주변의 유저들이 모두 입을 다물었다.

모두의 시선을 받으면서도 파이로는 웃음을 멈추지 않았다.

자신이 불꽃술사 영웅의 후예로 이름을 날릴 때, 이미 삼총사가 되었던 그들이다.

하이하를 향한 경쟁심이나 질투심 또는 열등감을 가질 수 있는 자격을 따지자면 그 누구보다도 그들이 많이 가져야 하지 않는가.

―그저 받아들인다…… 그렇죠, 키드?
―뭐, 그거야 당신의 숙제 아니겠습니까.

그런 키드와 루거가 이하를 대하는 태도는?

파이로는 어쩐지 지난날의 자신이, 하물며 조금 전까지도 이하의 행동거지를 보자마자 느꼈던 감정이 모조리 바보 같아졌다는 기분이 들었다.

"이미 어느 정도 알고 있는 것 같지만, 어쨌든 제가 알고 있는 모든 걸 말해 주겠습니다. 치요와 마탄의 사수가 나누었던 대화를…… 토씨 하나 빠뜨리지 않고 그대로."

파이로는 치요와 카일이 나누었던 대화를 전했다.

마왕을 죽일 수 있냐는 물음에 카일은 어떤 식으로 대답했는가?

서로 유사한 성질과 유사한 힘을 가진 개체가 마주쳤을 때

어떠한 반응이 일어나는가?

그런 대답을 듣고 마침내 치요가 카일에게 확인하려 했던 게 무엇인가?

파이로는 조곤조곤한 목소리로 말했다.

유저들의 숨소리마저 고요해진 회의실에선 오직 그의 목소리만이 울렸다.

"[합쳐진다]. 치요는 분명 그렇게 말했습니다. 마탄의 사수는 치요의 물음에 답하지도 않았으나 웃거나, 여유를 보이지도 않았죠. 그래서 치요는 저를 〈신성 연합〉으로 침투시키려 했습니다."

파이로는 순순히 모든 것을 털어놓았다.

너무나 솔직한 그의 말에 오히려 〈신성 연합〉의 유저들이 당황할 정도였다.

"킷킷, 저것도 우리들을 헷갈리게 하려는 술수라면 정말 대단하긴 하네."

"비예미 씨, 쉿!"

신나라의 말에 비예미는 입을 다물었으나 혜인조차 파이로의 말은 진의를 분간하기 어려웠다.

저것을 '연기'라고 볼 수 있을까?

사스케 정도로 훈련받은 첩자이자, 오프라인에서도 연동된 인물이 아니라면…… 애당초 파이로가 치요 측에 계속 남아서 얻을 수 있는 다른 이득이 있을까?

혜인은 멍청한 사람이 아니다.

파이로의 이야기를 들으며 그 또한 어느 정도 마음의 방향은 정할 수 있었다.

"치요는 마탄의 사수가 마왕을 상대할 수 있을 거라 믿었지만, 그것에는 특별한 조건이 붙는 것이라 여겼습니다."

"……그 조건은 아마도 〈신성 연합〉이 알고 있을 것이고, 그러니 〈신성 연합〉에서 빼내 와라? 그게 치요의 제안이었나요?"

람화연의 물음에 파이로는 고개를 끄덕였다.

유저들은 자기들만의 생각에 빠져들었다. 루거와 키드의 눈은 이미 이하에게로 향해 있었다.

"마탄의 사수가 마왕을 죽일 수 없을 뿐만 아니라—."

"합쳐지기 때문에 서로 만나는 것도 조심하고 있다…… 이 이야기를 하이하 당신은 알고 있었단 말입니까."

이하는 자신에게 쏠리는 시선들을 느꼈다.

블랙 베스의 노리쇠에서 빛이 반짝거렸다.

"마왕을 죽이는 법은 저도 몰라요. 여전히 우리가 알고 있는— 바로 그 사실 정도밖에 모르죠. 하지만 확실한 건, 합쳐진다는 개념인데, 정확히 말하면 합쳐진다기보다는 에얼쾨니히가 자미엘을 잡아먹는다고 보는 게 맞을 거예요."

[오직 마魔만이 마를 없앨 수 있다]는 말은 아직 치요 측에서도 알지 못하는 사실이다.

이하는 파이로를 경계해 그 용어는 굳이 사용하지 않으면서도 정령계에서 들었던 말을 간략하게 던졌다.

우선 필요한 설명은 여기까지였다.

"그리고 키드, 루거, 이 정도만 이야기해도 알 수 있지?"

키드와 루거는 자신들도 모르게 〈크림슨 게코즈〉와 〈코발트블루 파이톤〉을 쥐었다.

지금쯤 그들의 에고 웨폰은 그들의 각인자에게 어떤 말을 하고 있을까.

이하는 잠시 그들의 얼굴을 보다 말을 이었다.

"자미엘을 잡아먹을 수 있다, 즉, 에얼쾨니히는 블랙 베스, 크림슨 게코즈, 코발트블루 파이톤도 잡아먹을 수 있어요. 아마도…… 이번 전투에서 우리가 가장 유의해야 할 점은 그것일 겁니다."

라르크, 람화연, 신나라의 얼굴이 일그러졌다.

삼총사는 마왕과 마왕의 조각을 막기 위해 가장 활약해 줘야 하는 그룹이다.

그런데 마왕에게 한 번이라도 당한다면, 대항할 수단 자체를 잃는다고?

잠시 사고가 정지해 버린 〈신성 연합〉의 수뇌부를 보며 이하는 한숨을 내쉬었다.

중요한 건 이 정도의 사실이 아니다.

"아마도 에얼쾨니히가 이것들 중 하나를 집어삼키면— 그때는 마탄의 사수, 아니, 자미엘의 힘을 사용해도 마왕을 없애지 못할 가능성까지도 저는 생각하고 있어요."

그 사실을 기반하여 뻗어 나가는 가설이야말로 알렌 스르나가 말하고자 했던 핵심이었으니까.

놀란 입을 다물지도 못한 유저들이었으나 그 누구도 말을 할 수 없었다.

적어도 이곳에 있는 유저들은 알고 있다.

〈천국으로 가는 계단〉 너머에서 기다리고 있던 주신 아흘로의 말이 있지 않았던가.

'마의 힘으로 마를 없앨 수 있다.'

당연히 마탄의 사수의 힘을 활용하여 마왕을 죽일 수 있을 거라 생각했건만, 치요와 카일조차도 확답을 하지 못하는 상황이라고?

하물며 에얼쾨니히가 또 다른 마魔의 잔해인 삼총사의 에고 웨폰을 집어 삼키고 더욱 강해질 여력이 남아 있다고?

"그럼— 어떻게 해야……."

"에얼퀴니히는 당장 2주도 안 남았어요. 그들이 '이동하는 시간'을 고려한다면 크라벤의 쾌속정급 속도를 낸다면 일주일 안에…… 출발할 거라고요."

푸른 수염이 말한 시점이 '격돌의 시점'이라면, 여명의 바다를 건너는 시간 또한 그 안에 포함되어 있다고 봐야 한다.

몇몇 유저들은 푸른 수염이 말한 일자부터 그들이 출발할 거라고 여기기도 했으나, 〈신성 연합〉의 수뇌부가 그렇게 헐렁한 기준으로 계산할 리는 없었다.

앞으로 7일 후면 그들이 에리카 대륙을 떠난다.

거기서 7일이 더 흐를 즘, 여명의 바다를 가로질러 온 그들이, 로페 대륙의 모든 해안선에 침공을 개시할 것이다.

"우리는 마왕의 조각이랑만 싸워야 한다는 건가……."

"그것도 안심할 수는 없습니다. 자미엘을 흡수할 수 있다는 걸 마왕과 마왕의 조각이 알고 있다면, 당연히 우리를 발견하자마자 이동할 가능성이 높습니다."

"빌어먹을, 그렇다고 숨어 다니면서 놈들을 막을 순 없잖아!"

루거는 욱한 상태로 말했으나 곧 씩씩거리는 호흡을 가라앉혔다. 누구보다 짜증 나는 사람 중 한 명이 키드일 것이다.

페르낭에게 키드와 이지원이 만났고, 키드가 과제를 해결한 것 같다는 이야기를 루거도 들어서 알고 있었다.

향상된 실력을 발휘할 기회조차 잃는 게 얼마나 열 받는 일일까.

"쳇."

루거는 괜히 고개를 돌렸다.

파이로와 이하가 내놓은 충격적인 이야기에 절반 정도의 인원이 패닉에 빠져 있었다.

그 와중에도 활발하게 생각하는 유저는 몇 되지 않았다.

"파이로 씨, 그럼 지금 치요는? 카일과 치요는 마왕군의 추격을 당하고 있나요? 치요와 함께 있는 세력은 몇 명이나 되죠?"

"적어도 제가 죽을 때까지는 추격당하지 않았습니다. 시노비구미 소속 뱀파이어 유저들은 모두 추적이나 도주에 특화된 스킬들을 지니고 있었으니까요. 그것도— 제가 죽기 직전에 3명 정도 함께 죽였지만—."

"그럼 현재 치요 측은 총 몇 명?"

"치요와 마탄의 사수 그리고 시노비구미 4명이 남았을 겁니다. 제가 죽인 3명이 재접속할 시기가 되었지만— 끊이지 않고 도망 다니는 치요가 이제 와서 그들을 재접속시키진 않았을 가능성이 높죠."

파이로는 답했다. 람화연은 잠시 그의 말을 이해하지 못했다.

그 말을 알아들은 것은 라르크였다.

"레에게 인질로 잡히거나, 끔찍한 고문이라도 당하면 술술 불어 버릴 테니까. 그쵸?"

"아……."

파이로가 고개를 끄덕이는 걸 보며 람화연도 마침내 눈치챘다.

티아마트 당시 블랙 드래곤 오닉스에게 온몸이 녹아내리는 고통을 겪었던 라르크다.

시노비구미가 아무리 현실에서 치요와 관계 있는 유저들이라 할지라도, 동화율이 높으면 고문을 참아 내기 힘들 것이다.

'아니, 설령 참아 낼 가능성이 있다 해도 치요는 기본적으로 네거티브야. 부정적인 신뢰를 기반으로 행동하는 사람이니까……'

그들의 접속을 만류했을 것이다.

이하는 라르크, 람화연과 파이로의 대화를 들으며 생각했다.

'그렇다면 현재 치요를 포함해도 그쪽은 고작 6명이다. 빌어먹을, 약해져도 너무 약해졌어.'

치요의 세력이 약화되었다는 점이 오히려 불리하게 적용될 수 있다는 게 큰 문제였다.

세력이 약화되었다지만 그들은 마왕의 추적을 무사히 피해 나갈 것이다.

푸른 수염의 약속한 시점까지 약 일주일가량을 더 피해 다니기만 하면 된다고 봤을 때, 그들이 중간에 사로잡힐 확률은 매우 적다.

문제는 그게 아니었다.

"파이로 씨, 치요와 카일이…… 에얼쾨니히의 침공과 시기를 맞춰서 로페 대륙으로 건너올 가능성은요?"

"전투 요원이 마탄의 사수밖에 없는 상태에서 올 확률은 매우 적을 겁니다."

이하는 마탄의 사수를 상대하려 했다.

바로 이곳에서.

그러나 전투 요원이 없어진 치요는 더욱더 몸을 사릴 것이고, 로페 대륙에서 어느 정도 사건이 진정되거나 흐름이 파악되기 전까지는 결코 넘어오지 않을 것이다!

만약 그사이 자신이나 키드 그리고 루거 중 한 사람이라도 에고 웨폰을 잃는다면?

에얼쾨니히가 강해진다면?

"후우, 후우……."

이하의 호흡이 조금 가빠졌다.

그것을 가장 먼저 눈치챈 것은 키드와 루거였다.

"하이하, 설마—."

"너…… 또 무슨 미친 생각을 하는 거지."

키드와 루거는 이하의 흔들리는 눈동자를 보았다.

이대로 '기다리는 행위'가 유지될수록 에얼쾨니히를 죽일 수 없게 될 확률이 올라간다.

그렇다면 취할 수 있는 방법은 무엇인가.

이하는 그 생각을 하고 있었다.

"가야 해, 신대륙으로. 마탄의 사수 잡으러."

현시점에서 선택할 수 있는 가장 승률이 높은 방법을.

"방법이 있다고 생각합니까."

키드는 물었다.

그러나 루거는 키드가 묻기도 전에 자신의 이마를 탁, 친 상태였다.

"정령사……."

이하가 떠올린 방법을 루거도 떠올렸기 때문이다.

"프레아! 그렇지! 프레아는 텔레포트할 수 있잖아요?"

"다시 한 번 정예 요원을 짜서— 아! 우선 프레아 씨한테 몇 명 텔레포트가 가능한지, 스킬 쿨타임이나 이동 거리는 어떻게 되는지 확인해 보고—"

"하이하, 키드, 루거를 포함한 멤버로 빠르게 마탄의 사수 제거 후, 로페 대륙으로 복귀시킨다?! 일리 있는 작전이지만 정말 결정이 쉽진 않네요. 무엇보다 속도가 생명이에요! 에얼쾨니히가 로페 대륙으로 도달하기 전에 그 모든 일을 끝낼 수 있다면—"

신나라, 라르크, 람화연의 머리와 입이 쉴 새 없이 움직였다.

전투의 향방은 알 수 없지만, 적어도 선택해 볼 가치가 있다는 것만큼은 확실했다.

교황이 자폭을 한다 해도 '마'의 힘을 구해야만 한다.

현시점에서 마의 힘을 획득할 가능성이 가장 높은 것은 역시나 마탄의 사수가 지닌 능력이다.

라르크나 람화연이 생각한 것도 바로 그러한 계획이 아니었던가.

교황의 자폭으로 에얼쾨니히가 잠시 약화되는 순간, 로페 대륙으로 건너오는 마탄의 사수를 상대한 후, 에얼쾨니히까지 끝장내 보자는 것.

세부적인 방법이나 전투 계획, 순서는 조금 달랐으나 근본적인 그림 자체는 비슷했다.

하지만 마탄의 사수가 로페 대륙으로 오지 않을 거라고 한다면?

사실상 에얼쾨니히를 막을 방법은 없어진다.

설령 교황의 자폭 이후 어떤 방법이 생긴다 하더라도 불분명한 행운을 기대할 수는 없다.

이하의 선언을 즉각 실행으로 옮기기 위한 그들의 노력이었으나, 곧 회의실에서 뜬금없이 울린 목소리가 그 모든 것을 깨뜨려 버렸다.

"잠깐, 잠깐. 저는 아무런 말도 안 했는데, 왜들 그러시나 몰라."

어느새 이하의 뒤에선 고개를 빼꼼 내민 하얀 눈의 정령사가 자리하고 있었다.

"으악!"

"프, 프레아 씨!"

"어떻게?"

"그나저나 신대륙 수색대원들의 쾌속정으로는 어떻게 텔레포트한 겁니까? 아니, 람화정 씨나 루거 씨의 말을 들어 보면 텔레포트도 아니었다는데 도대체 정체가ㅡ."

"꺅! 잠시만요! 밀지 말고!"

그 누구보다도 열성적으로 달려든(?) 혜인을 떼어 내야 했으므로, 회의실에선 잠시 소란이 일었다.

아직도 자리에 앉지 못하고 회의실 문 근처에 서 있던 파이로가 헛기침을 했다.

〈신성 연합〉의 참모진 유저들은 프레아에게 핵심만을 질문했고, 프레아는 그 해당 핵심에 대한 질문을 반문으로 깨뜨렸다.

"인원수는 그쪽과 맞출 수 있어요. 하지만 그게 문제가 아니죠. 제 능력에 대해 어느 정도 유추하신 분도 있겠지만…… 제가 첫 번째 스킬을 '사용하자마자' 카일과 얼굴을 맞대고 있을 텐데, 싸우실 수 있으려나?"

프레아는 자신의 능력에 대해 모호하게 설명했지만 이미 그녀의 2차 전직 명칭을 알고 있는 이하나, 한 번 겪었던 루거 등은 그림을 그려 볼 수 있었다.

'카일의 그림자에서 튀어나온다는 의미인가……'

'젠장, 그럼— 불리하다. 키드 녀석이 있지만—.'

키드가 카일을 죽이기 전, 카일에 의해 이하와 루거가 죽을 확률이 더 높다.

프레아의 스킬은 말하자면 기습에 가깝다.

갑자기 자신의 그림자에서 적이 튀어나와 공격할 거라는 상상을 하고 살아가는 사람은 없다.

'하지만 치요라면—.'

'공격을 1초라도 빠르게 읽는 그 스킬이 있다면……'

프레아가 스킬을 사용하는 그 순간, 어떤 징후가 발견될지도 모른다.

만약 그녀가 카일을 살리기라도 한다면?

키드의 카일 암살은 실패하고, 그것에 반응한 카일이 이하와 루거, 키드 세 사람을 모조리 죽여 버리는 결과가 나와도 이상하지 않다.

그것은 위험하다.

교황과 에엘쾨니히의 자폭 이후를 기대하는 게 나을 정도로, 너무나 큰 위험을 감수해야 한다.

〈신성 연합〉은 그런 선택을 할 수 없다.

"우웅…… 그쪽에서 이쪽으로 '데려오는 일'은 할 수 있을 거예요. 하지만 여러분들이 거기까지 갈 수가 없다는 게 문제네요. 혜인 씨는? 아직도?"

어두워진 분위기 속에서 프레아가 물었다. 혜인은 난처한 미소를 지었다.

혜인이 최근 들어 〈신성 연합〉의 회의에 참석하게 된 이유
"공간 이동 불가 지역에 들어가게는 되었지만……."
"오!? 축하할 일이네요! 그럼―."
"하지만 거리가……."

이하는 휘둥그런 눈으로 혜인을 바라보았다. 신대륙으로 갈 수 없다고 한 것이었지만 혜인의 표정은 어둡지 않았다.

―2차 전직 하셨어요?
―운이 좋았습니다. 아직 2차 전직다운 스킬도 몇 개 없는 걸요.

그가 최근 들어 〈신성 연합〉의 수뇌부와 자주 움직일 수 있었던 이유이기도 했다.

페르낭과 함께 '웨이 포인트'를 설정하자는 것 또한 그가 2차 전직을 마친 상태였으므로 가능했던 것!

이하에게도 혜인의 발전은 기쁜 일이었지만, 지금은 그런 것을 티 낼 때가 아니었다.

"파이로 씨, 치요에게 이동 수단은 없는 거죠? 로페 대륙까지 올 만한, 아니면 마탄의 사수에게 무언가 있다던가—."

"없습니다. 박쥐로 변해서 비행하는 것도 한계가 있고, 이미 NPC 뱀파이어들 상당수는 죽어 버렸죠. 치요의 혼잣말로 유추하자면, 일반 NPC들을 뱀파이어화하여 조종하는 것 또한 가능한 것 같지만……. 여러분들이 아시다시피 현재 신대륙에는 NPC가 없습니다."

사실상 NPC 뱀파이어들의 상당수를 이하와 알렉산더가 죽였다고 봐도 좋다.

그 이후 그녀는 뱀파이어를 보충할 기회를 한 번도 맞이하지 못했다.

로페 대륙으로 넘어와 세를 불리는 것도 불가능했으므로 당연한 일이다.

"크라벤의 쾌속정을 한 100대 뿌려서 시선을 분산시키면 어떻게든 되지 않을까요?"

라르크는 본인이 말을 하면서도 머리를 긁적거렸다.

루거는 단박에 고개를 저었다.

"그딴 얄팍한 수가 통할 리 없지. 레가 만들어 놓은 야수들의 방어선을 뚫는 것도 불가능할 것이고…… 무엇보다 쾌속정을 100정이나 구하는 것 자체가 불가능할 거야. 몇십 대 정도 만든다 쳐도 아마……."

그만큼의 이미 시간이 흐른 상태가 아닌가.

에리카 대륙에서 로페 대륙으로 오고 있는 마왕군을 여명의 바다 한가운데서 마주칠 확률이 높다.

'그걸 뚫고 가는 건 불가능하지.'

그 몬스터들과 마주쳤을 때, 마왕이나 마왕의 조각이 즉시 나타날 가능성이 있으니까.

한 번 부딪쳐 본 루거가 피해야 한다고 즉답할 정도다.

적어도 이하는 루거의 그런 '후각'을 100% 확신하고 있었다.

'결국 바다로 가는 건 불가능한 건가? 텔레포트가 안 되는 지금, 유일한 건 바닷길밖에 없건만……'

여명의 바다의 북쪽이나 남쪽으로 크게 우회하여 마왕과 각종 괴수들을 피한다는 선택지도 있지만, 쾌속정을 타고 직선거리로 6일의 시간이 소요된다.

10일 이상 소요되는 작전?

설령 삼총사가 그것을 타고 에리카 대륙에 무사히 도착한다 해도 카일을 찾기 위해 시간이 또 걸리지 않겠는가.

루거와 키드 또한 이하와 같은 생각을 하고 있었다.

'누군가 마탄의 사수가 된다고 해도—.'

'로페 대륙으로 돌아왔을 땐 벌써 때가 늦을 겁니다.'

마왕군이 로페 대륙을 초토화시켜 놓은 다음일 가능성이 높다.

"휘유, 이거야 원…… 하핫. 페이즈 5니까 당연한 일이겠지만 진짜 쉽지 않네요."

라르크는 무거워진 분위기를 환기했다.

억지웃음을 내는 그를 보며 몇몇 유저들이 반응해 주었다.

"키킷, 계획을 짜더라도 실행할 방법이 없거나, 완전 도박과도 같은 방법뿐이라니. 최악의 경우에는 그 도박이라도 해야 하지 않겠어요?"

바다를 통해 간다는 생각은 하지 말아야 한다.

그렇다면 프레아를 통한 도박이라도 해야 하지 않느냐.

혜인이나 신나라 등은 그 제안에 끌리는 게 당연했다. 삼총사의 힘을 믿고 있으니까.

프레아는 인원수를 맞출 수 있다고 말했다.

눈치 빠른 유저들은 현재 치요 측의 NPC와 유저를 전부 합한 수라는 걸 알고 있었다.

즉, 그림자 하나당 한 명이 갈 수 있다는 뜻이다.

삼총사와 프레아, 거기에 더해 한 명의 전투 요원이 따라붙는다면 해 볼 만하지 않을까?

"아니. 도박으로는 안 돼요. 그거야말로 미들 어스의 유혹이죠."

키드와 루거마저도 그런 생각에 끌렸으나 람화연은 똑 부러지는 말투로 그것을 잘라 냈다.

이하는 그녀의 말을 들으며 무언가가 생각났다.

"맞아요. 미들 어스에서 '쉬운 길'은 언제나…… 나쁜 결과를 초래하는 유혹이었죠. 지금은…… 우리의 할 일을 하며 에리카 대륙으로 건너갈, 더 좋은 방법을 찾는 게 최선입니다."

—크크크…… 그것으로 좋은가.—

도박을 하자는 건 블랙 베스의 목소리에 따르는 것과 같다. 쉽고 빠른 길이 옳은 답을 내기는 어렵다.

조바심이 나더라도, 답이 없어 보이더라도 현재로써는 우직하게 접근해야 하는 게 최선임을 이하는 확신했다.

이하는 자신을 뚫어져라 바라보는 한 사람에게 다가갔다.

파이로는 이하를 보며 움찔거렸다.

"파이로 씨, 지난 일이야 다 지난 거고. 앞으로 잘 해 봐요."

이하는 그를 보며 웃었다. 내민 손에 가식은 없었다.

"……바라는 바요."

마침내 파이로의 입가가 슬쩍 올라갔을 때, 〈신성 연합〉은 새로운 아군을 얻게 되었다.

푸른 수염이 말한 날까지는 14일.

마왕군도 출발 준비를 할 시기라는 점을 다시 한 번 상기하며 〈신성 연합〉의 긴급회의는 파했다.

에즈웬 교황청을 나서는 유저들 사이에서, 이하는 루거와 키드에게 말했다.

"아 참, 당신들은 나 좀 보고 가지?"

"도와 달라 소리를 할 거라면 꺼져라. 바쁘니까."

"나는 마무리 할 일이 있어서 갑니다."

슉— 슉—.

그들은 곧장 텔레포트했다.

이하는 황당함을 감출 수 없었다.

"······진짜 간다고? 이런 식으로?"

알렌 스르나가 부여한 스킬을 활용하여, 그를 통해 새로운 단계로 나아가게끔 도우려는 의도였건만······ 그것을 이토록 무시한단 말인가!

이하의 뒤를 따르던 프레아가 킥킥거렸다.

"이히힛, 그러니까 용건부터 말했어야죠!"

"황당해서 말도 안 나오네요."

이하는 친구 창을 열어 보았다.

키드는 미개척지 인근으로 자리를 옮겼고 루거 또한 크라벤의 수도에 위치해 있었다.

장난이 아니라 진짜로 옮겼다는 점이 이하를 더욱 열 받게 만들었다.

"하여튼 이 인간들, 내 말이라면—······ 어라라?"

친구 창을 살피던 이하는 그 자리에 멈춰 섰다.

프레아는 이하를 살피며 고개를 갸웃거렸다.

이하와 프레아의 뒤를 슬며시 따라오던 람화연이 이하에게 물었다.

"왜 그래?"

람화연의 물음에도 이하는 한동안 답하지 않았다.

이하의 눈동자는 움직이고 있었으나 타인이 보기에는 그저 허공을 훑을 뿐이었다.

이하가 자신만 볼 수 있는 미들 어스 시스템 관련 창들을 허겁지겁 읽고 있다는 의미였다.

람화연은 이하를 기다리며 프레아를 흘끗거렸다.

자신이 기다리는 것이야 당연한 일이지만, 프레아 또한 하이하의 말을 기다리고 있는 걸까? 아니면 무슨 대화라도 하는 걸까?

람화연이 이런저런 생각을 하는 동안, 마침내 이하의 고개가 돌아갔다.

"……화연아."

"으, 응?"

이하의 진지한 눈빛에 람화연은 잠시 당황했다.

프레아와의 사이에서 이상한 기류를 감지하려고 뒤를 따라왔느냐, 라는 소리를 들을까 그녀는 걱정했으나 지금 이하의 머릿속에 그런 '사소한 일' 따위는 떠오르지도 않았다.

"나중에 연락하면, 바로 준비 좀 해 줘."

"준비?"

"어쩌면…… 어쩌면 방법이 있을지도 몰라."

이하의 머릿속에서 여러 가지 생각들이 교차하고 있었다.

결코 쉬운 방법은 아닐 것이다.

가능하다고 당장 말할 수도 없다.

"무슨 방법을 말하는 거야? 아까는 말하지 않다가 왜—."

"나도 전부 잊고 있었거든. 하지만—."

하지만 만약 실현되기만 한다면?

더 이상 도박이나 얄팍한 수에 의지하지 않아도 된다.

'아니, 바꿔 생각하면— 이거 말고는 답이 없다는 거잖아. 그럼 반드시 성사시켜야지.'

〈신성 연합〉의 두뇌들을 전부 모아 놓고도 답을 낼 수 없었다.

어쩌면 그 답이 될 수 있는 유일한 방안을 떠올린 이상, 무슨 일이 있어도 이것을 실현시켜야 한다.

이하는 곧장 수정구를 발동시켰다.

"우선 가 볼게. 되는 대로 말할 테니까, 그때 즉시 움직여 줘!"

"뭔지 이야기라도 하고—!"

슉—!

이하는 곧장 사라졌다.

허탈한 얼굴의 람화연을 보며 프레아는 은근한 미소를 짓고 있었다.

"킥킥, 삼총사 여러분들은 행동도 비슷하네요."

조금 전 키드와 루거가 이하에게 한 행동과, 이하가 람화연에게 한 행동이 무엇이 다르단 말인가.

프레아는 그런 점을 떠올리며 웃은 것이었으나 람화연에게는 그 웃음이 조금 다르게 이해되었다.

자신의 남자 친구를 위해 무엇이든 하겠다고 한 여성을, 어찌 좋게만 바라볼 수 있을까.

"후우우우…… 프레아 씨."

"네?"

"……이야기도 엿들을 수 있죠? 아까 우리 회의실에서 불쑥 튀어나올 때, 이미 '다 알고 있는 상태'였으니, 분명 가능할 거예요."

그럼에도 한 점 티 내지 않는 것.

자신의 감정이 흔들린다는 걸 스스로 알고 있음에도, 철두철미하게 그녀를 '업무용' 얼굴로 대하고 있었다.

"그리고 예전에…… 하이하에게 힘이 된다면— 무엇이든 돕는다고 하셨죠."

능력이 있다면 사적인 감정과 관계없이 사람을 활용할 줄 아는 게 바로 람화연의 힘이었다.

"그럼요."

"그렇다면 치요 쪽의 이야기를 최대한 들어 주세요. 시노비구미 소속 유저 리스트는 어느 정도 저한테 뽑혀 있어요. 이 중 누가 살아남았는지, 리스트를 보며 파이로와 확인한 후 시도하시면 될 거예요."

람화연은 가방에서 곧장 서류 뭉치를 꺼내어 프레아에게

전해 주었다.

치요나 카일에게 직접 접근하는 것은 어렵지만 주변 인물이라면 가능할지도 모른다.

"알겠습니다아~ 아 참! 시간이 남으면 혜인 씨랑 같이 다녀도 상관은 없죠?"

"으, 응? 그거야— 프레아 씨가 알아서 할 일이죠. 제가 부탁드린 일에 지장이 없다면—."

"오케이. 그 정도는 별거 아니니까요. 그럼, 리스트 준비되면 말해 주세요! 파이로 씨랑 같이 갈 테니까!"

람화연은 프레아의 모습을 보지 못했다.

눈을 깜빡였다, 라고 생각하는 그 찰나의 암전이 끝나자마자 이미 프레아는 사라진 상태였다.

'하여튼…… 종잡을 수 없어. 그나저나 하이하는—.'

어디로, 무엇을 하러 간 것인가.

람화연은 친구 창을 열어 보고 그의 위치를 확인하며 귓속말을 보내려다 그만두었다.

"어차피 아직 확신은 없다는 거겠지."

준비가 된다면 어련히 이야기를 할 성격이다. 그렇다면 지금은 그쪽을 신경 쓸 때가 아니다.

이하를 믿고 있으므로 오직 이하에게 맡긴 채, 자신의 힘을 발휘할 장소로 가야 한다.

람화연은 곧장 수정구를 발동시켰다.

〈신성 연합〉의 유저들은 점차 조여 오는 긴장과 압박 속에서도 제 위치를 지키고 있었다.

하루, 이틀, 사흘, 나흘…….
마침내 푸른 수염이 말한 기간까지 7일 남짓이 남았을 때.
"화연아, 〈신성 연합〉 수뇌부 전부 소집해 줘."
"에얼쾨니히 님, 모든 준비가 완료되었습니다."
이하와 푸른 수염이 입을 열었다.

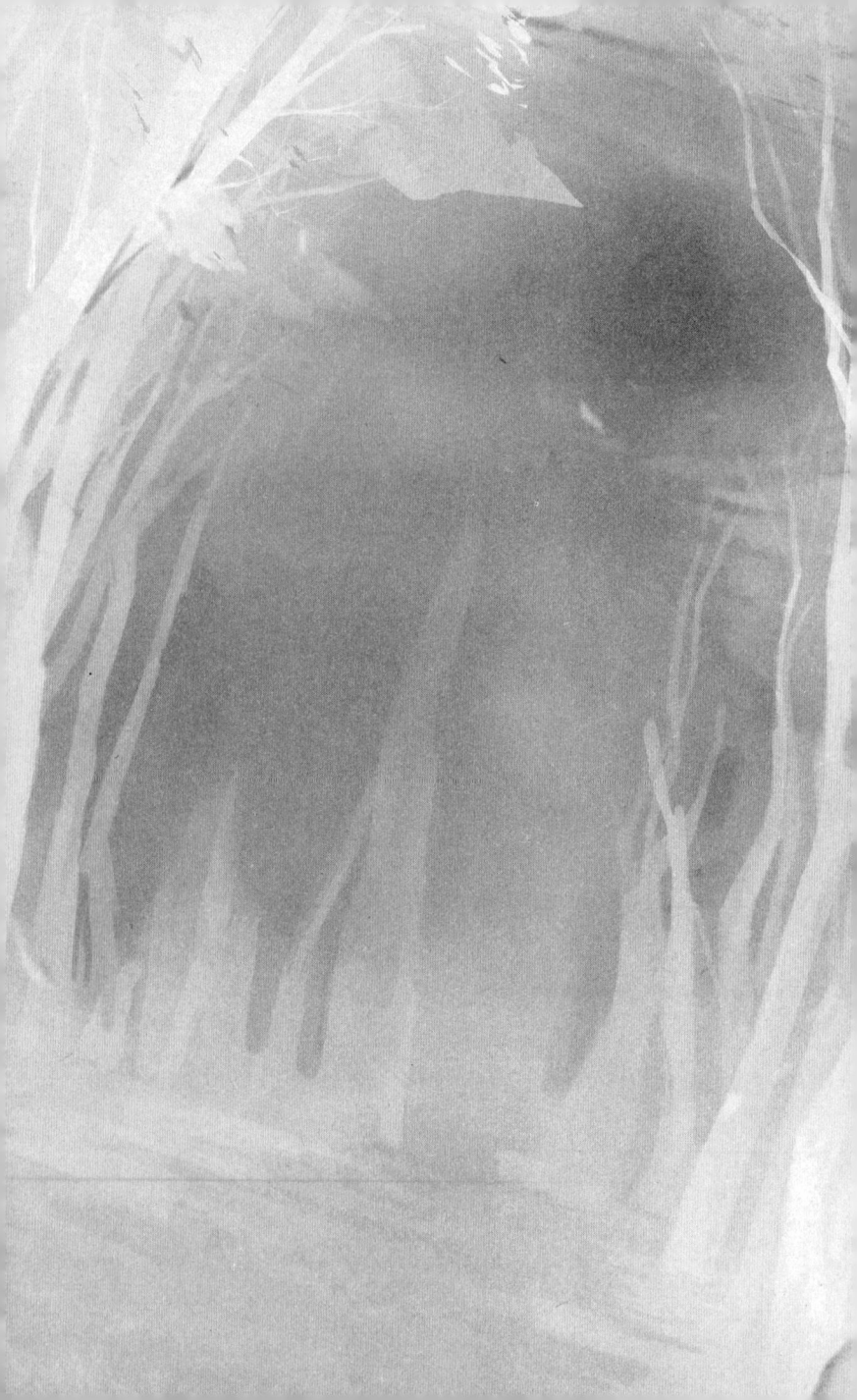

파우스트는 짠 냄새가 물씬 풍기는 공기를 들이마셨다.

부표에서 생활할 때만 해도 마음에 들지 않았으나 지금은 그 누구보다도 바다 내음을 즐길 줄 알게 되었다.

단순히 적응을 잘했기 때문이 아니었다.

촤아, 촤아아아아————……!!!!

엄청난 속도로 물살을 가르며 나아가는 자신의 언데드 선박들을 내려다보고 있기 때문이었다.

파우스트는 자신이 만든 〈조립식 언데드〉를 행글라이더 형태로 만들어 등에 부착해 두었다.

하늘에서 내려다보는 언데드 선박과, 그 언데드 선박에 탑승하고 있는 병력들은 도대체 얼마나 되는가!

"피로트-코크리 님, 정말 제 배에 타고 있는 녀석들을 제가 조종해도 되는 겁니까?"

하물며 그것들이 전부 자신의 것이라고 한다면!

"끼히히히힛, 물론! 어차피 전부 네 녀석의 친구들이잖아?"

파우스트의 물음에 피로트-코크리는 거리낌 없이 답했다.

파우스트는 그녀에게 다시 한 번 확인을 받고 나서야 더욱 짙은 미소를 띨 수 있었다.

'크크크…… 이놈들의 수만 무려 5만이 넘어간다고. 게다가 내가 만든 것보다도 질적으로 훨씬 뛰어나지.'

피로트-코크리는 어째서 파우스트에게 〈조립식 언데드〉의 숙달만을 맡겼는가.

언데드 병력은 그녀 스스로 만들기 위함이었다.

에리카 대륙의 해안선에서 각종 몬스터들을 승선시키던 파우스트는 피로트-코크리의 언데드 병력 위임 이야기를 듣자마자 눈물이 왈칵 쏟아질 정도였다.

일반적인 스켈레톤이나 좀비가 아니다.

그들의 사체는 키메라에게 당한 손상 부위도 티가 나지 않을 정도로 재건된 상태다.

피로트-코크리의 에너지가 포함되어 더욱 강해진 데다, 생전의 모든 기술을 고스란히 사용할 수 있는 언데드가 무려 5만?

'내가 황룡의 길드 마스터가 된 거나 마찬가지 아닌가. 아니, 황룡의 조무래기 새끼들보다 훨씬 강하니까— 크크, 크크

크큭······.'

 웬만한 아웃사이더만큼 강한 언데드 5만이 단일 길드에 소속되어 있다면, 미들 어스에서 소규모 도시 국가를 세워도 부족함이 없을 정도이리라.

 삐이이이익······!

 "제기랄······."

 파우스트는 기분이 팍 상했다는 듯 인상을 찌푸렸다.

 〈조립식 언데드〉의 비행 옆으로 두 마리의 괴조가 다가왔다.

 피막 형태의 날개에 머리가 아예 없는 괴조와 깃털 하나하나 인간의 허벅지만 한 크기에 머리까지 세 개가 달린 괴조.

 현재 마왕군에서 두 마리의 괴조는 일종의 상징과도 같은 역할을 하고 있었다.

 "저 뼈로 만든 배에 허튼짓은 하지 않았겠지, 파우스트."

 "뭐, 허튼짓을 해 봐야······ 본인이 더 크게 다친다는 건 알고 있을 것이고."

 "아니, 멍청해서 모를지도 모르지. 크크크······."

 메데인과 칼리는 기세등등하게 말했다.

 그것은 한때 파우스트의 밑에서 개처럼 부림당했던 것에 대한 반발이었다.

 푸른 수염에게 힘을 얻어 그의 왼팔, 오른팔 격이 된 그들은 피로트-코크리의 오른팔이라 할 수 있는 파우스트에게 사사건건 충돌하려 했던 것이다.

"……푸른 수염의 야수 몬스터들을 손에 넣었다고 기뻐하는 건가? 하고자 하면 너희들 따위 다섯 걸음 옮기기 전에 죽일 수 있다."

물론 그런 것에 기가 죽을 파우스트가 아니었다.

마왕군 소속으로 가장 오래 있었던 유저의 관록은 결코 무시할 게 아니다.

파우스트가 뼈 지팡이를 한 번 흔들자, 짐승형 몬스터들이 타고 있던 언데드 선박이 삐걱거렸다.

칼리의 얼굴이 곧장 구겨졌다.

"해볼까? 바다에도 우리 몬스터들이 있다는 걸 잊지 마."

"바다에 있는 건 전부 포유류가 아닌가. 잠수 상태로 오래 버티지도 못하는 놈들 위에 저 덩치 큰 새끼들을 태워서 버틸 수 있을 거라 생각하나? 여전히 멍청하군, 칼리."

"크으—."

언데드 선박이 부서져도 살릴 수 있다는 자신감의 표출이었으나, 파우스트는 이미 해양, 비행, 지상 몬스터들의 약점도 파악하고 있었다.

"해안선까지 올려 보내서 싸우겠다는 취지는 좋았지만, 나한테 시비를 걸 거라면 처음부터 어류형 몬스터들을 만들어 놨어야지. 아니면 메데인 녀석의 비행 몬스터가 나머지를 다 들고 날 수라도 있나?"

"……똑똑한 척하고 있군. 로페 대륙에 도착하는 순간, 뒤를 조심하는 게 좋을 거다."

"네놈의 언데드라고 해 봐야— 결국 우리 야수들의 숫자에 한참 못 미치니까."

둘은 어금니를 씹으며 으르렁거렸다.

피로트-코크리에게 부여받은 5만의 언데드도 강하지만, 메데인과 칼리가 쉴 틈 없이 뽑아낸 지상 병력들도 강하다.

하물며 그 수는 몇 배에 이른다.

"저기나 가 보는 게 좋겠군. 부표를 피하지도 못하고 대가리를 박아 대는 것 같은데."

파우스트는 코웃음을 치며 어딘가를 가리켰다.

"빠오오오오오————!"

"꾸어어어어————……."

언데드 선박의 주변에서 헤엄치던 해양 몬스터들이 수면으로 올라와 울부짖었다.

부표를 지나는 몬스터들을 기준으로, 도미노 현상처럼 주변에 퍼지는 기현상은 분명히 지금까지는 없었던 행동이었다.

칼리는 파우스트를 쏘아보았다.

"너, 이 자식, 일부러 부표 근처에 무언가를—."

"내가? 왜? 어처구니없는 소리."

"빌어먹을 놈, 언젠가 그 도마뱀 면상에서 웃음기를 지워 주마."

메데인과 칼리는 괴조를 몰아 해양 몬스터들이 발광하는

곳을 향해 날아갔다.

 파우스트는 하찮다는 듯 그들을 비웃었다.

 그러곤 그 또한 의문이 들었다. 파우스트는 실제로 〈부표〉 인근에 아무것도 설치해 두지 않았기 때문이다.

 "제 몬스터들 관리도 못 하는 것들이……. 그런데 저건 왜 그런 거지?"

 〈조립식 언데드〉를 망원경의 형태로 만든 후, 파우스트는 해당 방향을 관찰했다.

 자신이 얼마 전까지 대기하고 있을 때의 모습과 크게 다르지 않았다.

 '떠난 지 3일 조금 넘었으니, 시간상으로도 맞아. 부표는 특별히 움직이거나 하진 않은 것 같은데.'

 〈신성 연합〉의 마공학자가 부표를 움직였던 일을 떠올리며, 혹여 뭔가 장치가 되어 있지 않은가 확인하려 했지만 그 외의 특이 사항은 없었다.

 파우스트는 몬스터들을 진정시키기 위해 고군분투하는 메데인, 칼리의 모습과 그들에게 다가와 혼을 내는 푸른 수염을 보며 킬킬거렸다.

 메데인과 칼리가 강해졌다고?

 '하지만 마왕의 조각들은 더욱 강해졌다.'

 메데인과 칼리가 수습하기 어려울 정도로 몬스터들이 발광한다 한들 푸른 수염은 가벼운 손짓 한 번으로 잠재울 정도다.

마왕의 조각을 그 누구보다 오래 지켜봐 온 파우스트였기에 더욱 잘 알게 된 사실이었다.

파우스트는 뒤를 흘끗 돌아보았다.

'에얼쾨니히……'

바다를 빽빽하게 메우며 항행하는 몬스터들의 위용보다도, 그 뒤에서 허공을 잠식하며 날아오는 검은 마왕의 무게감이 더욱 크게 느껴졌다.

'기브리드의 빈자리가 느껴지지 않아. 인정하긴 싫지만 나와 메데인, 칼리로도 기브리드의 공백을 메울 수 있다. 〈신성연합〉은 이제 끝이지.'

이 정도의 강대함이다.

마왕과 마왕군을 막는 건 불가능하다는 게 확실하다.

그러니 견제해야 할 건 메데인과 칼리 그리고 푸른 수염이다.

마왕이 지배하는 세상에서 자신은 어떤 자리를 차지할 수 있을까.

그것을 기대하는 건 마왕군 소속 유저들만이 아니었다.

로페 대륙의 해안선 곳곳에서도 평소 보이지 않던 유저들이 잔뜩 등장해 있었다.

보통 2인 1조로 또는 개인 홀로 돌아다니는 유저들은 〈신성연합〉의 소속이 아니었다.

"에얼쾨니히의 로페 대륙 침공을 가장 먼저 맞이하게 될 장소에 나와 있습니다! 지금 이곳은…….”

카메라와 유사한 아이템을 들고 있는 그들은 미들 어스의 '끝'을 취재하러 나온 사람들이었다.

"비록 저희가 촬영하는 방송은 생방송으로 중계될 수 없겠으나—."

"다행스러운 점은 미들 어스와 현실의 시간 차가 그대로 적용되는 게 아니라, 방송용을 위한 특별 보정을 적용해 준다는 구플 측의 확언이 있었으므로—."

"국제 표준시 기준으로 내일 오전 9시, 저희 와이튜브 채널에서 감상하실 수 있습니다! 현재 제가 나와 있는 곳은 샤즈라시안과 에즈웬이 국경을 마주한 지점으로, 바로 이 해안선에서 가장 격렬한 방어전이 치러질 것으로 예상됩니다!"

각국은 물론이고 해당국의 온갖 방송사들은 미들 어스 취재에 혈안이 되어 있었다.

"으, 남의 일이라고 정말 막말들 하네요. 콱 쏴 버려?"

"차, 참으세요, 보배 씨."

혈안이 되어 떠벌리는 그들을 좋은 눈으로 바라볼 수는 없었다.

특히 미들 어스에 애착을 갖고 플레이하는 유저일수록 그런 경향은 심했다.

기정은 보배를 말렸으나 비예미는 오히려 그러한 장면도 즐기는 중이었다.

"킷킷, 원래 남의 집 불구경이 제일 재미있고 자극적인 음식이 제일 맛있으니까요. 저 중에는 구플이 망해야 득을 보는 사람도 한두 명이 아닐 거고. 저였어도 미들 어스 랭커들이 고꾸라지는 모습에 '꿀잼'을 외쳤을 것 같은데."

누군가의 실패는 누군가에게 즐거움일 뿐이라는 의미로 비예미가 말했다.

별초의 길드원들도 여전히 적응하기 힘들어하는 그의 말투에, 보배가 한마디 하려 했다.

그러나 비예미를 잡을 수 있는 건 역시 보배가 아니라 캔들캐슬부터 같이 해 왔던 동료일 수밖에 없었다.

"비예미 씨는 너무 냉소적이라서 문제라니까요. 그런 말이나 하니까 친구가 없죠."

"키, 키킷…… 징겅겅 씨도 많이 날카로워졌네."

비예미가 슬그머니 물러서자 보배와 기정이 징겅겅을 향해 엄지를 척, 올려 주었다.

별초뿐만이 아니라 〈신성 연합〉의 군세 모두에게도 취재진은 신경 쓰이는 존재였다.

"저희가 입수한 정보에 따르면, 마왕 에얼쾨니히와 마왕의 조각 둘을 제외하고도, 그들의 총 병력은 대략 300만으로 추정되며—."

"개별 몬스터의 레벨은 약 300으로, 이곳, 로페 대륙의 필드 보스들보다 강하다는 분석이 있습니다."

"저희 방송사의 대응팀이 동일한 몬스터의 수를 기준으로 모의 전투를 치러 본 결과, 〈신성 연합〉 측이 승리하기 위해서는 약 1500만 명의 유저가 동시 접속 후 방어를 해야 가능하다는 산출이 나와 화제를 불러 모으는 가운데—."

"이곳의 지휘관으로 임명된 유저, 카렐린 님과의 인터뷰를 시도하고 있지만 아직까지는 답변을 기피하고 있는 상황입니다. 이 또한 〈신성 연합〉이 불리하다는 것을 간접적으로 증명하는 행위로—."

곳곳에서 이런 말을 떠들어 대며 녹화를 하고 있으니 당연한 일이었다.

사기를 북돋아 주는 말도 간혹 있었으나, 그 대부분은 〈신성 연합〉의 패배를 점치는 말들이었다.

"으, 이하 형한테 저 인간들 전부 머리통 날려 버리라고 하고 싶네."

"가능했다면 내가 먼저 했을 거다, 케이. 내 짧지 않은 시간을 수련했지만, 저런 부류의 인간에게도 평상심을 유지하기에는 수련이 부족한 것 같군."

기정과 태일이 그들을 보며 부글부글 끓는 속을 토해 내었으나 역시나 물리력으로 그들을 몰아낼 순 없었다.

애당초 그들 전부를 몰아내기에는 수가 너무 많은 데다, 그들에게 적극적으로 개입하지 말라는 〈신성 연합〉 참모진들의 공지가 있었기 때문이다.

─────────────────!

에얼쾨니히의 침공과 동시에 온오프라인을 떠들썩하게 만든 그들의 위력을 〈신성 연합〉의 참모진이 모를 리 없었다.

그렇다면 부정적인 효과만 불러올 그들을 몰아내거나 차단할 수 없을 시, 취할 수 있는 행동은?

"앗! 지, 지금, 해안선 위로 거대한 전광판 같은 게 떴습니다!"

"수치와 지도가— 보이고 있습니다. 4분할된 전광판 내부의 화면은— 이곳? 한 군데는 여기를 나타내고 있으며 나머지는……."

"또 다른 방어선……?"

[〈신성 연합〉의 이름으로, 마왕군의 침공 현황에 대한 실시간 정보를 공유하겠습니다. 현재 〈신성 연합〉의 주력 방어군이 배치된 3군데 해안가에는 이것과 같은 정보 공유 일람 홀로그램이 생성되었으며, 추후 이곳을 통해 마왕군과 〈신성 연합〉 간의 전투 중계 및 그들의 총 전력 수 등에 관한 주요 정보를 공유토록 하겠습니다.]

더욱 적극적인 정보의 공유.

루머나 가짜 뉴스에 휘말리지 않도록, 검증되고 완벽한 진짜 뉴스를 가장 빠르게 내보낸다는 게 바로 〈신성 연합〉의 참모진들이 택한 방법이었다.

　[제1방어 진지, 샤즈라시안과 에즈웬의 국경 해안.]
　―샤즈라시안 소속 유저―카렐린 지휘.
　[제2방어 진지, 크라벤의 항만.]
　―미니스의 에윈 지휘.
　[제3방어 진지, 퓌비엘의 항구 도시.]
　―퓌비엘의 그랜빌 지휘.
　[전체 진지 연동 및 방어 병력 이동 관련]
　―미니스 소속 유저―라르크
　―퓌비엘 소속 유저―람화연 공동 지휘.
　: 각 참전 병력 수 및 주요 설비 현황…….

　4분할된 화면 중 해당 방어 진지를 보여 주는 세 군데의 화면에 해당 방어 진지에 관한 정보가 나열되고 있었다.
　"아……?!"
　"뭐야? 저런 걸 그냥 다 알려 준다고?"
　당황한 취재진들은 잠시 꿀 먹은 벙어리가 되었다.
　말없이 돌아가는 눈동자들이 서로 교차되기를 몇 초, 그들은 곧장 마이크를 쥐고 다시금 떠들기 시작했다.

"마왕군이 볼지도 모르는데 그냥 털어놓는다는— 에, 우선 일전에 제가 말씀드린 것은 저희 방송사의 공식 의견이 아니며, 미들 어스 개인 유저의 분석을 참고 삼아 안내해 드렸다는 것을 다시 한 번 말씀드리는 가운데—."

당연히 그 내용은 조금 전과는 확연히 다를 수밖에 없었다.

4분할된 전광판 중 세 개는 〈신성 연합〉의 주요 방어선이 될 3군데의 해안가였다.

그리고 하나의 화면은 계속해서 바뀌고 있었다.

마치 누군가가 인위적으로 채널을 돌리는 TV의 화면과 같았다.

대부분의 유저들은 알지 못했으나, 눈치 빠른 유저들과 이미 해당 소식을 알고 있던 별초의 소속원들은 흐뭇한 얼굴로 그 화면을 바라보고 있었다.

그 화면을 담당하는 자가 누구인지 알고 있었기 때문이다.

"루비니 씨, 지도에는 보이나요?"

"아뇨. 해당 사항 없습니다."

"페르낭 씨는요?"

"제 눈에도 안 보이는군요. 이래 봬도 일정 깊이라면 수면 아래에 있는 것까지는 잡아낼 수 있는데— 하늘에도, 바다에도 없습니다."

"알겠습니다. 그럼 다음 웨이 포인트로 가죠."

혜인이 허공에서 지팡이를 휘둘렀다.

이전보다 훨씬 빠르고 정확한 데다, 마법진 따위를 그리지 않아도 사용할 수 있게 된 〈매스 텔레포트〉를 활용한 〈신성 연합〉의 '눈'이 전초 레이더 역할을 수행하는 중이었다.

3개의 방어 진지에 배치된 유저와 NPC들은 물론 사실상 본부 개념에 가까운 라르크와 람화연의 이동 지휘 통제실에서도 모든 장면을 보고 있었으므로 긴장의 끈은 놓을 수 없었다.

"후우우우우······."

그렇게 모든 유저들이 제각기의 지휘관 근처를 서성이며 전의를 다질 때에도 오직 홀로 남아 명상을 하는 이도 있었다.

"정말 이곳에서 괜찮겠습니까."

"네, 괜찮습니다."

"당신은······ 퓌비엘의 기사입니다."

"그렇습니다. 하지만 퓌비엘 소속이라 하여 퓌비엘만을 지켜야 하는 건 아니죠."

신나라는 미소를 지었다.

교황의 기도실에서 새어 들어오는 빛이 그녀의 얼굴을 비쳤다.

교황은 그녀를 보며 안타까운 얼굴을 했으나 더 이상은 어쩔 수 없었다.

"저는 더 이상 세이크리드 기사단의 데임Dame이 아니니까요."

세이크리드 기사단이라면 이러한 위기에서 반드시 수도를 지켰어야 한다.

그랜빌을 제외한다면 다른 세이크리드 기사단원들 모두가 퓌비엘의 수도에 남아 있는 것도 그러한 이유였다.

따라서 신나라는 세이크리드 기사단직을 반납한 후 퓌비엘의 일개 국민으로 방어전에 참전했다.

실제로 기정을 비롯한 별초의 인원들이 샤즈라시안과 에즈웬의 국경 해안에 위치한 것처럼, 〈신성 연합〉 소속이라면 어느 위치에서 전투를 해도 별다른 상관은 없었다.

"데임 신나라…… 그대를 위해 기도하겠습니다."

"감사한 말씀이지만, 저보다는 바깥의 인물들을 위해 기도해 주셨으면 합니다. 저보다도 성하의 기도에 더욱 감동 받으실 분들이니까요."

교황은 자신의 곁에 남겠다는 추기경과 팔라딘 등 에즈웬의 교인들을 모조리 피신시켰다. 그러나 그 와중에도 고집 센 NPC는 있는 법!

추기경 몇몇을 포함한 팔라딘과 일반 사제들 중 일부는 교황을 지키고자 교황청의 밖에서 대기 중이었던 것이다.

현재 에즈웬 교황청 내부를 통틀어도 교황과 그를 보좌하는 NPC가 하나일 뿐, 유저는 신나라가 유일했다.

"설령 내가 죽는다 하더라도 데임 신나라, 그대의 책임이 아니니 결코 자책하지 말기를 바랍니다."

"어차피 저도 죽으면 그런 자책할 여유도 없을 텐데요. 헤헷."

자신들의 죽음과 희생을 소재 삼아 간단한 농담을 할 수 있는 마음은 어떤 것인가.

신나라는 미들 어스라는 게임 속의 유저일 뿐이지만 그녀가 이곳에서 이룬 건 결코 작지 않다.

그 모든 걸 버리고 교황을 살리러 온 각오를 생각한다면 그녀의 죽음도 상당한 무게를 갖는다는 의미다.

그러나 신나라는 웃고 있었다.

이런 상황에서도 웃을 수 있는 게 그녀의 힘이다.

교황은 여전히 안타까운 얼굴이었으나 아까와 달리 그의 입가에 작은 미소가 걸려 있었다.

"과연……. 알겠습니다."

마치 자신의 마음을 이해한다는 NPC의 말을 들으며 신나라는 어쩐지 가슴이 푸근해지는 기분이 들었다.

평화로운 분위기는 그리 오래가지 않았다.

정좌 자세로 호흡을 가다듬던 신나라가 자리에서 일어섰다. 교황의 호흡이 조금 가빠졌다.

"연락이 온 겁니까."

"네, 성하. 예상대로 세 갈래의 패로 나뉜 마왕군이— 각 해안선을 향해 접근하고 있다고 합니다."

"그들의 도착은—."

"앞으로…… 3시간 뒤입니다."

신나라가 교황에게 말했다.

각 해안선에 생성된 홀로그램의 화면 한 곳에서, 마왕군들의 모습을 비추기 시작했다.

카메라의 기능을 든 아이템을 든 유저들의 움직임이 다급해졌다.

그들은 대형 홀로그램과 〈신성 연합〉의 방어 병력의 이동 그리고 캐스터까지 세 개의 항목을 모두 담아내기 위해 안간힘을 쓰고 있었다.

"본격적인 방어 진형을 갖추기 시작했습니다! 이곳은 카렐린의 지휘하에 각 소속 병력별 세부적인 위치를 확인하고 있습니다!"

"현재 전광판에는 마왕군 소속 몬스터와 유저의 수가 실시간으로 업데이트되는 중이지만, 그 수는 멈출 기미를 보이지 않고, 아, 올라간다, 올라간다!"

"이러한 혼란은 타 방어 진지도 마찬가지입니다! 퓌비엘의 항구 방어진지는 보시는 바와 같이 초대형 바리케이드를 이동시키고 있습니다! 언데드로 된 배의 정박을 막기 위함으로 추측되나, 이렇게 모든 정보를 노출해서야 과연 그 효용이 있을지는 의문입니다!"

대형 홀로그램의 화면은 각지의 상황을 고스란히 전달하고 있었다.

방송사의 캐스터들이나 개인 방송을 진행하는 유저들은 마치 스포츠 중계진이라도 된 것처럼 쉴 새 없이 말했다.

그들의 말이 빨라지고 목소리가 커질수록 유저들의 긴장도 고조되었다.

그것은 이동식 지휘 통제실을 만들어 해당 상황을 지켜보던 라르크와 람화연도 마찬가지였다.

"많네요."

"일반 모래사장 해안가에 가까운 제1진지에는, 푸른 수염의 포유류 몬스터들이 주로 배치되었네요."

혜인과 루비니, 페르낭의 '눈' 콤비가 최초 발견을 한 이후 해당 유저들과 유사한 스킬을 보유한 팀들을 각지에 배치한 상태였다.

"뭐, 당연한 일이겠죠. 저쪽도 육로 봉쇄 못지않게, 해상 봉쇄를 원할 테고— 당연히 퓌비엘의 항구 도시와 크라벤의 항만 쪽으로 〈조립식 언데드〉로 만든 선박을 더 배치하는 게 정석이니까요."

라르크는 말했다.

해양 몬스터들을 활용하는 것보다 〈조립식 언데드〉를 이용하는 게 항만의 각종 방어 시설을 통과하는 데에 더 자유롭다.

마왕군 유저 중에서도 로페 대륙의 각 도시나 해안별 특성에 대해 아는 유저가 있을 것이므로, 이러한 식의 배치는 가장 정석적인 것이라 할 수 있었다.

즉, 그렇게 〈조립식 언데드〉의 선박을 제2, 제3방어 진지 위주에 대량 배치한다면?

자연스레 제1방어 진지에는 해양 몬스터들의 비중이 높아진다.

생명체로 된 해양 몬스터들의 비중이 높아지는 위치를 〈신성 연합〉은 어느 정도 예측할 수 있었다는 의미다.

"이, 이곳의 모래사장으로 오는 몬스터의 부류는 물개— 거대한 물개— 아니, 바다코끼리!?"

"고래입니다! 차마 그 크기를 가늠할 수조차 없는 고래에— 파, 팔이 달렸습니다? 팔 달린 고래가 이곳을 향해 헤엄쳐 오는 것을 도대체 무어라 표현해야 할지—."

"해수면 위로 잠시 모습을 비추는 것만으로도 이곳의 병력들은 전의를 상실하고 있습니다! 저들의 속도로 보아 이곳까지 도착하기에는 이제 고작 20여 분가량 남은 시점에서—…… 아앗!?"

홀로그램을 바라보던 중계 유저들은 모두 입을 다물지 못했다.

엄청난 포말과 함께 소용돌이에 가까운 바다의 소란이 일었다. 해양 몬스터들은 서로 뒤엉키고 부딪쳤다.

그것들의 거대한 울음소리가 해안선까지 아련하게 들려왔

으나, 그것은 곧 지워졌다.

제1방어 진지의 최전선에서 들려온 우렁찬 목소리 때문이었다.

"크하하하핫! 풍어로다! 이 망할 놈의 돌연변이 생선 새끼들아! 사람 낚는 어부, 시몬이 왔다!"

이동식 지휘 통제실에서 라르크와 람화연이 주먹을 불끈 쥐었다.

해양 몬스터들의 천적은 역시 바다 사나이, 〈어부〉일 수밖에 없었다.

"뭐야, 어떻게 된 거야!?"

"카, 칼리 님! 몬스터들이 나아가질 않고 있습니다! 이대로라면 선박과 충돌합니다!"

이곳을 담당하는 마왕군 측 간부는 칼리뿐이었다.

"빌어먹을! 움직여지질 않는데 나보고 어쩌라는— 다들 꽉 잡기나 해라! 저 소용돌이 속으로 떨어지면 나도 어떻게 해 줄 수가—."

그러나 지금은 칼리도 별다른 수가 있는 게 아니었다.

'왜 움직여지질 않는 거지? 물 아래에 거대한 벽이라도 쳐진 것처럼······.'

물살을 가르며 빠르게 전진하던 해양 몬스터들이 무언가에 갇혀 버린 듯 옴짝달싹 못 하고 있었기 때문이다.

몬스터들을 통해 바닷속의 상황을 대략 느낄 수 있었던 칼리였기에, 물 아래에 깔린 '벽'이 생각보다 넓게 쳐져 있다는 것 또한 알 수 있었다.

'힘으로 밀어붙이는 수밖에 없겠어. 몬스터들을 더 몰아야 해.'

칼리는 그들을 더욱 강하게 압박했다.

어떻게든 뚫고 나아가라는 명령어 입력과 동시에, 자신에게 가장 많이 배정된 '마왕군 유저'들을 진정시켜야만 했다.

아직 마왕군 몬스터들과 유저들이 해안선에 닿기까지는 약 15분 이상의 거리가 남아 있는 상태였지만, 해안선에 있는 유저들은 바다 위의 상황을 눈에 그리듯 볼 수 있었다.

"놈들이 더 힘을 주기 시작했다, 다들 이 악 물어! 어금니가 부서지는 한이 있어도 버텨야 한다!"

"우하하핫, 시몬 대장! 저 물범이나 바다사자는 도대체 몇 키로나 된답니까? 몇 마리는 생포해서 가져다 팔아도 되고— 아니면 업적용으로 남겨 둬도 되지 않겠수?"

"나도 그 얘기에는 공감이지만— 우선 살아남고 봅시다! 그물이 끊어지면 우리 다 끝이야!"

어부들에게는 원거리에서도 조종할 수 그물 스킬이 있기 때문이다.

어부들의 대장격인 영웅의 후예 시몬과 그 동료들은 모조리 제1방어 진지에 배치되어 있었고, 그들이 미리 설치해 둔 그물의 위력은 상상을 초월하는 것이었다.

그물에 걸린 해양 몬스터들의 무게감을 확연히 떨어뜨리고, 어부 유저들의 힘은 그물에 의해 몇십 배나 강력하게 전달된다는 것을 들었을 때, 라르크와 람화연은 동시에 주먹을 불끈 쥘 정도였으니까.

"하나에 풀고, 셋에 쥐고, 다섯에 당긴다! 하나…… 둘…… 세엣—, 넷! 다쓰엇!"

[부오오오오오……!]

[후우우우우웅————!]

가장 앞서 있던 해양 괴수들이 비명을 질렀다.

해안선에 자리하고 있던 어부 유저들은 괴수들의 발광을 버텨 내기 위해 안간힘을 쓰는 중이었다.

그러나 해양 괴수들의 크기와 무게, 그리고 그물에 걸린 수는 어부들의 예상조차도 뛰어넘은 것이었다.

"끄아아아아!"

"버텨! 이번만 버티면 된다!"

"힘 있게 쪼여!"

시몬을 비롯하여 이곳에 모인 어부 유저만 약 200여 명가량이었으나, 해양 괴수와 일종의 '줄다리기'를 하는 모양새가 되어 버린 이상 남은 건 오직 힘 싸움뿐이다.

지직, 지지지직…….

모래사장에 다리를 푹 박아 보지만 그 모래까지 전부 퍼내 버리며 당기는 괴수들의 힘은 상상을 초월하는 수준이었다.

지금 무슨 상황이 벌어진 것인지 100% 이해하는 유저는 그리 많지 않았다.

그러나 중요한 건 상황에 대한 이해가 아니었다.

"따, 딸려 간다! 모두 잡아요! 저분들이 바다로 딸려 들어가면 안 돼요!"

"다들 달라붙어요! 당깁시다, 당겨!"

뭔진 몰라도 어부들이 한 건의 활약을 올리고 있다는 것.

그들 덕분에 마왕군의 선봉에서 엄청난 혼란이 벌어지고 있다는 게 중요하지 않은가.

비록 어부들의 그물은 '원거리형 스킬'이었으므로, 유저들이 직접 잡을 수 있는 줄은 없었지만 이곳에는 그 본체들이 있다.

"허리 잡고! 앞사람 허리 잡고!"

"잡았어요! 빨리! 저기, 어부 유저님! 어떻게 해야 할지—."

곳곳에서 들려오는 신음과 다급한 요청에 시몬은 고개를 돌려보았다.

특별히 누가 말하지 않았음에도 그들은 앞사람의 허리를 잡으며 스스로 '인간 줄'을 만들어 내고 있지 않은가.

게임상에서 '어부'라는 이색 직업을 택했다는 것만으로도 무시당하던 때가 있었다.

밖에서 일이나 똑바로 하지, 굳이 이 안에서까지 게임을 즐기지 못하고 일을 하냐는 핀잔을 들을 때도 있었다.

"허헛, 이런— 이건……."

하지만 지금은 그런 눈빛이 아니다. 줄지어 이어진 유저들의 눈빛이 모두 자신을 향하고 있다.

실리를 챙기기에 부족함이 없는 직업이었으나 언제나 명분상, 명예상으로 크게 인정받지 못했던 자신들에게 거는 기대의 눈빛을 보고 있자니, 시몬은 그저 감격에 빠져 있기만 할 수 없었다.

"다시! 신호 갑니다! 하나에 풀고! 셋에 쥐고! 다섯에 당겨! 하나…… 둘…… 세엣—, 넷!"

완벽하게 보여야 한다.

세 개의 방어 진지 중 가장 먼저 접근을 시작했던 마왕군의 선봉을 완전히 무너뜨리기 위해 필요한 건, 여기 있는 모두의 합심이다.

"다쓰엇!"

어부 유저들과 그들을 지원하는 모든 힘이 실린 그물이 조여지기 시작했다.

순식간에 그물이 오므라들고, 그 안에 갇혀 있던 것들이 비명을 지르기 시작했다.

그 힘이 정점에 달했을 때!

콰아아아앙————!

[뿌오오오옷—! 뿌와아앗!]

"떨어진다!"

해안선 멀찍이서 들려오는 것은 괴수들의 비명과 선박의 충돌음, 그리고 그 아비규환 속으로 떨어져 짓이겨지는 마왕군 소속 유저들의 비명 소리였다.

"좋았어!"

"해냈다! 우리가, 정말 우리의 그물이……."

어부들은 서로를 얼싸안았다.

〈제3차 인마대전〉의 첫 번째 포문을 자신들이 열었다는 생각, 그간 홀대받던 이미지를 미들 어스의 모든 이가 보는 가운데, 스스로 반전시켰다는 성취감이 그들을 적시고 있었다.

"크크크크…… 잘했다, 노예들."

다만 그들의 기쁨이 미처 끝나기도 전 들려온 건방진 표현이 문제였다.

어부들의 곁에서 한 무리의 유저들이 걸어나오기 시작했다.

자신들을 깔보는 듯한 어투에 기분이 나빴으나, 무리 중 가장 앞장선 유저의 얼굴을 확인한 순간 시몬은 더 할 말이 없어졌다.

"허허, 지금부터는 당신들 차례요. 우리 할 일은 다 했으니까. 여기가 함락되면 당신들 책임입니다."

"그럴 리가 있을 거라 생각하나. 나 혼자만의 힘으로도 충분히 막을 수 있어."

처억—!

앞장섰던 유저는 모래밭에 발을 묻으며 자세를 잡았다. 그의 곁으로 다른 유저들도 전투를 준비했다.

건방진 말투는 물론, 그들의 자신만만한 표정은 익숙해지기 어려운 것이었으나, 시몬은 그들의 활약을 인정할 수밖에 없었다.

'기브리드의 서진을 막아 낸 중요 공로자들인 동시에…… 하이하가 인정한 인간들이지. 허허.'

미들 어스에서 시몬이 가장 인정하는 유저는 한 명이다.

바로 그 하이하와 함께하고, 하이하가 인정하는 유저들이 바로 눈앞에 있다.

자신만만한 표정으로.

그들을 만나는 건 시몬으로서도 꽤 흥미로운 일이었다.

모든 마나와 강화 스킬을 쏟아부은 시몬은 어부들을 거느리고 후방 보급 기지로 빠졌다.

해안선의 유저들이 그들을 향해 환영과 감사의 환호성을 날리고 있을 즈음, 두 번째 방어 작전을 맡은 유저들이 움직였다.

"〈아흐트-아흐트〉."

처음은 루거였다.

하얀 이를 드러내며 웃은 루거의 곁으로 두 명의 유저가 자리 잡았다.

"우히, 우히히히힛! 이걸로 놈들 근처의 바닷물이 진흙처럼 변하게 될걸."

"킷킷, 그럼 내 거랑은 상성이 안 좋으니까, '최대한 널리 퍼질 수 있는 위치'로 떨궈 줘요."

미들 어스에서 화학과 생물학에 관련된 지식과 경험 모두를 갖춘 유저들.

알케미스트 크로울리와 독술사 비예미가 제각기 포환 하나씩을 루거에게 건넸다.

아직도 그물에서 헤어 나오지 못하는 대규모의 해양 몬스터들과 그 몬스터들과 얼기설기 뒤섞이며 바다로 빠진 마왕군 유저들을 죽이기 위한 가장 좋은 방법!

―――, ―――!

두 발의 포탄이 순식간에 포구를 빠져나갔다.

크로울리와 비예미가 만들어 낸 특제 포환은 그물에 얽힌 몬스터의 좌, 우 지점으로 각기 떨어졌다.

"억? 몸이, 몸이 안 빠져!"

"이게, 뭐야? 이건 거의 갯벌 같잖…… 흡! 흐으읍!"

크로울리의 착탄점 반경 100m의 바다는 성질이 변했다.

겉보기에는 분명 물과 같았지만, 그들은 마치 투명한 기름에 굳어진 것처럼 움직이지 못하고 있었다.

[부옷― 부우…….]

[빠오오오오―!]

해양 몬스터들이 울부짖는 소리조차 널리 퍼지지 않는다. 물의 성질이 거의 사라졌다는 증거였다.

직접적인 공격은 아니었으나 마왕군 유저 상당수의 움직임을 묶어 버렸다는 점에서 크로울리의 포탄은 훌륭한 메즈 스킬이라 할 만했다.

우측의 마왕군 유저들은 좌측에서 무슨 일이 벌어졌는지 알지 못했다.

다만 루거의 우렁찬 포성을 들었기에 그들의 마음은 더욱 조급해졌다.

"젠장, 루거의 포격이 쏟아지면 배 위에 있는 게 더 위험해!"

"물속으로 들어가서 숨어! 최대한 호흡을 아껴!"

화염을 피하기 위해 물속으로 들어가는 것.

루거의 〈융단 폭격〉을 목격했던 마왕군 유저들의 빠른 반응은 도리어 비예미가 노리던 바였다.

"끄아아앗, 뭐야, 따가워! 팔이 따가워!"

"가려운데? 뭐야, 이건!?"

비예미도 크로울리와 목적은 같았다.

그들을 직접 죽인다기 보다 스킬 캐스팅을 방해하기 위함으로 그가 선택한 방법은 독나방의 피부 독을 대량으로 바닷물에 푸는 것이었다.

그렇게 좌/우의 마왕군 유저들의 스킬 보조를 막아 내고, 그물에 얽힌 중앙부의 움직임이 멈췄다면?

남은 것은 직접적인 처리였다.

"캬하하핫, 루거, 만약 나에게 조금의 불똥이라도 튀면 네

목을 썰어 버리겠다."

 루거와 크로울리 그리고 비예미의 곁을 지나며 걸어 나오는 거한들이 있었다.

 거대한 배틀 엑스나 모닝 스타 그리고 할버드 등 큼직큼직한 무기를 들고 오는 자이언트들의 선두에 선 것은 검이라고 부르기에 무식할 정도로 큰 무기를 지닌 자였다.

 "미친놈. 내가 마음만 먹으면 너는 바다 위에서 통구이가 될걸."

 루거의 말을 들으며 자이언트들 사이에 있던 카렐린이 민망한 미소를 지어 보였다.

 "으음, 팀 킬은 지양해 주셨으면 좋겠습니다, 루거 님."

 제1방어 진지의 총 지휘관이면서도 카렐린은 결코 후방에만 머무르지 않는다.

 "붸, 저 미친 배신자 자이언트 새끼가 난리만 치지 않으면 그럴 일 없을 거다."

 "걱정 마십시오. 그럴 일은 없을 테니까."

 루거의 말을 들으면서도 자신 있게 웃으며, 카렐린은 거대하면서도 날카로운 검을 쥔 자이언트의 어깨를 두드렸다.

 "그쵸, 이고르 씨?"

 이고르는 카렐린의 말에 답하지 않았으나 카렐린에게는 그것으로 충분했다.

 카렐린과 이고르.

그리고 '야만 용사' 영웅의 후예 반탈과 그가 이끄는 호전적인 성격의 자이언트 종족 유저들.

아직 해안선에 다다르지도 못한 대형 포유류 해양 몬스터들을 상대하기 위해, 카렐린이 직접 뽑은 정예들은 모두 무기를 꼬나 쥐었다.

"자, 그럼 해안선으로 몰려들기 전에, 이 혼란한 틈을 타 헤집어 놓고 옵시다! 도사 형제님!"

"〈경면주사: 수상비〉!"

배추도사와 무도사는 미리 준비해 둔 부적들을 날렸다.

동시에 줄곧 전투만을 기대하던 자이언트들이 순식간에 쏟아져 나갔다.

해양 몬스터들의 움직임보다 몇 배나 빠르고 민첩한 그들의 몸놀림은 아직도 혼란을 수습하지 못한 마왕군에게 금세 가까워졌다.

"칼리 님! 놈들이 옵니다!"

"제길―. 그물 끊는 건 나중에! 우선 공격부터 해! 놈들부터 막아야 한다!"

"으, 젠장, 간지러워서 스킬을 쓸 수가―."

"팔이 빠지질 않아요! 팔이― 무거워……!"

칼리가 악다구니를 써 보았으나 크로울리와 비예미의 독특한 메즈 스킬에 걸린 유저들은 상태 이상이라도 걸린 것처럼 활동하지 못했다.

그나마 몇몇의 마왕군 유저는 가까스로 몸을 빼내는 데 성공했다.

그러나 마음껏 견제 스킬을 사용할 수는 없다.

콰아아아아————————ㅇ!

"끄앗—!"

"루거의 포격이야!"

그런 빈틈이 생긴 곳엔 어김없이 루거의 포탄이 날아들었으니까.

"빌어먹을!"

마왕군 소속 푸른 수염 휘하의 간부, 칼리.

푸른 수염에게 대다수의 해양 몬스터 지휘 권한을 위임받고, 마왕군 소속 유저들 대부분을 데리고 샤즈라시안—에즈웬 국경 해안을 점령해야만 했던 그는 단 한 번의 활약조차 하지 못한 채 일방적으로 공격을 당하기 시작했다.

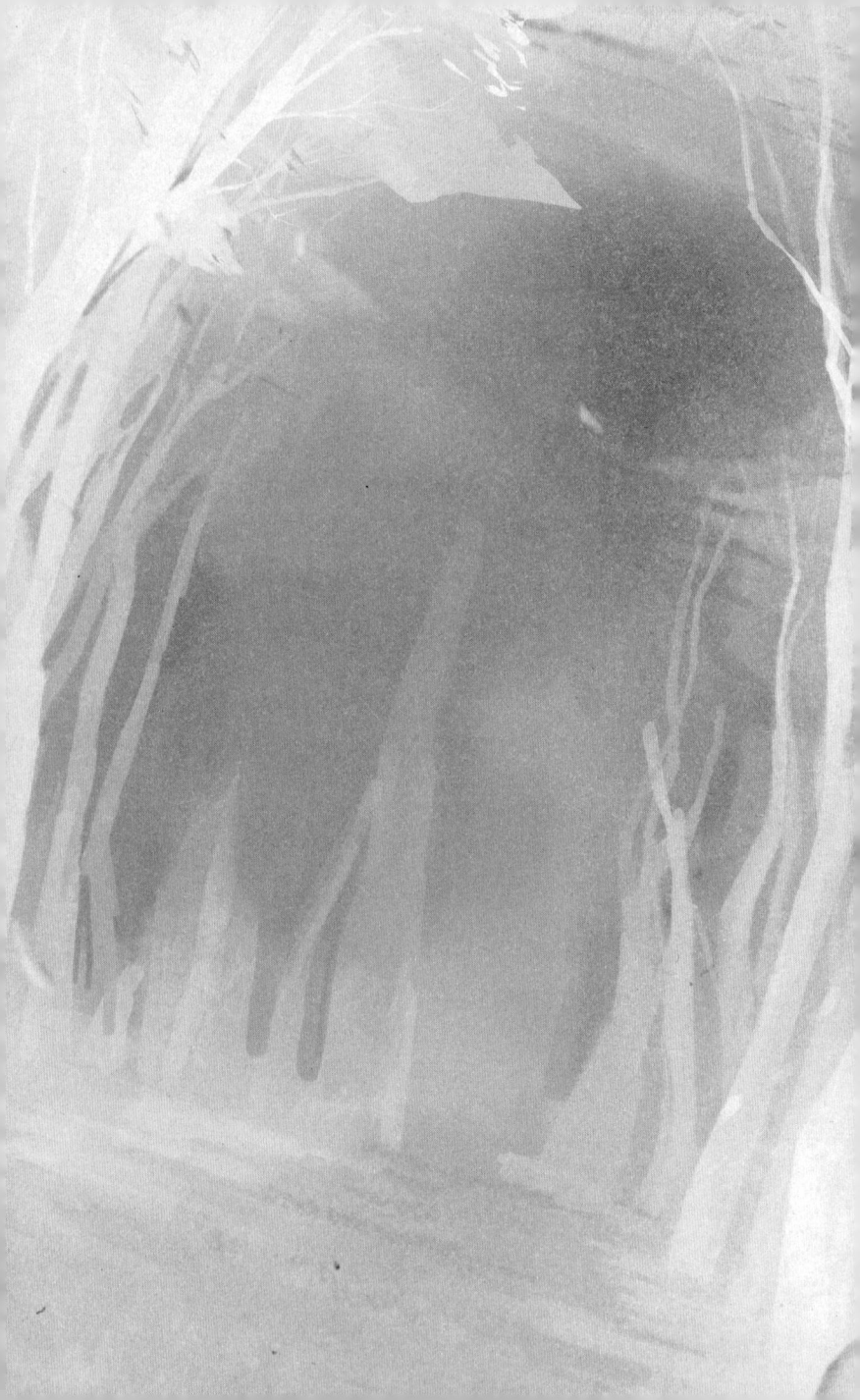

 별초의 기정을 비롯하여 방어 진형을 잡고 있던 유저들은 조금쯤 얼빠진 얼굴로 그 모습을 바라보고 있었다.

 최전선에 있던 유저들이 그 정도였으니, 중계를 위해 나왔던 취재진들의 넋이 나간 건 당연한 일이었다.

 루거의 포격과 자이언트들의 무차별 공격은 해양 괴수들과 마왕군을 도륙하고 있었다.

 시몬이 첫 그물을 당기기 전까지만 해도 공포의 상징과도 같은 그것들이 처참하게 당하고 있는 장면은 대형 홀로그램을 통해 생생하게 전달되었다.

 "노, 놀라운…… 일입니다. 마왕군의 몬스터들이 아무런 저항도 하지 못하고 있습니다."

 그것은 취재진의 가슴도 뻐근하게 만드는 최초의 저항이나 마찬가지였다.

누군가의 읊조림을 시작으로, 취재진들은 황급히 상황을 전달하기 시작했다.

"루거의 포, 저 공격을 과연 그저 유저의 것이라 말할 수 있을까요! 이 시점에서 저는 미들 어스의 랭커 시스템에 대해 크나큰 회의를 가지게 되었습니다! 그 어떤 랭커보다도 강력한 공격력과 먼 사거리! 하물며 저런 명중률이라는 건 너무 지나친 것 아닌가 싶을 정도입니다!"

"전광판에 있는 해양 몬스터의 수는 도합 1만 기! 그 압도적인 숫자만 봐도 다리의 힘이 풀릴 지경이었는데, 이걸 보십시오! 저 모습을 보십시오! 고작 마흔 명의 영웅이 그들의 숫자를 줄여 나가고 있습니다!"

완전히 흥분한 취재진들이 곳곳에서 떠벌렸다.

실제로 카렐린이 이끄는 자이언트들과 루거의 활약은 대형 몬스터들과 마왕군 유저들의 숫자를 착실하게 줄이고 있었다.

이러한 대소동 가운데에서도 침착한 것은 정작 해안선의 첫 번째 방어선을 형성한 유저들이었다.

"후우우우, 이쪽에는 아무도 안 왔어요. 칼리 하나뿐이라면—."

"킷킷, 그럼요. 오히려 우리가 손해 본 느낌인데."

"적어도 메데인까지는 올 거라고 예상했었는데……."

별초의 기정과 비예미 그리고 보배가 중얼거렸다.

그들만의 생각은 아니었다.

비단 별초가 아니더라도 주축이 될 방어선에서 방패를 들고 있는 탱커나, 그들의 뒤에서 견제를 넣어 줄 원거리 딜러들까지도 공통된 생각을 하고 있었다.

현재 확인된 마왕군의 간부급은 칼리 한 명뿐이다.

해양 몬스터들은 막대한 양의 체력과 무게에서 나오는 단순한 괴력이 있겠지만 어쨌든 그 정도가 한계다.

선박 위에 타고 있는 마왕군 유저들이나 야수형 몬스터들은 다른 두 개의 습격단에도 포함되어 있을 테니, 특이 사항이라고 할 만한 건 칼리와 해양 몬스터뿐이라는 의미다.

'그럼 다른 쪽에는—.'

'마왕의 조각은 물론이고, 간부급 유저들이 각기 하나씩 더 들어가 있다는 뜻이 된다.'

'아니, 그리고 어쩌면······.'

마왕이 있을 수도 있다.

제1방어 진지에서 막는 마왕군의 수가 이 정도밖에 되지 않는다면, 결국 다른 쪽이 더욱 큰 피해를 입을지도 모른다.

"결국 우리가 상대할 녀석들의 난이도가 최하라는 거군요."

"이것도 못 막으면 쪽팔려서 게임 접어야죠."

"최대한 빨리 막고, 다른 쪽으로 지원 간다는 마음으로 합시다."

당장 이곳을 막아야 한다는 부담감? 사선을 몇 번이고 넘어온 〈신성 연합〉 유저들에게 그 정도는 아무것도 아니었다.

오히려 람화연과 라르크 등 간부급 유저들에 의해 단련이 되어 가며 그들은 전보다 더욱 넓은 시야를 지닌 상태였다.

유저들이 결의를 다지고 있을 즈음, 크로울리와 비예미의 '메즈' 스킬 지속 시간이 모두 종료되었다.

동시에 발광을 거듭하던 해양 몬스터들이 어부들의 그물을 끊어 내기 시작했다.

"쳇."

루거는 카렐린과 함께 후퇴하는 자이언트들을 보았다.

이곳으로 침공하는 마왕군 전체 병력의 약 6%가량의 사상자를 낳았다.

소수의 인원이 이뤄 낸 것치고는 엄청난 성과였으나 전혀 만족스러운 결과는 아니었다.

"전투 준비! 전원 전투 준비!"

하물며 〈신성 연합〉의 유저들 스스로 '이곳이 제일 쉽다'고 했지만 그것은 상대적인 비교일 뿐.

카렐린은 복귀하기 무섭게 전열을 재정비하며 외쳤다.

"후우, 후우, 다 쓸어버려! 이딴 얄팍한 술수는 이제 없다! 힘으로 밀어 버리고 샤즈라시안은 우리가 차지한다!"

[뿌오오오오오……!]

"다 죽여 버려!"

"캬르르르륵!"

해양 괴수와 언데드 선박에 타고 있는 마왕군 유저 그리고 언데드 선박에서 하선하는 야수형 몬스터가 해안선을 향해 달려들었다.

제1방어 진지에서 본격적인 전투가 시작되었다.

그리고 그 무렵…….

제3방어 진지인 퓌비엘의 항구 도시에서도 수천 척의 언데드 선박이 보이기 시작했다.

선박들의 상공을 수놓고 있는 것은 선박의 수보다 훨씬 더 많은 괴조의 무리였다.

가장 독특하게 생긴 두 마리의 괴조에는 푸른 수염과 메데인이 자리하고 있었다.

"칼리 쪽의 해양 괴수들도 접촉을 시작했다고 합니다, 백작님."

"늦었군."

"죄송합니다. 그러나 손실 병력은 그리 많지 않으므로 해안선을 정리하는 즉시, 남하하며 여타 해안선에 대한 습격을 감행할 수 있을 거라는 보고입니다."

메데인이 머리를 조아리자 푸른 수염은 어깨만 으쓱거리고 말았다.

"뭐, 상관없어. 어차피 그쪽은 빌어먹을, 아흘로의 대리인이 있는 쪽이지?"

"예, 옛! 칼리의 해양 괴수들이 해안선을 정리하고 야수들을 풀어놓는다면, 그곳에서 에즈웰 교국까지 직접 남하하는 거리는 얼마 되지 않습니다."

"음. 좋아. 우리도 에얼쾨니히 님이 도달하시기 전에…… 퓌비엘의 수도까지 집어삼키자고."

푸른 수염의 입꼬리가 올라갔다.

눈은 전혀 웃고 있지 않은 채, 입만 올라가는 미소는 메데인에게도 섬뜩하게 느껴졌다.

그들이 주축으로 삼는 병력은 절대다수의 야수형 몬스터와 메데인의 괴조 떼였다.

대규모의 병력을 하선시키기 위해선 그만한 설비가 갖춰진 장소여야 한다.

그 정도의 장소는 퓌비엘의 항구 도시와 크라벤의 항만밖에 없다.

그중에서도, 퓌비엘의 항구 도시는 크라벤의 해양 세력을 막아 내기 위해 촘촘한 방어 설비가 설치되어 있었다.

사실상 '대공성전용'이라고 봐도 좋을 정도로 바다를 향한 방어 시설이 갖춰져 있는 곳을 뚫기 위해 적들이 사용할 전력은 무엇인가.

이동식 지휘 통제실에서 홀로그램을 통해 실시간 장면을 확인하던 라르크가 머리를 긁적거렸다.

"하핫, 돈이 얼마가 들더라도 공중전은 반드시 대비해야 한다……. 람화연 씨의 주장이 맞았네요."

"이미 확인까지 하고선 그간의 투자가 아까워 변화를 꺼려서는 안 되죠. 투자는 고집으로 하는 게 아니에요. 흐름을 보고 하는 거지."

"역시 람룽 그룹의 장녀!"

라르크는 람화연을 향해 엄지를 치켜들었다.

〈신성 연합〉은 물론이고, 길드 화홍에서도 극심한 반발이 있었으나 람화연은 그 모든 것을 잠재우며 자신의 결정을 관철했다.

그게 어떤 결과를 가져올지, 직접적으로 보여 줄 책임자는 퓌비엘 항구 도시의 총지휘관 그랜빌이었다.

그는 조용히 한 손을 들어 올렸다.

만 단위가 넘는 거대 괴조 무리가 도시를 공습하기 위해 쇄도할 때, 작은 소년이 흥분하며 외쳤다.

"자, 그럼 알바 특제 대공, 대함 방어 시스템을 가동시킵니다. 퓌비엘의 항구를 지킬 최첨단 터렛 체계!"

마공학자 알바의 눈앞에 있는 것은 사실상 컴퓨터라고 불러도 좋을 수정구들의 집합체였다.

사용자의 마나를 많이 소모하지 않으면서 동시에 여러 가지 물체를 운용 및 조종할 수 있게끔 제작된 최고의 작품.

"야, 이 꼬맹이야! 제작은 전부 우리들이 했잖아! 보틀넥 형님이랑!"

비록 보틀넥은 없었으나 알바의 주변에는 실 가동의 기대감을 품은 드워프들이 눈을 빛내고 있었다.

어쩔 수 없는 '장인'인 그들도 실제 성능을 보는 건 이번이 처음이었기 때문이다.

"히힛, 그러니까 이제 보시라고요! 갑니다!"

그러한 드워프들의 마음을 알고 있었기에 자신을 타박하는 그들에게 의뭉스러운 눈길만을 준 채 알바는 수정구에 마나를 집어넣었다.

"〈아이언 돔Iron Dome〉 가동!"

이것은 말하자면 미들 어스에서 허락하는 〈크래프팅〉을 활용한 아이템의 궁극적인 연동이었다.

퓌비엘의 항구 도시에 설치된 수십 개의 경계탑은 평소 바다의 선박들을 향해 대포를 쏘거나, 마법 또는 선박 접근 시 발리스타 등을 사용하던 수성용 탑이었다.

〈아이언 돔〉이 가동되기 전까지는.

기이이잉……!

모든 경계탑에서 기계적인 소음이 울리며 그 모습이 변형되기 시작했다.

뚜껑이 열린 상부에서 뾰족한 무언가가 솟아오르고, 바다를 향한 면에서는 다른 면과 어울리지 않게 새카만 기둥들이 튀어나왔다.

메데인에게도 경계탑의 상부에서 튀어나오기 시작한, 규칙적으로 정렬된 뾰족한 것들이 보였다.

"설마…… 저건—."

메데인이 볼 수 있을 정도였으니 푸른 수염이 확인하는 것도 당연한 일이었다.

줄곧 차가운 미소를 짓고 있던 푸른 수염의 얼굴이 일그러졌다.

"저 빌어먹을 형태는 누군가를 떠올리게 하는데……."

뾰족한 것들은 5개씩 4열을 맞춰 솟아 있었다.

상공에서 보자면 정사각형과 비슷한 형태로 배치된 그것은, 메데인에게도 그 기능을 가늠케 하는 요소였다.

그리고 그들은 틀리지 않았다.

알바는 웃었다.

"하이하 씨의 공격에서 영감을 받았지요! 하지만 자동 추적 기능까지 달렸다는 게 이번 무기의 장점입니다! 특정 규모 이상의 비행 생명체와 뼈대로 이루어진 함선만을 노리는—!"

이하의 〈다탄두탄〉을 언급하기에는 스케일의 차이가 너무나 컸다.

단순히 탄환이 쪼개져 나가는 것과, 한 발의 크기가 사람만

한 미사일들이 날아가는 것은 보는 이조차 공포에 떨게 만들 정도였으니까.

"다연장 미사일, 발사!"

푸화아아아―――――――――ㄱ!

알바가 만들어 낸 〈아이언 돔〉, 그것의 대공 기능은 다연장 미사일이었다.

수만 마리의 괴조를 향해서, 수백 발의 다연장 미사일이 하늘로 날아갔다. 그 미사일 한 발 한 발이 다시금 열 개로 쪼개어지는 건 메데인에게 악몽과도 같은 순간이었다.

대함 기능도 만만하게 볼 건 아니었다.

비록 최초의 설계 당시 미사일과 포 양쪽 모두 대함 전용 기능이었던 것에 비하면 아쉬우나, 일반적인 '포'가 아니지 않은가.

하나의 경계탑 당 두 개의 포문이 달려 있다.

얼핏 부족해 보이지만 포의 구경을 생각하면 그 이상은 설치조차 불가능할 정도였다.

"50구경, 16인치 대함 파괴용 주포, 가동!"

수십 개의 경계탑의 두 배에 달하는 새카만 기둥이 언데드 선박을 향해 포탄을 쏘아 댔다.

물론 이 모든 장면은 초대형 홀로그램을 통해 중계되고 있었다.

메데인은 최선을 다했다.

자신이 직접 조종할 수 있는 괴조들 대부분에게 회피 기동을 명령했고, 실제로 복잡한 움직임의 기동까지도 해내게 만들었기 때문이다.

"빌어먹을!"

그러나 메데인의 표정은 더없이 일그러져 있었다.

알바가 직접 설계하고 작동 알고리즘을 짰던 대공 방어망은 그 정도로 벗어날 수 있는 게 아니었다.

최초의 일격으로 메데인이 조종하는 괴조의 약 15%가 죽었다.

문제는 대공 방어망뿐만이 아니었다.

———, ———, ———!

쉴 새 없이 쏟아지는 포탄은 게임의 밸런스를 망가뜨린다고 해도 좋을 정도였다.

"……미들 어스라는 게 이런 것도 가능한 거였나."

"한 경계탑 안에 루거 소협이 몇 명이나 있다고 하면 비교가 될지도 모르겠습니다."

람화연의 막대한 자본과 마공학자 영웅의 후예 알바가 조합되었을 때의 위력은, 랭킹 1위 알렉산더와 랭킹 5위 페이우의 등골도 서늘하게 만드는 힘이 있었다.

"분명 대공 방어는 두 번이 한계, 대함 방어도 10여 분이 한계라고 했지."

"음. 알렉산더 대협이 나서 줘야 할 때요."

페이우의 말에 알렉산더가 고개를 끄덕이며 나섰다.

그러나 아무리 많은 돈이 투입되었어도 오버 밸런스는 그리 오래 유지되는 게 아니다.

"페이우, 이곳은 당신에게 맡기겠소. 나는 바다를……."

"음."

알렉산더는 곧장 베일리푸스를 향해 〈파트너: 출두〉 스킬을 사용했다.

대공/대함 방어 체계가 본격적으로 가동되기 무섭게, 메탈 드래곤들 또한 바다를 향해 날아가기 시작했다.

그들의 목표는 언데드 선박 위에서 갈피를 잡지 못하고 있는 '야수 몬스터'들이었다.

상륙하지 못하면 그저 짐에 불과한 그들을 공중에서부터 요리하는 게 알렉산더와 메탈 드래곤들의 목적이다.

"젠장, 방향을 꺾어야 하는데—."

그 모습을 보던 메데인이 잇소리를 내었다.

기브리드의 서진 당시에도 성가신 존재였던 드래곤을 상대하기 위해 일부러 괴조 군단을 만들어 낸 것이 아닌가.

비행 몬스터들로 드래곤들을 상대해야 하건만, 알바의 경계탑에 대응하는 것만으로도 벅찬 상황이다.

거기다 더 큰 문제는 경계탑에 두 번째 미사일들이 장전되고 있다는 점이었다.

"배, 백작님!"

"쯧. 저것들부터 처리해야겠군."

푸른 수염이 비릿하게 웃으며 지팡이를 꺼내어 들었다.

메데인이 감격의 표정을 지으며 괴조들을 경계탑 방향으로 움직이려 할 때였다.

타아아앙————……!

총성이 울렸다.

"백작님!"

메데인의 놀란 외침과는 상관없이 푸른 수염은 날아온 탄환을 이미 피한 상태였다.

그들이 고개를 돌린 방향에는 한 기의 메탈 드래곤이 있었다.

[레, 감히 어딜 도망치려 하는가!]

브레스를 쓰기 위하여 마나를 모으는 블라우그룬과 그의 등 위에 탄 머스킷티어가 초대형 홀로그램에 비쳤다.

"……하이하."

푸른 수염이 사나운 미소를 지었다.

"하이하가 나타났습니다!"

"망토는 새로운 아이템인가요!? 현재 홀로그램에 그의 얼굴이 자세히 보이지는 않습니다만—."

"어덜트 브론즈 드래곤 블라우그룬의 파트너는 미들 어스를 통틀어 하이하 한 명뿐입니다!"

제1방어 진지에서 피 터지는 싸움이 벌어지고 있었으나 그곳에 집중하는 중계진은 소수였다.

제3방어 진지에서 벌어진 메탈 드래곤들의 화려한 공격에 더해, 푸른 수염의 앞을 가로막은 하이하가 더욱 큰 '이슈'가 될 것임을 알고 있었기 때문이다.

대형 홀로그램이 소리를 전달해 주진 않았지만, 수없이 많은 중계진에게 그 정도 효과음은 필요하지도 않았다.

"쐈다! 타탕! 또 쐈다! 그리고 푸른 수염의 반격!? 저 검은 것은 화염인가, 번개인가! 불처럼 번지며 번개처럼 지지직거리는 공격을—."

"피해 냅니다! 블라우그룬의 화려한 회피 기동!"

"그렇지!"

"푸른 수염 아니면 메데인이라도 죽여 버려!"

중계진들의 목소리가 커질 때마다 주변 유저들의 환호성도 더해졌다.

특히 아직 전투가 벌어지지 않은 제2방어 진지의 유저들에게는 손에 땀을 쥐게 할 정도의 긴장감이었다.

제3방어 진지인 저곳에 푸른 수염과 메데인이 있고, 제1방어 진지에 칼리만 배치되었다면 제2방어 진지에는 피로트-코크리와 파우스트가 오는 게 확정이나 다름없지 않은가.

그런 와중에 제3방어 진지가 무너지기라도 할 경우, 푸른 수염과 메데인의 합공까지 이루어질 가능성이 있으니, 〈신성연합〉 소속이든 아니든 이하를 응원할 수밖에 없었다.

"노리쇠를 당기는 손을 보십시오! 하이하도 멈추지 않습니다."

"하지만 지금까지 푸른 수염에게 원거리 공격을 성공시킨 자는 없다고 알려져 있습니다!"

푸른 수염은 이하와 싸운 것만이 아니다.

토온이 부활하던 시점이나 과거의 구대륙을 비롯하여 지금껏 여러 번의 전투를 치러 온 마왕의 조각 중 하나다. 그중 미들 어스 유저들과 가장 오랜 시간 다퉈 온 그 아닌가?

그 오랜 시간 동안 누구도 푸른 수염에게 원거리 공격을 성공한 사람은 없었다.

처음엔 실력이나 레벨 탓이라고 생각했던 사람들조차, 지금에 와선 그에게 원거리 공격이 통하지 않는 특성이 있을지 모른다는 것이 전체 커뮤니티의 주류였다.

이하나 루거 등 초특급 유저들은 한두 번 겨우 맞혀 본 경

힘이 있긴 하지만, 그런 사실을 공표하진 않았으니 대외적으로 그렇게 생각하는 것이 당연한지도 모른다.

"상성은 최악입니다! 분명 원거리 딜러로 레를 상대하는 건 미친 짓에 가깝습니다! 하지만—."

"노리쇠를 당기는 손의 움직임을 보십시오, 이곳에서는 제대로 담을 수조차 없을 정도오아악!?"

순간 대형 홀로그램의 한 면이 마치 섬광탄을 맞은 것처럼 백광에 물들었다.

아무것도 보이지 않은 상황이 되었음에도 중계진은 오히려 환호했다.

"이거죠! 하이하가 레를 상대할 수 있는 이유 중 하나, 여기서 블라우그룬의 브레스가 터집니다!"

"전격 계통 브레스 중에서도 가장 강력한 데다 마나 운용이라면 메탈 드래곤에서 손에 꼽는다는 그의 브레스입니다!"

"자, 푸른 수염! 어떻게 나올 것이냐!"

뿌옇게 변한 화면이 차츰 원래의 색상을 되찾아 가기 시작했다.

대형 홀로그램 전광판에 비추는 것은 모두 '누군가'가 관찰하고 있기 때문이다.

그러나 블라우그룬의 브레스에 잠시 눈이 멀어 버린 사이, 이미 블라우그룬과 푸른 수염은 모두 화면 밖으로 벗어난 상태였다.

"어디……?"

"현재…… 푸른 수염과 하이하의 모습은 보이지 않고 있습니다. 근해에서는 여전히 '전함'급 함포와 메탈 드래곤들이 언데드 선박을 견제하고 있는 와중이며—."

"두 번째 대공— 저것을 미사일이라고 해야 할까요!? 미들어스에서 있어선 안 되는 금기의 아이템이 다시 한 번 쏘아질 준비를 하고 있습니다!"

괴조만 쫓던 관찰자는 황급히 포커스를 바꾸었다.

여전히 견제를 받고 있는 다른 곳을 비추다 마침내 제3방어진지의 가장 큰 특징이라 할 수 있는 〈아이언 돔〉을 다시 한 번 비춘 것이다.

"이번 공격까지 끝나면 마왕군의 비행 몬스터는 거의 30%에 가까운 타격을 입게 됩니다! 고작 두 번의 방어만으로 이런 효과를 이끌어 내는—."

"……어라?"

큰 위력을 지닌 만큼 준비 시간은 오래 걸릴 수밖에 없다.

기대감에 차 떠들던 중계진들은 홀로그램 속에서 묘한 장면을 보았다.

먼 곳에 있는 경계탑 중 하나.

즉, 다연장 미사일을 발포해야 할 '발사 기지' 중 하나가 무너지는 중이었다.

거대한 탑이 대나무 한 줄기가 된 것처럼, 깨끗하게 사선으로 잘려 상반부가 미끄러지던 탑은 마침내 폭발했다.

"폭발!? 어째서……."

"앗, 아아—?!"

"푸, 푸른 수염입니다! 하이하와 싸우던 것을 회피하고— 그는 〈아이언 돔〉을 방해하기 위해 움직이고는 것이었습니다!"

상공까지 치솟아 괴조 몇 마리를 집어삼켜 버릴 정도의 폭염을 뚫고, 푸른 수염이 모습을 드러냈다.

중계진은 블라우그룬이 다시금 나타나길 기다렸으나 화면에 잡힌 것은 또 다른 인물이었다.

"아— 푸른 수염의 앞을 막은 것은 하이하가 아닙니다! 더 이상 원거리 공격이 통하지 않을 거라고 예상했을까요!? 하이하의 앞을 가로막은 자는—."

"페이우! 황룡의 페이우입니다!"

두 번째 경계탑을 파괴하기 위해 허공을 밟고 달려가는 푸른 수염의 옆에서, 역시 허공을 밟으며 페이우가 달려오고 있었다.

중계진의 눈빛과 목소리가 모두 떨렸다.

"그러나…… 랭킹 5위로 떨어진 이후 별다른 활약이 없던 그가 홀로 상대하기에— 푸른 수염은 너무나도 큰 벽입니다!"

페이우가 푸른 수염을 막아 줬으면 하는 바람과 동시에 페이우가 과연 푸른 수염을 얼마나 막을 수 있을까? 하는 불안함이 깃든 목소리였다.

그것은 푸른 수염에게도 이미 인식되어 있는 정보였다.

"누런 뱀을 만들던 놈이로군."

푸른 수염은 페이우에게 눈길을 한 번 주더니 바로 고개를 돌렸다.

허공을 밟으며 다가오는 페이우가 그다지 위협적이지 않다는 방증이었다.

그 불쾌한 행동을 보고도 페이우는 화내지 않았다.

"그렇소! 나의 황룡십팔장은…… 너무나 부족하지."

씁쓸함이 담긴 목소리에 푸른 수염은 흥미가 생겼다는 듯 페이우를 보았다.

행동으로 죽이기 전에 기세로 죽이는 것이야말로 푸른 수염이 원하는 바다.

"끌끌, 그렇지. 너희들의 표현을 빌리자면……. 그래. 무도가 나부랭이들은 나와 일합一合도 겨룰 수 없다."

겁을 집어먹은 상대에게 더욱 큰 공포를 심어 주기 위하여 그는 페이우를 보았다.

지팡이를 잡은 팔을 들어 올리려는 순간, 그는 페이우의 표정을 제대로 볼 수 있었다.

"그렇소? 그건 참 다행인 말이오. 나는 더 이상 무도가가 아니니까."

"뭣—."

"〈갑자甲子〉 페이우, 푸른 수염에게 한 수 배우리다."

2차 전직을 마친 페이우, 전 무도가이자 현 〈갑자〉인 그의 양손에 보라색 기운이 맺히기 시작했다.

라르크는 자신의 턱을 문질렀다.
람화연이 그를 보며 피식 웃었다.
"어금니에 힘을 너무 주고 있네요."
"긴장하지 않으려야 안 할 수가 없으니까……. 푸른 수염이 어디에 등장하든, 블라우그룬과 페이우가 상대한다는 건 이번 작전에서 제일 중요한 부분입니다. 절대로 실패하면 안 돼요."

이 모든 것은 〈신성 연합〉의 전략 안에서 이루어지는 행위이다.

어떤 적이 어디로 올 줄 몰랐으므로 1, 2, 3 방어진의 배치 자체는 누구든 상대할 수 있도록 짜 뒀으나 몇몇 인물들에겐 특별 임무가 주어진 상태다.

그중 하나가 바로 페이우였다.
"괜찮아요. 그는 이미 〈갑자〉가 되었으니까."
람화연이 말하기 무섭게 홀로그램에 페이우와 푸른 수염의 전투가 비추어졌다.

보라색 기운이 휘감긴 그의 장掌은 보이지도 않을 정도였다.

푸른 수염의 장술杖術 또한 분간할 수 없었다. 세로로 내리그은 지팡이는 페이우의 몸을 양분한 듯하지만, 그것은 사실 페이우의 잔상이었다.

앞꿈치로만 몸을 지탱한 채 반보 비틀어 몸을 숙인 페이우는 이미 푸른 수염의 늑골 아랫부분을 부숴 버릴 기세의 주먹을 내지르고 있었고, 몸을 뒤로 빼는 푸른 수염이 페이우의 주먹을 향해 지팡이의 끝부분을 질러 보지만 페이우의 또 다른 손이 지팡이의 몸체를 붙잡으려 나섰다.

지팡이를 잡은 뒤 힘 싸움을 할 자신도 있다는 페이우의 태도도 놀라운 것이었으나, 도리어 푸른 수염 자신이 지팡이가 잡혔을 때의 실질적인 위협을 감지한 것처럼 황급히 올려 차기로 페이우를 밀어낸 것이 더욱 놀라웠다.

페이우가 늑골을 향해 내지르던 주먹을 비틀고 그 팔꿈치로 푸른 수염의 발끝을 막아 냈다.

여기까지가 그들의 '일합'이었다. 시간상으로는 2초가 막 되기 직전의 시간일 뿐이었다.

일반적인 유저들이나 중계진의 카메라로는 도저히 그 흐름을 파악하기도 힘든 최상위급 공방전이 제3방어 진지의 경계탑 허공에서 이루어지고 있다는 의미다.

"〈갑자〉가 뭔데요?"

"흐음, 서구권 유저분들에게 설명하기가 쉽지 않네요. 보통 무술을 연마함에 있어 외공과 내공이— 아니! 귀찮은 설명은

다 집어치우고, 간단하게 말하면 '60년 분량의 내공'을 보유하고 있다는 의미에요. 60년간 꾸준히 수련한 사람의 실력이 깃들었다는 의미죠."

"……페이우 씨는 60살이 아닌데도 60년간 수련한 사람의 실력을 얻었다?"

"그렇죠. 그것도…… 내공이라는 게 중요해요. 지금까지 그가 보여 준 〈황룡십팔장〉은 절세 무공이었으나— 어쨌든 외공이었죠."

"내? 외? 잘 모르겠지만 강력한 내공을— 어, 말하자면 스킬을 배웠다는 건가요?"

라르크가 고개를 갸웃거렸다.

람화연은 굳이 그에게 설명하려 들지 않았다.

페이우가 이뤄 낸 변화는 일종의 탈피에 가까울 정도로 급격한 것이었고, 그것에 가장 놀란 사람들은 역시 자신을 비롯한 중화권 유저들이었다.

'다른 스킬도 있지만 주력 공격 스킬은 〈황룡십팔장〉과 관련된 초식이었어. 오직 외공 하나만으로 랭커가 되었다고 봐도 무방한 그가 이제는…….'

내공을 갖췄다.

그 내공의 이름이 무엇인가.

애당초 〈황룡십팔장〉이라는 스킬도 중화권 유저들에게는 약간의 웃음을 유발하는 요소가 들어 있는 것이었다.

하물며 내공은?

"음과 양을 조화시켰다는 의미라…… 킥, 〈구화진경九化眞經〉이라는 내공서, 그러니까 스킬 북을 해석하고 수련한 순간 2차 전직이 완료되었다네요."

길드 황룡에서 진작 구해 놓았던 스킬 북 중 하나.

그러나 미들 어스는 단순히 스킬 북을 '사용'한다는 개념으로 스킬을 획득할 수 없다.

이하가 처음 〈커브 샷〉을 배울 때, 엘리자베스의 1:1 지도가 있었음에도 그토록 오랜 기간을 필요로 했다는 것을 생각한다면 당연한 일이기도 했다.

페이우 또한 〈구화진경〉을 붙들고 오랜 시간 노력했고, 이번 에얼쾨니히의 침공이 이루어지기 직전 간신히 그것을 해석, 적용하는 데 성공한 것이었다.

라르크는 람화연의 설명을 들으면서도 그냥 고개를 끄덕거리고 말았다.

어차피 그에게 중요한 건 페이우가 뭘 배웠느냐 따위가 아니다.

"그것을 사용하면 어쨌든 저 푸른 수염과 대적이 가능하다는 건가요?"

"네, 사실 절대적인 건 아니라고 해야 하나? 아무리 그래도 일반적인 상황의 1:1은 불가능할 테니까요. 하지만……."

푸른 수염은 경계탑을 부수려 움직이고 있다.

그가 목적을 달성하지 못하도록 방해하고 시간을 끄는 일 정도는 가능하다는 뜻이다.

실제로 퓌비엘의 항구 도시에 있는 수십 개의 경계탑 중, 푸른 수염이 파괴한 것은 고작 3개뿐이었다.

건재한 경계탑에선 두 번째 대공 미사일들이 하늘을 향해 쏘아지는 중이었다.

一, 一, 一, 一, 一, 一, 一…….

폭음과 함께 괴조들의 비명이 울려 퍼졌다.

푸른 수염은 움직임을 멈췄다. 허공에서 우뚝 선 그의 뒷모습만으로도 몇몇 유저는 뒷걸음질을 칠 것이다.

그는 페이우를 향해 천천히 몸을 돌렸다.

"……〈구화진경〉이라고 했나. 재미있군. 내 오늘 너를 64등분 해야 속이 풀릴 것 같으이."

경계탑의 70%를 파괴하고도 남을 시간임을 계산하고 움직인 그가 고작 세 개를 부순 게 전부였으니 당연한 일이었다.

그의 지팡이 끝에서 검은 줄기가 더욱 거세게 뻗어 나온 순간 페이우는 웃으며 그에게 포권을 했다.

"하핫, 그것은 나도 마찬가지요. 하나! 더는 비무 하기에 상황이 여의치 않군. 그럼, 이만. 〈운룡대팔식〉!"

페이우는 곧장 몸을 돌려 달렸다.

가동 시간이 지난 〈아이언 돔〉의 방어 체계가 작동하지 않아 언데드 선박이 퓌비엘의 항구 도시에 정박을 시작하며 야수 몬스터들을 쏟아 내는 곳으로.

눈이 휘둥그레진 푸른 수염의 얼굴이 곧 사납게 일그러졌다.

"감히 나를 농락하려는가!"

모자까지 벗어 버린 마왕의 조각이 페이우의 뒤를 급격히 쫓기 시작했다.

"캬아아아악—!"

"끄으으윽, 막았어요! 제가 막을 동안 빨리!"

"기다리세요! 〈피어스 애로우〉!"

"〈스트롱 볼트〉!"

사람만 한 타워 쉴드를 들어 겨우 괴수를 막아 내었으나 주변의 반격은 신통치 않았다.

화살이나 볼트 등 일반적으로 많이 쓰이는 원거리 무기들은 언데드 선박에서 하선한 야수들의 피부에 박히는 게 전부였다.

"레벨이 너무 높아—."

"나, 나도 200은 되는데……."

신대륙의 공방전에는 참가하지 못했으나, 로페 대륙을 지키기 위해 대거 참전한 중저레벨 대의 〈신성 연합〉 유저들만으로는 턱없이 부족했다.

"200레벨 미만 탱커는 세 분이 공격을 동시에 막으시고— 딜러는 가급적 눈만 노려 주세요! 메인 딜은 250렙 이상 유저들이 해야 합니다!"

방어선을 만든 유저들이 악다구니를 쓰며 전달하고 있었으나 상황은 여의치 않았다.

수색대가 가져온 정보를 기반으로 야수 몬스터들의 형태나 특징, 강함에 대해서는 이미 〈신성 연합〉에 가입한 거의 모든 유저들에게 전파가 되었다.

그러나 이론과 현실은 다르다.

"하고 싶어도…… 끄악!"

"예상보다 더 강해서 어떻게 반응할 수가— 합……."

로페 대륙의 필드 보스 사냥이나 던전 공략을 위해 어느 정도 규모의 레이드를 경험해 봤다는 유저들에게도 [전쟁]은 완전히 다른 양상으로 다가왔다.

신대륙에서 이뤄졌던 마왕군과의 대규모 전투를 경험해 보지 못한 유저들에게, 지금의 상황은 아비규환이나 마찬가지였다.

"크르르르륵—!"

야수들은 거침없이 방어선을 찢으며 나아갔다.

항구 쪽의 방어 병력을 사실상 전멸시킨 후, 도시의 상업 지구에 설치된 바리케이드를 향해 그들은 달렸다.

"옵니다아아아! 준비!"

"온다! 막—아?"

창술사와 탱커 등이 자리를 잡고 소리를 지르던 그때, 달려오던 야수 한 마리의 머리통이 그대로 몸통과 분리되었다.

"엥?"

"크륵?"

주변에 있던 야수 몬스터들조차 상황을 인지하지 못할 정도로 빠른 공격이었다.

인간과 몬스터들은 몇 초 후에나 어떤 공격이었는지 감을 잡을 수 있었다.

[캬아아아아아아—!]

"베일리푸스! 알렉산더 님이다!"

"저걸 한 방에?"

"알렉산더 님의 창! 저기에 머리가 꿰어져 있어!"

황금의 드래곤을 타고 있는 용기사가 고고하게 창을 들어올렸다. 미들 어스라고 사기가 적용되지 않을 리 없다.

"여긴 우리가 지키자!"

"알렉산더 님이 또 도우러 올 거야! 전부 무기 잡읍시다!"

"캬르, 캬라라라락—!"

물론 사기충천한 유저들의 전투력이 급격히 상승하는 건 아니지만, 적어도 몬스터들의 공격력을 약화하는 디버프적 효과는 분명하다.

거기에 더해, 알렉산더의 뒤에서부터 날아온 실버 드래곤의 냉기 브레스 또한 디버프의 효과를 극대화할 것이다.

"교우여, 그가 온다."

그러나 정작 상업 지구의 방어 전선에 활력을 불어넣은 알렉산더는 지상을 바라보고 있지 않았다.

창에 꿰어진 야수의 머리를 뽑아 집어 던지며, 그는 베일리푸스에게 말했다.

[모든 메탈 드래곤들은 레와 떨어져라. 우리의 주목적은 인간들과 연합하여 몬스터를 없애는 것! 레는 우리가 맡을 테니 흔들리지 말고 상대하라!]

베일리푸스의 목소리가 우렁차게 퍼졌다.

취재진을 포함하여 마왕의 조각과 관련된 전투에 촉각을 기울이던 유저들이 고개를 갸웃거렸다.

푸른 수염을 상대하기 위해서라면 모든 메탈 드래곤이 힘을 모아야 할 텐데, 여기서 오히려 더욱 산개하여 일반 몬스터들을 상대하게 만든다?

"물론 마왕의 조각보다 실질적인 피해를 많이 입히는 주공主攻 부대는 몬스터들이지만—."

"푸른 수염을 막아 내지 못하면 문제가 커질 텐데……."

한 명의 유저라도 더 연계하여 몬스터들을 상대하는 메탈 드래곤들은 아름답게 보일 정도였으나, 거시적인 측면에서 과연 유효한 작전인가?

그것은 순식간에 거리를 좁히며 페이우를 쫓는 푸른 수염도 마찬가지로 인식했다.

"하핫! 나를 고작 그렇게 상대하겠다? 바하무트가 있어도 지금의 나를 홀로 막을 수 없거늘. 베일리푸스 네가 나를 얕보는구나!"

푸른 수염은 눈에서도 검은 기운이 스멀스멀 피어오르기 시작했다.

이미 레와 충분히 거리를 벌려 놓았던 메탈 드래곤들이 움찔거렸다.

푸른 수염이 모든 힘을 집중하여 쏟아 내기 시작했을 때 '얼마나' 강할지 예측할 수 있기 때문이었다.

[베일리푸스 님!]

젤레자가 멀리서 외쳤다.

당장이라도 날아가 레를 상대하고 싶다는 바람이 담겨 있는 목소리였지만, 알렉산더와 베일리푸스는 젤레자를 바라보지도 않았다.

"교우여, 계획대로만 움직이면 된다."

[음.]

〈갑자〉가 되었다지만 페이우도 죽을힘을 다해 도주하고 있었다.

그의 당혹스런 표정이 알렉산더에게도 보일 때가 되었을 때.

"〈융합〉."

─────────────!

알렉산더는 베일리푸스와 하나가 되었다. 용인이 된 그는 페이우를 향해 곧장 날았다.

 알렉신더기 시용했을 때보다 월등히 대형화된 그의 창에서 금빛 기운이 흘러나왔다.

 [이곳이 너의 무덤이다, 레!]

 페이우는 용인이 된 알렉산더의 어깨를 보며, 허공을 비스듬하게 달렸다.

 AI라고 다를 바 없다.

 빠르게 회피한다지만 공격을 인식해야만 피할 수 있다.

 그렇다면 공격 중에서도 움직임이 가장 덜한 기본적인 찌르기를, 그 기점이 되는 어깨의 움직임을 자신의 몸으로 막아줄 수 있다면?

 "하아아아앗—!"

 페이우는 공중으로 크게 도약했다.

 알렉산더의 창이 페이우의 하의 밑단을 스치며 레를 향해 쏘아졌다.

 약속하지 않았지만 페이우 나름대로 최선을 다해 보조한 회심의 일격이었다.

 알렉산더의 공격력도 결코 약하지 않다.

 푸른 수염의 팔 한쪽을 관통할 정도의 상처를 내기에는 충분한 파워와 스피드였다.

 카아아앙————……!

"……많이 컸군, 베일리푸스."

에얼쾨니히에게 힘을 받아 강화되지 않은 레였다면 분명히 치명상을 입었으리라.

페이우가 아쉬워하는 얼굴로 레와 거리를 벌렸으나 알렉산더는 하등 신경 쓰지 않았다.

[이제부터다, 레.]

"저 망할 놈의 갑자 녀석과 합세해 봐야—."

[아니, 네가 상대할 건 갑자 페이우가 아니다.]

알렉산더가 노리고 있던 것은 이러한 공격 한 번이 아니었다.

알렉산더와 베일리푸스가 처음부터 메탈 드래곤들에게 몬스터들을 상대시킨 이유는 푸른 수염을 방심하게 만들기 위함이었다.

그래야만 레가 페이우를 쫓아 이곳까지 올 테니까.

―, ―, ―, ―, ―, ―, ―, ―.

알렉산더와 레를 둘러싸듯 연보랏빛들이 원을 그리며 번쩍거렸다.

그것은 결계가 아니었다.

[마왕의 파편이 낳은 아이야, 이제는 네가 다시 무無로 돌아갈 때이니라.]

압도적인 마나의 공간 결계는 바로 그 순간 펼쳐졌다.

아무리 빠르게 달려도 한 치의 흔들림도 없던 레의 머리카락이 처음으로 균형을 잃었다.

그는 페이우를 쫓아 달려오며 이곳에 있는 모든 메탈 드래곤을 상대할 수 있는 것처럼 말했다. 이곳에 있는 메탈 드래곤들은 대부분이 이덜트급 정도에 머무르고 있었기 때문이다.

"플람므 그리고 에인션트 컬러 드래곤들이 전부 모인 건가? ……이거야 원, 경로당도 아니고……."

그러나 에인션트 드래곤이라면 다르다.

그것도 컬러 드래곤 측에서 플람므와 함께 〈레 사냥〉에 지원을 나온 에인션트 드래곤이 7기나 된다면 레라도 긴장하지 않을 수 없었다.

베일리푸스를 포함한다면 무려 9기의 에인션트 드래곤이 레를 둘러싼 공간에서, 저 멀리 또 하나의 드래곤이 날개를 펼치고 있었다.

거리가 상당했음에도 푸른 수염은 드래곤을 인지했다.

"……하이하, 네 녀석이 꾸민 일이로군."

블라우그룬과 푸른 수염 사이의 거리는 상당했다. 이 거리에서 일반적인 말소리는 들리지 않는다.

들려온 것은 우렁찬 총성 사이에 묻힌, 스킬의 명칭이었다.

투콰아아아————……!

"다탄두탄!"

허공의 푸른 수염이 다탄두탄에 자동 반응하여 움직이기 시작한 순간, 알렉산더와 에인션트 드래곤들도 공격을 개시했다.

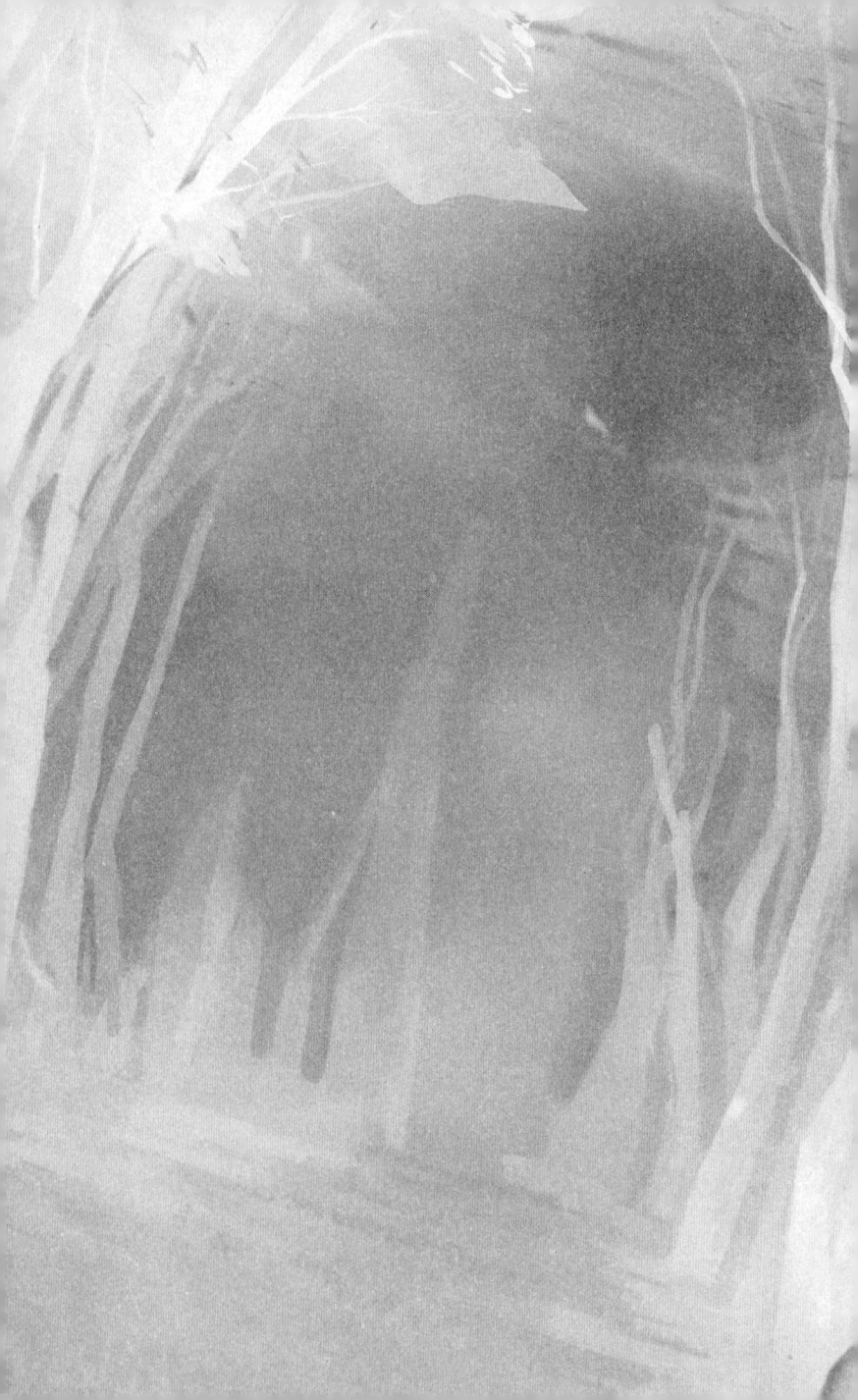

 허공을 지상처럼 자유롭게 움직이는 푸른 수염이었으므로 여러 발의 탄환을 피하는 데에는 아무런 지장이 없었다.

 그러나 푸른 수염의 [특성]이 파악된 이상, 탄환의 예상 궤도에서 피할 만한 방향 또한 충분히 예측 가능했다.

 [〈쇼크 웨이브〉.]

 [〈화이트 크로울링〉!]

 [〈흡착하는 독무〉.]

 [〈에어 번〉.]

 그 제각기의 방향으로 네 가지의 스킬이 쏘아져 나갔다. 에인션트 드래곤들의 캐스팅 속도는 상상을 초월할 정도로 빨랐다.

 "아하핫! 재미있군! 에얼쾨니히 님이 오시기 전이니 나도 스릴을 즐겨 볼까!"

에인션트 그린 드래곤이 사용한 〈흡착하는 독무〉 방향으로 뛴 레는 그대로 숨을 들이켰다.

스킬을 사용한 그린 드래곤이 당황할 정도였다.

피부에 닿기만 해도 뼈까지 녹여 버리는 산성 독의 일부를 의도적으로 흡입한다?

[죽고 싶다면 얼마든 도와주마.]

잠시 멈춘 레를 향해 알렉산더가 쏘아져 나갔다.

베일리푸스의 몸으로 구현하는 알렉산더의 창술은 '빛이 번쩍인다'는 표현 외에는 다른 말을 하기 어려울 정도였다.

"읍, 읍읍읍— 푸후우우우우우—!"

그리고 바로 그 빛을 향해 푸른 수염은 독무를 내뿜었다.

[설마, 그것을 머금고 버틸 수 있다고?]

"크흐아아! 로페 대륙의 모든 인간을 다 죽이되 치과 의사를 할 수 있는 놈은 남겨 놔야겠구만!"

푸른 수염은 웃으며 지팡이를 휘둘렀다.

갑작스레 독무에 휩싸인 알렉산더지만 이 정도로 당할 리는 없었다.

[〈얼티밋 슬로우〉!]

[〈일렉트릭 재일〉!]

푸른 수염의 몸을 느리게 만들거나 묶기 위한 디버프성 스킬들은 계속해서 쏘아지고 있었기 때문이다.

그럼에도 알렉산더는 섬뜩한 기분이 들었다.

'강하다. 컬러 드래곤들과의 연계가 아니었다면······.'

페이우와 싸울 때와는 다르다. 〈아이언 돔〉을 파괴하기 위해 힘을 분산시켰던 때와는 차원이 다르다.

이제 온전히 집중하여 전력을 다하고 있는 레는 강했다.

날아오는 산성 브레스를 왼팔로만 막아 내고, 얼음의 창은 자신의 모자를 이용해 '되돌리듯' 다른 컬러 드래곤을 향해 쏘아 낸다.

블루 드래곤의 전격 브레스에는 자신의 지팡이 끝을 이용해 전기를 유도하듯 끌어내 알렉산더에게 뿌려 댈 정도였다.

사용하는 스킬 하나하나가 일반 필드 보스를 순식간에 태워 죽이거나 녹여 죽일 정도로 강하다는 걸 고려한다면, 레의 반항은 알렉산더와 플람므조차 당황스럽게 만들 정도였다.

[하지만 언제까지고 피할 수는 없을 터! 네 녀석의 움직임은 이미 느려졌다는 걸 깨닫지 못하는가, 레!]

에인션트 컬러 드래곤과 알렉산더의 견제만이 아니다.

스킬을 피하려 하면 멀찍이 있는 블라우그룬에게서 탄환이 틈틈이 쏘아져 움직임을 강제하는 것도 레의 에너지를 소모시키고 있었다.

"흐으으음, 이 탄환······. 거슬리는군."

에인션트 드래곤의 스킬들을 막거나 피하는 것만도 충분히 힘든데, 원거리 공격에 대한 자동 회피 시스템 때문에 어쩔 수 없이 원하는 행동을 못 한다면?

또 한 번의 총성이 울릴 때, 푸른 수염은 블라우그룬이 있는 방향을 잠시 바라보았다.

그의 몸은 이미 움직이고 있었다.

총성이 들림과 동시에 쏟아지고 있는 각종 스킬들의 방향을 고려하여, 자신의 안전을 도모할 수 있는 유일한 공간으로.

그리고 바로 그곳에 알렉산더가 나아가고 있었다.

푸른 수염의 〈특성〉에 대해서는 일정 수준 이상의 랭커 또는 〈신성 연합〉의 간부진들은 확실히 알고 있다.

그가 반응하는 것은 공격의 위협.

그렇다면 한껏 팔을 뒤로 젖히고 창끝을 흔들리게 하여, 〈공격 모션〉에 들어가지 않도록 비워 둔 그 장소를 급습한다면······.

푸우우우우─────────ㄱ!

모든 힘을 다해 내지른 찌르기는 마침내 성과를 내었다.

푸른 수염의 왼쪽 팔뚝에 구멍이 뚫렸다.

[끝이다, 레. 나의 신성력을 모두 담은 창에 꿰뚫린 이상─.]

"끄을끌······ 제법 아프지 않나."

알렉산더는 자신의 창에 어떤 위력이 있는지 알고 있다.

단순히 속도와 힘뿐만이 아니라, 아이템 자체에 붙은 옵션을 십분 활용한 공격이 어떤 결과를 낼지 예측하고 있었다.

[―으, 으음?]

그렇기 때문에 당황할 수밖에 없었다.

푸른 수염의 얼굴은 조금 일그러졌지만 그뿐이었다.

심지어 그는 구멍 뚫린 왼쪽 팔을 어깨에서부터 스스로 뜯어내 버렸다. 알렉산더보다 더 놀란 건 컬러 드래곤들이었다.

[무슨…….]

[저 인간의 신성력 창으로 꿰뚫린 부분은 다시는 치유될 수 없을 텐데!?]

알렉산더는 그들과 연계하는 작전을 세울 무렵, 그들에게 자신의 무구 위력을 알려 준 적이 있다.

시간을 조금만 끌어 달라. 어떻게든 발목을 잡아 달라.

비록 머리나 심장을 꿰뚫지 못하더라도, 놈의 신체 중 일부에만 닿을 수 있다면 푸른 수염을 완벽하게 제압할 기회를 찾을 수 있을 것이다.

[마…… 마비도 걸리지 않는단 말인가. 어떻게―.]

[아니, 치유 불가 효과를 레도 알고 있을 터. 즉, 저 행위의 뜻은―.]

에얼쾨니히가 있는 한, 푸른 수염은 얼마든 치유될 수 있다는 것인가!

컬러 드래곤들과 알렉산더가 같은 결론을 내리기까지는 몇 초도 걸리지 않았다. 순식간에 결과를 도출한 그들의 두뇌였으나 바로 그 몇 초가 중요한 시간이었다.

레는 고개를 들어 하늘을 바라보았다.

"늦었군, 메데인."

공간 결계가 여전히 작용하고 있는 허공의 일부가 까맣게 뒤덮였다.

[마에 물들어 버린 불쌍한 아이들이……]

플람므마저도 인상을 찌푸리게 만드는 괴조 떼가 컬러 드래곤들을 향해 날아오고 있었다.

[메탈 드래곤들은 괴조를 상대하라! 이곳으로 오지 못하게 막아야 해!]

알렉산더가 황급히 외쳐 보았으나 메탈 드래곤들로만 막을 수 있는 수가 아니었다.

〈아이언 돔〉과 〈신성 연합〉의 유저 방어군에 의해 괴조 떼는 약 30% 이상의 병력 손실이 발생했으나, 여전히 그 수는 만 단위가 넘고 있었다.

"끌끌, 괴조 서른 마리면 어덜트 드래곤도 너끈하게 상대할 만하다. 그런데 저 숫자를 뭘로 막겠다는 거지?"

푸른 수염의 여유로운 말에 알렉산더는 황급히 플람므를

불렀다.

그 이름이 불리기 무섭게 메탈 드래곤들의 주변에서 연보랏빛이 번쩍였다.

[아이들아, 괴조를 막아야 한다. 푸른 수염이 죽기 전까지 이곳으로 오지 못하게 막거라.]

어덜트 컬러 드래곤들까지 전원 가세하여 괴조들을 막기 시작했으나, 푸른 수염의 말은 거짓이 아니었다.

[캬아아아아아아—!]

"삐이이익, 삐이이이—!"

"끄르르르르르륵……!"

브레스는 그 파괴력에 더해 피하기 어렵기 때문에 드래곤들의 '필살 스킬'로 취급되는 것이다.

그러나 같은 비행 종족인 괴조들은 Z축까지 활용한 회피 기동에 너무나 익숙해 있었다.

설령 몇 마리가 브레스에 직격되더라도, 회피 기동으로 드래곤의 시야에서 사라졌던 괴조들이 다시금 치솟아 그 부리로 드래곤의 날개를 공격할 정도였다.

[날개로 하늘을 나는 게 아님을 모르는가, 멍청한 생명체들이여!]

"하지만 비행 속도에 영향을 준다는 건 알고 있지! 하물며 날개의 피막이라면 유일하게 비늘의 방어력이 떨어지는 곳이지 않나! 하핫, 드래곤에 대한 분석이라면 지난 두 달간 지긋

지긋하게 했다고!"

〈플라이〉 스킬은 수면 중에도 사용할 수 있는 드래곤들이지만 비행 속도에는 날개의 영향이 있다.

NPC인 이상 모든 게 완벽할 수 없다는 걸 미리 눈치챈 메데인이 괴조를 만들어 내며 연구한 게 바로 드래곤을 상대하는 방법들이었다.

속도를 느리게 만들면 브레스의 가동 범위는 더욱 좁아지고, 설령 마법을 사용한다고 하더라도 드래곤의 시야에서 빠르게 벗어나는 게 가능해진다.

그 이후는?

[이 녀석들, 어딜 달라붙는— 〈익스플로젼〉!]

어덜트 레드 드래곤 한 기가 자신에게 달라붙는 괴조를 떼어 내려 애썼으나, 몸 내부에서부터 화염이 폭발하는 괴조들도 끝까지 드래곤의 비늘Scale에 발톱을 꽂아 넣고 떨어지지 않았다.

드래곤 스케일을 완벽히 떼어 낼 수는 없지만 그것에 발톱을 욱여넣을 수라도 있다면…….

무게는 증가하게 된다.

[빌—어먹을, 플람므 님!]

날개를 사용할 수 없게 된 드래곤에게 괴조 일곱 마리분의 무게가 가해지자 그는 추락하기 시작했다.

"그르르르……."

"키이, 키이, 키잇!"

그리고 그 땅에서 기다리는 건, 수를 셀 수조차 없을 정도의 야수화 몬스터였다.

날개가 꺾여 땅으로 떨어진 새에게 수천 마리의 개미가 달려드는 모습과도 같은 상황.

플람므는 그곳을 흘끗거렸으나 레가 물리적으로 공간 결계를 벗어나 버리면 곧장 후퇴할 것을 알았기에 견제를 늦출 수 없었다.

[끄, 끄아아아아앗—.]

─────────────!

몬스터들에 의해 천천히 비늘이 벗겨지는 드래곤에게 달려든 것은 짙은 회색의 검풍이었다.

포효나 유저들의 스킬 영창 소리를 전부 뚫고 들릴 정도로 압도적인 풍압은 인간이 낼 수 없는 것이었다.

"이 망할 자식들! 거기, 레드! 얼른 일어나!"

드래곤 폼으로는 이 위기를 타파할 수 없다고 생각한 젤레자가 진작 변신하여 지상에서 몬스터를 상대하고 있었던 것이다.

젤레자에 의해 레드 드래곤은 겨우 구출되었다.

그렇다고 상황이 좋아지는 건 아니었다.

'이럴 수가…… 지금까지 괴조들을 너무 무시했던 건가.'

메탈 드래곤들이 지상의 몬스터와 괴조 몇몇을 상대하곤

있었지만 괴조의 수가 도대체 얼마나 되었던가.

알렉산더는 항구 도시에서 육로로 이어지는 관문 근처의 방어 본부를 살폈다.

'그랜빌 사령관…….'

그랜빌이 직접 지휘하는 그곳은 이미 쑥대밭이 되어 있었다.

후방 보급을 위한 각종 아이템이 파괴된 것은 물론, 그랜빌을 지키던 최정예 유저들과 NPC들마저 상당수가 죽어 버린 상태였다.

―그랜빌은 죽지 않았어요. 역시 파이로를 그곳에 배치해 둔 게 다행― 아니, 어쨌든 지금은 라르크를 비롯한 이동식 지휘 본부팀이 긴급 투입되어 구했습니다. 하지만 라르크 씨의 말로도 괴조는 생각 이상으로 강하다니 조심하세요.

그런 알렉산더의 행동 또한 대형 홀로그램 전광판에 비춰지고 있었다.

즉, 람화연은 알렉산더가 어딜 보며, 어떤 생각을 할지 미리 읽고 귓속말을 할 수 있었다는 의미다.

또한 그랜빌이 죽는 한이 있더라도 알렉산더가 푸른 수염을 죽이는 게 더욱 큰 가치를 지닌다고 판단하였기에, 해당 위기에 대해 말하지 않았으리라.

"어떻게…… 더 할 건가? 슬슬 정리하는 것도 좋지 않겠나?"

[웃기지 마라, 레! 〈정의의 창〉!]

이쪽에서 입은 피해에 비하면 입힌 피해는 아직도 적다.

푸른 수염의 왼팔로 만족하지 못한 알렉산더가 레를 향해 달려들었다.

플람므를 비롯한 컬러 드래곤들의 스킬이 알렉산더의 공격과 보조를 맞추며 발동되었다.

[〈파츠 이그니션: 라이트 암〉.]

[〈진공〉!]

지팡이를 들고 있던 푸른 수염의 오른팔에서 불길이 치솟았다.

인상을 찌푸리는 푸른 수염의 입 언저리에서 초록 빛깔의 마나 알갱이들이 휘몰아치고 있었다.

"산―소를―."

바람을 불어 불길을 날려 버리는 행위를 미연에 방지해 버리는 그린 드래곤의 스킬!

오른팔을 휘두르며 불을 날려 버리는 것 또한 소용없었다.

컬러 드래곤의 장로, 플람므의 불길은 그런 수준으로 끌 수 있는 게 아니니까.

슈와아아악―――――――!

그리고 다시 한 번 알렉산더의 창이 푸른 수염을 향해 쇄도했다.

푸른 수염은 한 팔을 잃고, 한 팔이 불타 제대로 된 방어를 할 수 없다.

하물며 그에게 가해지는 것은 근접 공격이다. 즉, 그의 특성을 살리기 어렵다.

그 모든 상황의 흐름 속에서, 푸른 수염은 알렉산더를 바라보고 있지 않았다.

'음?'

알렉산더는 보았다. 레의 눈길이 어디를 향해 있는지.

레의 신체가 급격히 축소되기 시작한 것은 그때였다.

알렉산더는 정확히 레의 심장을 노렸다고 생각했으나, 그 자리에 있는 건 새파란 날개를 지닌 나비 한 마리였다.

알렉산더가 지나간 풍압 때문에 나비는 팔랑거리듯 주변으로 밀려났다.

[트, 트랜스포메이션!? 그런 것도 할 수 있었나— 아니, 분명 이전에는 하지 못했던—.]

플람프가 놀랄 정도로 유연한 마나 운용을 보인 후 레는 다시금 원래의 모습으로 돌아왔다.

알렉산더는 이미 레가 있던 자리를 한참이나 지나간 후였다.

푸른 수염은 놀란 얼굴의 컬러 드래곤들과 얼이 나간 알렉산더를 흘끗거렸다.

어느새 팔에 붙었던 불은 꺼진 상태였다.

"휘유, 보여 주기 싫었는데 짜증 나는군. 하지만…… 나도 이제 알게 됐어."

그는 지팡이를 가볍게 상하로 흔들었다. 그것은 어느새 모자로 바뀌어 있었다.

레는 모자를 머리 위에 얹으며 어딘가를 바라보았다.

알렉산더는 푸른 수염의 행동에서 불안감을 느꼈다.

푸른 수염이 바라보고 있는 것은 블라우그룬이었다.

"다탄두탄이나 하얀 죽음으로 괴조들을 상대하는 것도 아니야……. 그렇다고 즉사를 노리며 날 공격하는 것도 아니야……. 고작 견제 따위를 한다? 하이하 네가?"

레의 표정이 사납게 일그러지기 시작했다.

그 모습을 보던 람화연은 황급히 알렉산더에게 귓속말을 보냈다.

―알렉산더 씨? 설마…….
―눈치챈 것 같소.

알렉산더는 람화연의 귓속말을 들으며 이를 악물었다.

이제 〈융합〉의 스킬 지속 시간도 끝나갈 무렵이건만, 푸른 수염을 죽이기는커녕 이번 작전에서 가장 큰 비밀을 적에게 들켜 버렸단 말인가!

"처음의 다탄두탄은 어찌된 영문인지 모르겠다만, 어쨌든 이번 공격으로 확실해졌어."

레는 블라우그룬에게 시선을 고정했다.

그가 컬러 드래곤의 장로를 상대하고, 미들 어스에서 가장 레벨이 높은 유저를 상대하면서도 줄곧 견제하고 있던 게 누구였던가.

 이것은 〈신성 연합〉으로서도 뼈아픈 실책이었다.

 푸른 수염의 AI에 가장 깊게 각인된 자는, 그 빈자리를 들킬 확률도 커질 수밖에 없는 것이다.

 "넌 하이하가 아니야."

 한쪽 팔을 잃은 건 아무것도 아니라는 듯, 레는 치아를 드러내며 웃었다.

 "진짜 하이하는 어디에 있지?"

 푸른 수염은 주변을 둘러보았다.

 알렉산더를 포함하여 그 어떤 에인션트 드래곤도 그 질문에는 답할 수 없었다.

 "……화연아."
 "으, 응?"
 "나중에 연락하면, 바로 준비 좀 해 줘."
 "준비?"
 "어쩌면…… 어쩌면 방법이 있을지도 몰라."

 키드가 파이로를 소개시키고, 파이로가 치요 측 상황을 전달했던 긴급 소집 회의가 끝이 났을 때.

루거와 키드에게 알렌 스르나에 대한 말을 하려던 이하였으나, 그들은 이하의 말을 듣지 않고 곧장 텔레포트한 적이 있다.

바로 그때, 친구 창에 뜬 루거의 위치를 보며 이하의 머릿속에 무언가가 스쳤다.

'크라벤······ 잠깐. 크라벤?'

쾌속정을 사용하여 마왕 에얼쾨니히와 마왕의 조각들이 만들어 낸 야수 군세에 대해 확인했던 루거는 줄곧 말했다.

[바다를 통해서는 절대 신대륙으로 갈 수 없다.]

오직 프레아를 활용한 도박을 하거나 그게 아니라면 로페 대륙에서 맞서 싸워야 한다는 말투였다.

'하지만 만약— 갈 수 있다면?'

이하의 머릿속에서 여러 가지 생각들이 교차하고 있었다.

로페 대륙에서 에얼쾨니히를 맞아 싸우는 게 과연 최선의 방법일까?

그렇다면 아홀로를 만나고 왔던 힘든 여정은 아무런 의미도 없다는 이야기일까?

'아냐. 〈천국으로 가는 계단〉, 그것을 열어서 우리가 확인한 건 결국 [희망]이었어.'

희망이 무엇을 뜻하는지 여전히 분분한 의견이 있겠지만 이하는 확신하고 있었다.

그 희망이란 바로 에얼쾨니히를 죽이는 방법에 대한 것임을.

'마는 마의 힘으로만 죽일 수 있다! 블랙 베스가 마에 가깝다곤 하지만— 엄밀히 말하면 마가 아니야. 이게 마의 힘일 리가 없어. 무엇보다— 블랙 베스는 에얼쾨니히에게 직접적인 공격을 당하는 순간 흡수될 테니까!'

그렇다면 역시 마의 힘이라는 게 뜻하는 바는 한 가지뿐이다.

《마탄의 사수》

'마탄의 사수가 되어야만 해. 누가, 어떤 퀘스트를 먼저 클리어해서 꼬여 버렸는지 모르지만……. 에얼쾨니히를 상대할 때, 그 상대 측인 〈신성 연합〉에는 이미 마탄의 사수가 존재했어야만 하는 거야.'

오직 그것만이 에얼쾨니히를 제대로 상대할 수 있다.

자미엘의 힘 또한 흡수될 가능성이 높지만, 적어도 완전한 마의 힘이라고 볼 수 없는 블랙 베스에 비한다면 훨씬 확률이 높다.

'한 발 싸움이 될 수도 있지. 자미엘이나 에얼쾨니히나. 둘 중 먼저 공격하는 쪽에서 승리한다고 가정한다면, 분명 없는 얘기가 아니야.'

마탄이 에얼쾨니히를 없애든가.

에얼쾨니히가 자미엘을 흡수하든가.

먼저 이루어지는 쪽이 승리하는 결말로 이어지지 않을까.

여기까지 생각이 떠오른 이하가 결정할 길은 오직 하나밖에 없었다.

'에리카 대륙으로 가야 해. 에얼쾨니히를 상대하기 전에.'

로페 대륙으로 건너오지 않을 치요와 카일을 잡기 위해 그곳으로 직접 가야만 한다.

람화연은 심각한 얼굴의 이하를 보며 물었다.

"무슨 방법을 말하는 거야? 아까는 말하지 않다가 왜—."

"나도 전부 잊고 있었거든. 하지만……. 우선 가 볼게. 되는 대로 말할 테니까, 그때 즉시 움직여 줘!"

이하는 수정구를 발동시켰다.

그가 향한 곳은 루거가 향했던 국가, 크라벤이었다.

다만 루거의 행선지와 다른 점이라면 이하는 크라벤의 왕궁으로 향했다는 점이었다.

크라벤의 왕궁이 발칵 뒤집어졌다.

이하는 크라벤의 정문에서부터 국왕 펠리페 2세에 대한 알현을 신청했고, 이미 크라벤의 귀중한 손님인 이하는 아무런 제재 없이 그를 만나게 되었다.

그리고 이하는 그 자리에서 펠리페 2세에게 말했고, 그것이 발단이 되어 특급 NPC라고 할 수 있는 모두가 허겁지겁 왕궁으로 모이게 되었던 것이다.

"하이하 공, 그대가…… 그대가 물론, 우리 크라벤을 위해 애를 써 주었다는 건 인정할 수 있소. 하지만 그대의 요구는 너무나……."

"드레이크 제독님이 다시금 크라벤의 일원이 되어 주셨다는 것만으로도…… 바로 그 일 하나만 가지고도 나는 하이하 공에게 내가 소유한 모든 노櫓를 바쳐 경의를 표할 수 있습니다. 그러나 그것과 이것은 별개의 문제라 사료됩니다."

"이것은 〈신성 연합〉의 공식 요청이어도 거부할 권한이 있습니다. 우리가 〈신성 연합〉에게 제공키로 한 것을 뛰어넘었으니까요. 하물며 이미 대여해 간 쾌속정마저도 잃지 않았습니까."

크라벤의 제독들은 이하에게 한마디씩 했다.

예전보다는 훨씬 부드러워진 말투였으나 그들의 목소리에 날이 서 있는 것도 당연한 일이었다.

정작 아무런 말도 하지 않고 있는 것은 역시 국왕 펠리페 2세와 이제 제1함대장이 된 드레이크 제독 그리고 국왕의 아들 페르난도뿐이었다.

그들은 굳이 이하의 편을 들지도 않았다.

그러나 이하는 아쉬울 게 하나도 없었다.

'애당초 내 부탁을 들어줄 마음이 없었다면 이런 자리를 마련하지도 않았을뿐더러…….'

다른 제독들의 말도 '다시 한 번 생각해 달라' 정도의 뉘앙스를 가졌을 뿐, '죽어도 안 된다!'라는 의미가 아니라는 걸 뻔히 알고 있었기 때문이다.

"〈신성 연합〉의 요청이 아닙니다. 이것은 오직 저, 하이하 개인의 요청입니다. 따라서 국왕 전하께서는 들어주셔야만 합니다. 저는……."

〈업적: 크라벤의 명예 해군 함장(S+)〉

축하합니다!

당신은 명실공히 크라벤 왕가로부터 진정한 바닷사람임을 인정받았습니다. 크라벤의 왕가는 자국민이 아니어도 바다에서 압도적으로 뛰어난 능력을 증명한 자들을 포섭하기 위해 노력하고 있습니다. 당신은 '명예 해군 함장'이라는 직위처럼, 위급 시 크라벤의 어떤 도시, 어떤 항구에서라도 선박 한 척을 대여할 수 있으며, 항행 시 크라벤 왕국 소속 항구에 언제든 정박할 수 있습니다. 크라벤이 원하는 것은 무엇이냐고요? 아무것도 없습니다. 당신은 크라벤의 명예 해군 함장이니까요.

보상: 스탯 포인트 30개

    (선박 보유 시) 크라벤 왕국 소속 항구 정박 가능

(선박 미보유 시) 크라벤 왕국 소속 도시에서 선박 대여 가능 (1척 제한)

"크라벤의 명예 해군 함장이니까요."
이하가 생각한 것은 오직 하나였다.
루거가 '바다로 갈 수 없다'고 말한 것은 어디까지나 해수면을 통한 항행이 불가능하다는 뜻이지 않은가.
그렇다면?
"잠수정 한 척을 빌려주십시오."
바다 밑으로 가면 된다.
파우스트가 조립식 언데드를 해수면 밑에 두었던 것에 대한 이야기도 들었다. 하지만 엄밀히 말하면 그건 생명체가 아니다.
'말하자면 미리 자신의 발판으로 삼을 만한 뼈 무더기를 고정시켜 두었을 뿐이야. 눈이 달린 것도 아니고, 생명체라고 할 수 없는 뼈 무더기일 뿐이므로…….'
잠수정이 조립식 언데드에게 직접적으로 부딪치거나 하지만 않으면 파우스트나 피로트-코크리라도 알아차릴 수 없을 것이다.
'아니, 애당초 그렇게 깊은 심해까지 뼈를 넣어 둘 필요도 없겠지. 심지어 이번엔 로페 대륙에 침공하기 위해서 오는 거다. 그때처럼 '연습'이 아니라…… 실전에서 즉시 사용할 수

있는 형태로 조립해서 이동할 거야.'

해수면을 통해 항행하는 건 전보다 더욱 어려워지겠지만 반대로 해수면 아래에서는 아무런 걱정도 필요 없는 상황이 나올 가능성이 더욱 높아졌다는 뜻이다.

다시 한 번 당돌하게 요청하는 이하를 보며 크라벤의 제독들은 말문이 막혀 버렸다.

결국 먼저 나선 것은 드레이크였다.

"그거라면 인어화를 사용해도 되지 않나."

드레이크가 물었다. 그러나 그의 질문은 다른 제독들과 달리 공격성을 띤 게 아니었다.

오히려 옅은 미소를 짓고 있는 그의 의도를 이하는 깨달았다.

"저 혼자 가기에는 피로 누적이 너무 극심하죠. 무려 20일 가까이 쉬지도 않고 헤엄쳐 가는 것은 불가능합니다. 사람이 잠은 자야 하잖아요?"

다른 제독들이 납득할 만한 현실적인 이유를 대라는 것.

NPC의 입장에서도 당연한 일이지만 특히나 유저에게는 다르게 받아들여지는 답변이었다.

'미들 어스 시간으로 20일, 현실 시간으로 무려 4일이다.'

나흘 동안 자지 않고 버틸 수는 없다.

인어화 상태에서 로그아웃을 한다면 로그아웃 동안에는 그 자리에 멈춰 있게 되니까.

하지만 잠수정이라면 다르다.

〈잠수정 내부〉가 로그아웃 위치가 된다면 그 다음번 로그인 시에도 이하는 〈잠수정 내부〉가 된다.

로그아웃한 시간 동안 잠수정이 계속해서 나아간다면?

'시간 손실을 없앨 수 있어.'

그것이 인어화 스킬이 있음에도 이하가 잠수정을 고집하는 이유였다.

드레이크는 고개를 끄덕였다.

"그렇군. 타당한 말이야."

"아니, 타당하지 않네."

드레이크의 말에 곧장 반발한 것은 국왕 펠리페 2세였다.

주름진 얼굴에, 반 이상 감겨 버린 눈으로 그는 이하를 바라보고 있었다.

이하가 아무리 크라벤의 명예 함장일지라도, 크라벤의 제독들보다 급이 낮다. 하물며 국왕에는 비할 바가 아니다.

권리를 행사하는 건 이하 마음이지만, 그 권리를 지워 버릴 수 있는 수준의 NPC가 바로 펠리페 2세인 것이다.

"고작 15일 남았지."

"……그렇습니다."

"하하하 공, 그대가 인어가 되어도 15일 안에 갈 수 없네. 잠수정으로 가능하리라 생각하는가."

그것은 바로 기간에 대한 차이였다.

이하가 입을 열지 못하자 펠리페 2세가 다시금 말했다.

"당장 출발한다 해도 마왕군이 로페 대륙에 왔을 때 그대가 신대륙에 도착하지 못할 가능성이 있네. 그곳에서 무얼 할지 모르지만, 그대가 신대륙으로 가는 도중인 5일 사이 로페 대륙이 어떻게 될지는 생각해 보았나."

펠리페 2세의 질문은 날카로웠다.

이하가 줄곧 답하지 못했던 것도 바로 이 문제 때문이었다.

잠수정의 속도는 아무리 빠르게 쳐 줘야 인어와 비슷한 수준이다.

'아니, 엄밀히 따지면 인어화로 가는 것보다 늦어.'

펠리페 2세의 말처럼 당장 출발해도 이하가 에리카 신대륙에 도착했을 때는, 마왕이 로페 대륙에 도착한 지 최소 5일 최대 10일가량이 된다는 뜻이다.

'그곳에 도착해서 내가 할 일도 생각해야지. 하루 만에 끝낼 수 있다면 다행이지만 만약 그게 안 된다면— 또는 실패한다면…….'

시간이 갈수록 로페 대륙은 황폐해진다.

황폐해지기만 하면 다행이다. 어디에서라도 최후의 방어진을 펼쳐 놓고 버틸 수만 있으면 다행이다.

그러나 그게 가능할까?

신나라가 교황과 남아 다른 방법을 찾는 중이라고 했다.

그것이 교황이 가진 어떠한 수에 대한 준비일지 모른다는 생각은 이하도 하고 있었다.

'그 일 덕분에 며칠간의 시간을 벌 수 있게 되는 흐름인가?'

하지만 그 생각은 곧 다르게 변질되었다.

'그게 아니라면? 만약 통하지 않는다면?'

단 일격으로 바하무트의 드래곤 하트를 손상시킨 에얼쾨니히다.

교황의 대단함을 의심하진 않지만, 과연 그 힘을 약화시킬 정도일까?

"전하의 말씀이 옳습니다."

이하가 대답했다.

몇몇 제독들이 안도의 한숨을 내쉬었으나 펠리페 2세의 미간은 오히려 찌푸려졌다.

이하는 그대로 고개를 숙인 채 잠시 생각했다.

어차피 모든 것을 각오했던 일이다. 애초에 각오를 하지 않았다면, 처음부터 크라벤으로 오지도 않았을 것이다.

"그럼에도 가야 합니다."

이하는 고개를 들고 펠리페 2세를 바라봤다.

로페 대륙의 인원들이 얼마나 버틸지는 모르지만, 그럼에도 가야 하는 길이다.

"에얼쾨니히를 처치할 믿음이 명확하지 않은 한, 이곳에 제가 있다고 달라질 건 없습니다. 그러니 가야 합니다. 제가 마탄의 사수가 될 수 없다 하더라도, 제가 당한 뒤 동료 중 누군가가 마탄의 사수가 될 수 있다면…… 가야 합니다."

이하는 눈을 빛내며 말했다.

몇몇 제독들이 드레이크와 펠리페 2세의 눈치를 보았다. 이하도 펠리페 2세의 얼굴만큼은 또렷하게 볼 수 있었다.

노회한 국왕의 얼굴에는 옅은 미소가 번지고 있었다.

"페르난도 왕자."

"예, 전하."

펠리페 2세는 자신의 아들을 불렀다.

페르난도는 이름이 불리기 무섭게 국왕의 알현실 문을 향해 걸어 나갔다.

이하는 물론이고 주변의 제독들마저도 어리둥절한 표정으로 페르난도의 행보를 살폈다.

그 시점에 이하도 알 수 있었다.

자신을 스쳐 지나갈 때, 윙크를 하던 페르난도 왕자. 그리고 희미한 미소를 머금고 있는 펠리페 2세.

그럴 줄 알았다는 듯 당연한 신뢰를 보내고 있는 드레이크.

모든 것이 말해 주는 답은 하나밖에 없었다.

끼이이익…….

페르난도가 문을 열었다. 이하는 뒤를 돌아보지 않았다.

페르난도의 발자국 소리 옆에서 또 하나의 발소리가 들리고 있었다. 그들은 자신을 향해 걸어오는 중이었다.

페르난도는 새로운 인물을 이하의 옆으로 안내하곤 다시 자리로 돌아갔다.

펠리페 2세가 그의 이름을 불렀다.
"드레벨 기관장."
미들 어스에서 가장 먼저 잠수정을 만들고 그 운용을 끝마친 유저, 드레벨이 무릎을 꿇고 국왕을 향한 예를 갖췄다.
"예, 전하."

―하이하 씨, 오랜만입니다.
―드, 드레벨 씨!
―아까 왕궁에서 급파가 오더군요. 급하게 끝내느라 죽는 줄 알았습니다.
―끝내요? 뭘요? 잠수정 준비하신 건가요? 드레벨 씨가 직접 운전?
―하핫, 이미 알고 계시잖아요?

드레벨은 웃음을 참는 목소리로 말했다.
이하가 여전히 구플 관계인이라고 믿는 그였기에, 크라벤에서 일어난 변화에 대해 모조리 알고 있다고 생각했기 때문이다.
정작 이하는 그의 말을 들으며 어리둥절하기만 했으나 곧 드레벨이 웃은 이유를 알 수 있었다.
"준비는 되었는가."
펠리페 2세가 물었다.

"모든 준비를 마쳤습니다. 지금 당장이라도 출항할 수 있습니다."

"속도는?"

펠리페 2세의 질문을 받으며 드레벨은 이하를 흘끗 바라보았다.

그가 웃은 이유는 바로 이것이었다.

"드레이크 제독이 만든 쾌속정의 수정구를 옮겨 달았습니다. 조금 전 시운전도 끝내 보았습니다."

용궁에 있던 드레이크를 이하가 크라벤으로 데려온 후, 드레이크는 쾌속정을 만들어 내었다.

쾌속정의 비밀은 드레이크가 만든 수정구에 달려 있는 것!

단순히 다루기만 하는 일은 람화정이나 루비니도 할 수 있다.

그렇다면 그 수정구를 잠수정에 옮겨 단다면?

"도중에 한 번 마나를 충전해야 하지만 5시간 이내에 끝낼 수 있도록 준비해 뒀습니다. 그러니 신대륙까지는 도합 6일 반나절가량이 소요될 것입니다."

쾌속정과 같은 속도로 깊은 심도를 항행하여 신대륙으로 향할 수 있다는 의미다.

"하이하 공…… 그대가 우리 크라벤에 베풀어 준 은혜는 결코 잊지 않고 있으이. 마음 같아선 더욱 주고 싶으나 이 정도 지원밖에 할 수 없는 우리를 가엾이 여겨 주게나."

"무, 무슨 말씀을요! 지금 시점에서 가장 필요한 지원이십니다! 감사합니다!"

 이하는 벌떡 일어났다. 펠리페 2세는 흐뭇한 미소를 짓고 있었다.

 그 미소는 드레이크의 얼굴과 거의 다르지 않았다.

 이하는 마침내 신대륙에 갈 방법을 찾아내었다.

 시간도 촉박하지 않아 오히려 일주일간의 여유가 있을 정도였다. 그리고 이 시점부터가, 이하가 생각한 두 번째 고비였다.

 누가 갈 것인가?

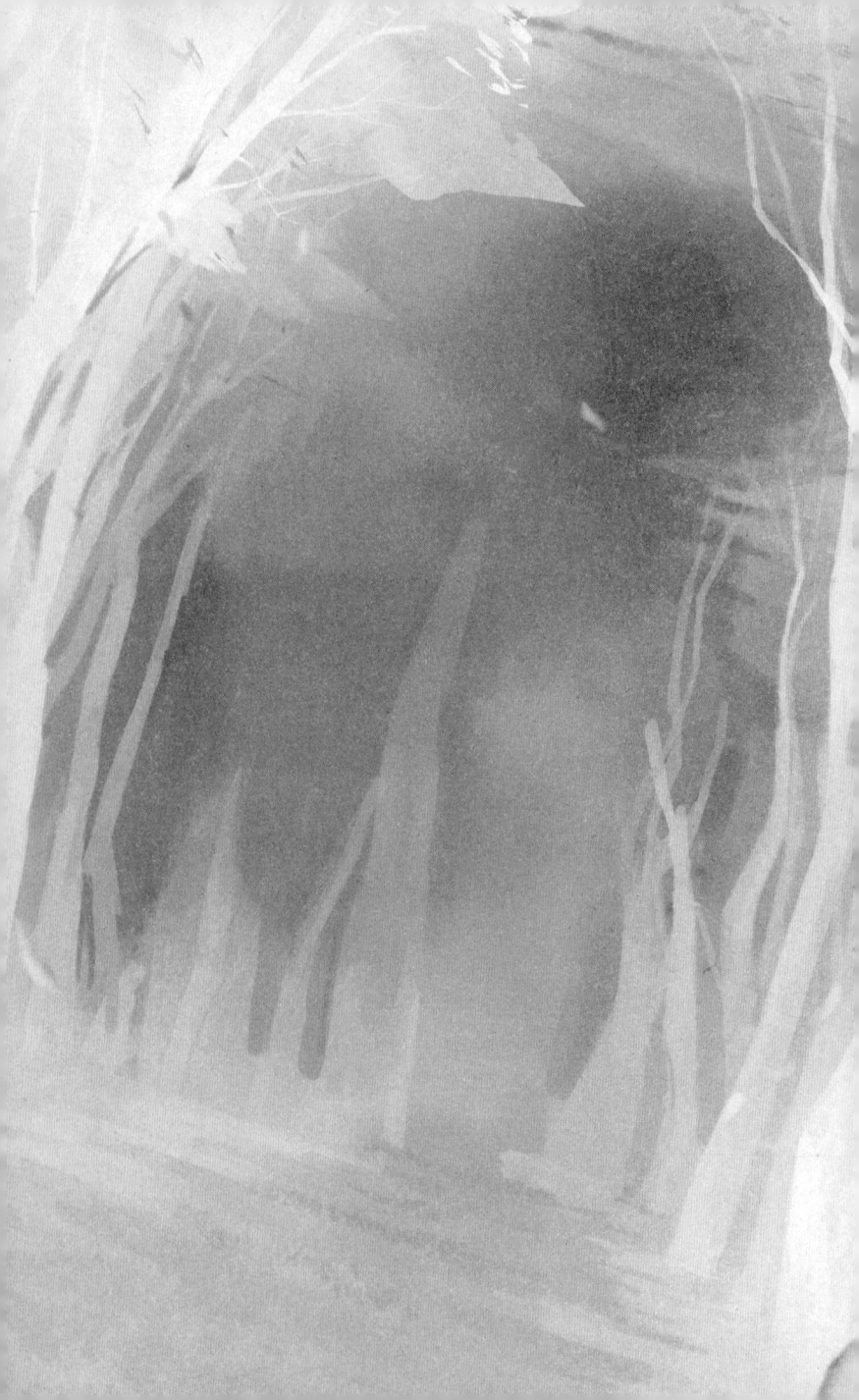

　마왕군이 로페 대륙을 향해 출발할 때, 잠수정도 출발하면 된다.

　'일단 도착 자체가 목적이다…….'

　서로가 다른 대륙에 도착하는 것은 거의 비슷한 시간대가 될 것이다.

　'거기서 카일을 처리한 후, 마탄의 사수가 되는 거다. 그리고 돌아오는 것은—.'

　프레아가 있다.

　프레아의 힘을 활용한다면 1분도 소요하지 않고 로페 대륙으로 안전하게 돌아올 수 있다.

　'결국 문제는 하나인가.'

　잠수정의 수용 인원은 충분하다. 그러나 자리가 남는다고 꽉 채워 데려갈 수 없다는 점이다.

그렇기에 누굴 데려갈지 결정하는 일은 아주 중요한 문제였다.

이것은 단순히 유저들의 직업상 시너지나 스킬의 조합 따위를 생각해서 갈 게 아니었다.

누가 갈 것인가.

바꿔 말하자면 누가 신대륙에 가서 카일을 상대할 것인가.

'더 직접적인 표현으로는……'

누가 마탄의 사수를 죽일 것인가.

마탄의 사수를 상대할 능력이 있어야 한다.

능력뿐만이 아니라 위험 부담도 짊어져야만 한다.

'카일을 무사히 찾아내 전투할 때와 그의 마탄에 피격되었을 경우.'

마탄은 단순히 상대방을 절대적으로 사망 판정에 이르게 만드는 스킬이 아니다.

그 스킬의 깊이와 의미를 명확히 파악하지 못한 사람은 결코 데려갈 수 없다.

"아으으으으!"

"합리적으로 판단하자면 탄환 수가 제한된 마탄을 상대하는 방법은 최대한 많은 인원과 함께하는 것입니다."

이하와 함께 고민하던 블라우그룬이 조용히 입을 열었다.
이하는 그를 보며 고개를 끄덕였다.

그 사실을 아예 모르는 것도 아니다.

"맞아요. 마탄이 지금 몇 발이나 남았는지 모르겠지만, 어쨌든 네 발 이상은 절대로 못 쏠 테니까……."

단순 판단으로는 다섯 명이 가면 적어도 한 명은 카일을 상대할 수 있다.

주변의 치요와 시노비구미를 고려해도 열 명이 간다면 어떻게든 싸워 볼 수 있는 상황이 나올 것이다.

그러나 이길 수 있을까?

'열 명 모두 죽어 버리면? 카일과 치요 그리고 시노비구미를 잡기 위해서 데려가는 건 당연히 최정예 멤버가 될 텐데…….'

유저 한 명이 낼 수 있는 힘은 단순히 1이 아니다.

이하가 생각하는 최강의 드림팀 열 명의 패배는 곧 로페 대륙 전체 전력의 10%가량이 상실된다고 봐도 좋을 지경이다.

'중저레벨 유저들이 많이 참전했다지만 마왕군 쪽의 몬스터 수는 훨씬 더 불어나 있을 거야.'

이미 80일 전에 야수화 몬스터의 수만 10만 마리에 달했다.

해양 몬스터나 괴조 따위의 필드 보스 이상의 몬스터도 만 마리는 족히 넘는다고 했다.

단순히 계산해서 두 배, 세 배라고만 해도 로페 대륙의 레벨 200 미만 유저는 사실상 도움이 되지 않는다고 봐도 좋다는 뜻이다.

"몸빵조차 안 되겠지. 쩝……. 너무 빡센 이벤트라니까."

"네?"

"아뇨. 에휴우…… 결국 생각할 수 있는 건 소수 정예인데. 나랑 루거, 키드가 가면—."

턱을 괴고 한숨을 내쉬던 이하의 머릿속에 무언가가 떠올랐다.

삼총사가 모두 이동한다?

다른 유저들은 어떻게 될지 몰라도, 적어도 삼총사 세 명이 간다는 건 이하의 머릿속에서 이미 100% 확정된 사안 중 하나였다.

카일을 상대하기 위해서 [관통], [속사], [명중]이 모두 필요하다고 생각하고 있었기 때문이다.

'아니, 잠깐만. 그게 아니…… 아니야.'

그런데 과연 그것으로 괜찮을까?

이하의 표정이 심각하게 바뀌는 것을 본 블라우그룬이 물었다.

"무슨 일 있으십니까, 하이하 님."

"블라우그룬 씨, 마왕은 어떻게 움직이죠?"

"네?"

"마왕의 능력에 대해서, 뭐, 아는 거 있나요? 바하무트 님께 들은 거나. 뭐가 됐든. 아무거나 좋아요."

"글……쎄요. 그것은 너무나 오래전 이야기라. 전대의 로드께서도 마왕에 관한 이야기는 하지 않으셨습니다. 무엇보다……."

지금의 바하무트가 알 정도의 지식이 있을 리 없다.

미들 어스의 시간대를 기준으로도 천 년, 이천 년 따위의 시간보다 훨씬 아득한 고대의 이야기일 테니까.

그리고 블라우그룬의 이야기를 들으며 이하는 어느 정도 확신한 바가 있었다.

'누가? 누가 마탄의 사수를 죽이냐? 지금 그렇게 허술한 생각을 할 때인가?'

카일만 문제가 아니다.

카일을 상대하는 것도 미래를 그릴 수 없을 정도로 불확실한 전투가 벌어지겠지만, 그 외에 신경 써야 할 게 또 있지 않은가!

'에얼쾨니히의 능력을 함부로 재단해서는 안 돼. 그 능력이 무엇을 상상하든 그 이상이라고 한다면?'

그렇다면 더 이상 '누가 에리카 대륙으로 갈 것인가'는 문제가 되지 않는다.

그것에 대한 답은 한 가지밖에 없으니까.

이하는 잠시 멍한 얼굴로 있었다.

"지금 따져야 할 건 외부에 있는 게 아니었어요."

"네?"

블라우그룬이 이하의 얼굴 앞에서 손을 흔들어 보았으나 이하의 초점은 그곳을 향하지 않았다.
　이하는 블라우그룬의 손을 볼 수 없었다.
　"나…… 내가 돌아봐야만 하는 거예요."
　이하가 보고 있는 것은, 지금까지 이하 자신이 미들 어스를 플레이하며 획득했던 모든 것이었으니까.

이름: 하이하 / 종족: 인간
직업: 하얀 사신 / 레벨: 297 (1.1368%)
칭호: 주신의 불을 내리는 / 업적: 225개
HP: 12,250(8,575)
MP: 14,685
스탯: 근력 912(+827)
　　　민첩 8,888(+1,808)
　　　지능 707(+481)
　　　체력 469(+343)
　　　정신력 1,330(+219)
　　　카리스마 606(+0)

　남은 스탯 포인트: 0

이하가 가장 먼저 살핀 것은 캐릭터 창이었다.

정령계에서 얻었던 업적이나 정령왕 또는 정령여왕들이 주었던 보상, 거기에 더해 잡몹들을 잡으며 남은 경험치를 채워 레벨 업한 스탯 포인트까지.

그 모든 보정치가 더해진 이하의 총 누적 스탯은 12,921이다.

알렉산더는 당연하고 그 누구도 이하의 스탯 포인트를 따라올 수 없을 정도로 엄청난 수치라고 봐도 좋다.

'스탯뿐만이 아니지. 스킬은? 업적의 수는? 칭호는?'

그리고 직업은?

또한 아이템은?

이하는 모든 시스템 창을 켜 놓고 경우의 수를 계산해 보았다.

어떤 식으로 싸울 수 있을까.

어떻게 상대해야 할까.

현재 자신이 낼 수 있는 최대한의 능력은 어느 정도의 파괴력을 발휘할 수 있을까.

"으음……."

당연히 쉽사리 나오는 답이 아니었다.

머리를 쥐어뜯고, 자신이 사용할 수 있는 스킬의 전후 관계까지 바꿔 가며 모의 전투를 돌려보아도 확신할 수 있는 답은 단 하나도 도출되지 않았다.

무엇보다 자신의 스킬 숙련도는 며칠이나마 갈고 닦을 시간이 있지 않은가.

할 수 있는 모든 스킬을 조합하여 새로운 패턴을 만들어 보고, 그동안 부족했던 점이 있다면 갈고 닦는다.

하루, 이틀, 사흘…….

이하는 스킬의 숙련도를 높이기 위한 연습을 하면서도 결코 생각을 멈추지 않았다.

비단 미들 어스 내부에서만 그런 게 아니었다.

식사나 취침을 위한 그 짧은 로그아웃 순간에도 이하의 머리는 계속해서 돌고 있었다.

집중하는 것은 오직 한 점.

지금 자신이 생각하는 그 일을 해낼 수 있을 것인가.

"역시…… 없어. 이것밖에 없어."

이하는 머리를 쥐어뜯었다.

미들 어스는 피로감이 겉으로 쉽게 노출되지 않는다.

눈 밑에 기미가 생긴다거나, 식음을 전폐하여 볼이 홀쭉하게 들어가도 캐릭터의 외형 변화에는 적용되지 않기 때문이다.

그러나 지금 이하의 모습을 본다면 그 누구라도 이하의 건강 상태에 대하여 물어볼 정도의 초췌한 상태였다.

이하를 바라보는 블라우그룬의 표정이 바로 그 방증이었다.

"하이하 님, 답이 나오지 않을 때는 휴식하는 것도 하나의 방법입니다……. 저의 힐이나 리커버리로는 뇌의 과부하까지 치료할 수가 없습니다."

이하는 고개를 돌려 블라우그룬을 보았다.

자신이 고민했던 것만큼 자신을 보조해 줬던 파트너 드래곤의 말만으로도 피로는 어느 정도 풀리는 것만 같았다.

물론 블라우그룬의 조언을 들을 여유는 없었다.

"고마워요. 하지만…… 휴식할 시간이 없어요."

"네?"

"아시잖아요. 이제 7일밖에 안 남았으니까요."

어느새 7일이 지나고 이제 남은 기간이 7일이 되었다.

푸른 수염이 말한 기일의 사실상 데드라인으로, 아무리 잠수정이 빨라졌다 해도 이제는 출발을 해야만 한다.

이하는 호흡을 가다듬었다.

"결정은 하신 겁니까."

블라우그룬이 물었다.

이하는 블라우그룬을 보며 고개를 끄덕였다. 이제 고민의 시간은 끝났다.

"해 봐야죠."

남은 건 실천뿐이다.

'실천이라. 킥, 재미있네. 평소라면…… 보통 때의 나라면 결코 하지 않았을 말이라니.'

자신이 말했다고 믿기지 않을 정도의 대답을 곱씹으며 이하는 헛웃음이 나왔다.

저격수는 맞힐 자신이 없다면 절대 방아쇠를 당겨선 안 된다.

목표에게 탄환이 닿지 않을 가능성이 더 높다고 판단된다면 우선 물러선 후, 더 좋은 스나이핑 포지션을 잡거나 저격하기 수월한 환경을 조성한 후에 시도해야 한다.

맞추지 못하는 탄환은 결국 자신에게로 돌아오는 법이니까.

'김 반장님도 항상 말씀하셨지. 연습이라면 모를까, 실전의 저격에서는 근성이나 노력 같은 단어가 들어갈 자리가 없다고 했어. 아무리 똥꼬에 힘을 주고 쏴도 탄환은 휘지 않으니까.'

김 반장의 걸걸한 목소리가 떠올랐다.

그가 미들 어스에서 〈커브 샷〉을 보았을 때 얼마나 놀랐던가.

'어쨌든 저격수는 신중해야 한다는 게 내 뼛속까지 각인된 교훈이다.'

그러나 지금은?

후우우우…….

이하는 크게 심호흡했다.

블라우그룬의 표정이 여전히 굳어 있다는 것을 눈치챈 이하는 그를 보며 옅은 미소를 지어 주었다.

"할 수 있어요. 아니, 되게끔 만들어야지."

"하이하 님……."

이하가 결정을 내린 이유는 하나뿐이었다.

젤라퐁과 함께 스트레칭을 하며 이하는 블라우그룬에게 자신감의 원천을 말해 주었다.

"이건 저격이 아니니까요."

자신은 뼛속까지 저격수다. 하지만 이것은 저격이 아니다. 그렇기에 도전할 수 있다.

이하는 마침내 모두를 부르기로 마음먹었다.

―화연아, 〈신성 연합〉 수뇌부 전부 소집해 줘.
―수뇌부? 어디까지?
―음…… 지금 모든 결정권은 교황이 내리는 거지?
―전투에 관련된 거라면 성하께서도 여전히 에윈 총사령관에게 위임을 하고 계셔. 아무래도, 명목상 연합의 수장은 교황 성하지만 전쟁에 대해서는―.
―아하, 오케이. 그럼 다 불러 줘.

〈신성 연합〉은 교황의 이름하에 로페 대륙의 모든 국가가 뭉친 것이다.

즉, 교황이 결정권을 갖고 있는 게 당연한 일이지만 전쟁, 전략, 전투에 대해서만큼은 여전히 에윈에게 모든 일을 맡기고 있었다.

―뭐, 뭐? 다?
―응. 에윈 총사령관까지. 전부. 에즈웬 교황청에서 모이면 되겠지?

따라서 이하는 그들을 모두 소집해야 했다.

지금부터 자신의 생각을 풀어놓기 위해서. 정확히 따지면, 자신의 계획을 그들이 받아들이게끔 만들기 위해서.

1시간이 미처 지나지 않아 에즈웬 교국의 교황청에 모두가 모였다.

에윈이나 그랜빌은 물론, 〈신성 연합〉의 주요 참모진 NPC와 유저들까지 모두 모이고 나서야 이하는 교황청에 도착했다.

소집을 요청한 사람이 가장 늦게 온다는 점에서 몇몇 유저들이 버럭 화를 내었으나 이하는 그 모든 것을 웃으며 받아 주었다.

그러곤 곧장 자리에서 일어서며 자신에게 시선을 모았다.

"시간이 없으니 간략하게, 바로 본론부터 설명 드리겠습니다!"

이하는 회의실에 넓게 둘러앉은 유저와 NPC들을 바라보았다.

자못 심각한 그들의 얼굴을 보며 이하는 어쩐지 헛웃음이 나올 것만 같았다.

이제부터 자신이 할 이야기와 그 이야기가 끝났을 때의 파장을 잘 알고 있었기 때문이다.

따라서 이하는 말하고 또 행동했다.

"저 혼자, 에리카 대륙으로 갈게요. 마탄의 사수 잡으러."

찰칵.

이하는 미들 어스를 시작한 이래, 처음으로 스크린 샷을 찍어 보았다.

두고두고 남겨 볼 만한 표정들이 고스란히 담긴 사진이었다.

이하는 누구의 말도 이해하기 어려웠다.

회의실을 둘러싸고 앉은 유저들 중, 현재 말을 하는 유저만 3명에 이하가 이런 말을 하는 저의에 대해 묻는 NPC만 2명, 심지어 옆자리에 앉은 타 유저와 수군거리며 지금 이하가 무슨 말을 한 것인지, 자신이 알아들은 게 맞는 것인지 확인하는 유저까지 있었기 때문이다.

쾅————————!

장내를 단번에 제압한 것은 루거였다.

회의실 테이블이 웅웅거릴 정도로 크게 때린 후 그는 앉은 자세로 이하에게 물었다.

"미친놈이…… 어디서 얼토당토않은 방법을 구했는지 모르겠지만, 네놈 혼자 갈 수 있을 것 같나?"

"갈 수 있어. 갈 방법을 구했고."

이하가 너무나 시원스레 대답하여 루거는 잠시 할 말을 잃었다.

그러나 삼총사의 '머리'까지 말을 잃은 건 아니었다.

"……하이하 당신이 간다면 우리도 갈 수 있는 게 아닙니까. 설령 지금 당신이 구한 방법이 당신 한 명만 가능할지라도, 당신이 신대륙에 도착한 이후 프레아의 능력을 활용한다면 우리 모두가 이동할 수 있는 게 아닙니까."

크라벤의 잠수정은 여전히 기밀 사항 중 하나다.

그것에 대해 말을 하지 않거나, 자신들을 태우지 않는 것은 그렇다 치더라도, 이하가 신대륙에만 도착한다면?

프레아가 지닌 그림자의 힘을 이용하여 사람을 옮길 수 있다.

키드는 프레아의 능력에 대해 명확하게 파악하고 있지는 않았지만 그것의 활용 방법에 대해서는 이미 간파한 상태였다.

'하긴, 프레아가 루거를 데리고 나와 드레벨의 그림자에서 튀어나오고…… 다시 로페 대륙으로 돌아와 키드를 데리고 루거의 그림자에서 튀어나오게끔 만든다면—.'

불가능한 방법은 아니다.

잠수정에 키드와 루거를 태우지 않더라도 활용 자체는 가능하다. 이하는 새삼 키드의 두뇌에 감탄했다.

프레아의 힘을 알고 있는 자신도 그런 식의 '순번 이동' 방법은 생각해 내지 못했건만.

물론 그런 생각을 할 필요가 없었기 때문이기도 했다.

"안 돼."

"그 이유나—."

"이유는 뻔하지. 우리 셋이 모여 있으면 안 되기 때문이야."

이하의 말에 반발하려던 키드는 잠시 말문이 막혔다. 루거의 표정도 일그러졌다.

이하가 하는 말이 무슨 뜻인지 100% 알아들은 사람은 이 방에 몇 명 되지 않았다.

"에얼쾨니히가…… 흡수하려고 노리고 있으니까?"

"크흠, 그리고— 저번에 하이하 씨가 말씀하신 대로라면, 에얼쾨니히는 삼총사 세 분 중 누구 한 분의 총기만 흡수해도…… 마탄의 사수의 힘을 활용하여 죽일 수 없는, 완전무결한 존재가 되어 버릴 가능성이 있다는 거죠."

람화연과 혜인이 먼저 말했다.

줄곧 팔짱을 낀 채 심각한 표정이던 라르크가 허탈한 한숨을 쉬며 덧붙였다.

"일리는 있네요. 쩝, 저도 요 며칠 마왕의 능력에 대해 분석하려고 고서들을 찾아봤는데 영~ 도움될 만한 게 없더라고. 에얼쾨니히에게 〈대륙 간 거리를 무시할 정도의 텔레포트〉 능력이 있다고 가정해 본다면 아마 다른 분들도 이해가 빠를 겁니다."

"라르크 씨의 말 대로예요. 우리는 에얼쾨니히의 능력을 모릅니다. 심연의 아가리에서 태어난 그 존재가…… 만약 전 대륙의 〈심연의 아가리〉로 텔레포트할 수 있다면? 모든 거리를 무시하고, 아무 곳에나 나타난다는 가정은 더 최악이지만, 이 정도는 비교적 현실적이잖아요?"

이하가 걱정했던 점은 바로 이것이었다.

삼총사가 함께 가서 카일을 상대해야 옳다.

그러나 [자미엘], [블랙 베스], [크림슨 게코즈], [코발트블루 파이톤]이 모두 같은 장소에 모여 있다면?

넷 중 하나라도 흡수하지 못해 안달이 나 있을 마왕, 에얼쾨니히가 과연 그것을 두고만 볼까?

"그래도 하이하 당신 혼자 카일을 상대하게끔 둘 수는 없습니다. 당신이 카일을 죽일 수 있을지라도 누가 마탄의 사수가 되는가는 다른 문제이기 때문입니다."

언제나 냉철한 키드지만 그에게 경쟁심이 없는 건 아니다.

"그, 그래! 이 빌어먹을 자식이, 이제 보니까 혼자 마탄의 사수가 되려고 우리를 떼어 놓고 가겠다는 술수였군!"

루거도 곧장 일어나 키드의 말에 동의했다.

'역시 이렇게 나오나.'

물론 두 사람과 함께 가면 좋다.

원거리 공격, 총기를 다루는 일에 있어서 이하가 미들 어스에서 믿을 수 있는 몇 안 되는 사람이기 때문이다.

그러나 이하는 조용히 고개를 저었다.

키드는 곧장 반발했다.

"우리 모두가 모여 있지 않아야 하는 것이라면, 에얼쾨니히와 마왕의 조각들이 로페 대륙에 도착했을 때 우리의 모습을 먼저 보여 준 후, 프레아의 힘으로 이동하는 방법도 있습니다. 루거와 내가 푸른 수염이나 피로트-코크리를 상대한 직후에 사라진다면 그들도 여기까지 생각이 닿지는 못할 겁니다."

흥분한 루거와 여전히 차분하게 다음 전략을 생각하는 키드를 보며 이하는 웃음이 날 것만 같았다.

그들의 말이 틀린 게 아니다.

특히 키드의 방법은 이미 이하 자신도 생각하고 있던 것이었다.

자신 홀로 에리카 대륙으로 향할 때, 루거와 키드는 반드시 에얼쾨니히와 마왕의 조각 중 누구에게라도 모습을 드러내어 잠시 상대할 것.

그것만이 그들의 시야를 묶어 둘 수 있기 때문이다. 하지만 그럴 수 없다.

"안 돼."

"이 자식이! 지가 무슨 대장이라도 되는 것처럼—."

"루거, 키드, 당신들은 카일— 마탄의 사수에게 당할 가능성이 있어. 마탄에 한 번이라도 직격되는 순간…… 어떤 각오를 해야 할지는 잘 알고 있을 거야."

단순한 죽음이 아니게 된다.

이하는 자신이 믿을 수 있는 두 사람을 진심으로 걱정해서 하는 말이었으나 얌전히 들을 삼총사가 아니었다.

"마치 당신 자신은 해당되지 않는다는 어투입니다."

"맞아! 너는! 너는 무슨 용 뿔 빼는 재주라도 있어!? 카일이— 자미엘의 힘을 피하거나 할 방법이 있냐?"

이하는 조용히 두 사람을 바라보았다.

장내의 다른 유저들의 눈이 모두 이하에게 쏠렸다. 람화연 정도를 제외하면 의심의 시선일 뿐이었다.

마탄의 사수의 힘을 피할 수 있다?

그런 방법이 미들 어스에 있단 말인가?

"퉤, 됐어. 네가 뭐라고 지껄이든 나는 절대 찬성할 수 없다. 그런 얼토당토않은 이야기나 하려고 시간을 낭비하다니."

루거는 자리에서 일어섰다.

줄곧 답하지 않고 있던 이하는 에윈을 바라보았다.

"총사령관님, 허가해 주십시오."

"⋯⋯작전의 요지는 이해하겠네. 하나, 적이 그곳에 있다는 판단은?"

"그거라면 제가 이미 조사해 두었습니다. 파이로와 프레아의 첩보로 확인해 본 결과, 불과 1시간 전에도 그들은 에리카 대륙에 있었습니다. 마왕들이 곧 떠날 테니 당분간 한곳에 숨어 있어도 괜찮을 거라는 내용까지 들었습니다."

람화연은 재빠르게 이하의 편을 들었다.

그 누구보다도 이하의 안위를 걱정하는 그녀였으나, 결코 이하가 하는 일을 막고자 하지는 않았다.

람화연의 말에 몇몇 유저들은 '그걸 어떻게 알았냐'는 표정을 지었으나, 에윈이 고개를 끄덕거린 순간 더 이상 부연 설명은 필요 없었다.

"루거 군과 키드 군이 이곳에 남아 할 일 또한 이해했네. 그러나 하이하, 자네가 없다면 마왕군이 눈치채지 않겠는가."

"그것 또한…… 준비해 두었습니다."

루거와 키드만 두고 자신의 모습이 보이지 않는다?

마왕의 조각은 물론 마왕군 간부도 의심할 게 틀림없다는 걸 이하는 이미 알고 있었다.

따라서 준비를 할 수밖에 없었다.

"뭐!? 누가 너를 대체할 수—."

똑, 똑, 똑.

누군가 회의실의 문을 두드렸다.

잠시 후, 문이 열린 곳에서 들어온 것은 후드를 뒤집어쓴 채 블랙 베스와 비슷한 검은 총기를 든 자였다.

"젠장! 살다 살다 별짓거리를 다 해 보는군."

"설마……."

"그, 그, 입 험악한 미야우!?"

사뿐사뿐 걷는 미야우의 발걸음에 걸걸한 목소리. 키드와 루거는 의자에 앉은 채로 주춤거리며 물러섰다.

이하는 김 반장을 모두에게 소개했다.

"이분은 저에게 저격을 알려 주신 스승님입니다. 무기도 비슷하게 도색했고 정확도 면에서 별 차이가 없을 테니 크게 의

심받을 일 없을 거예요. 블라우그룬 씨와 함께 다니기도 할 거고요."

"이 셰끼가?! 그 드래곤이 없어도 충분해, 인마! 커험, 어쨌든 하이하 이놈의 부탁을 받고 [총사대]의 인원 몇몇도 차출해 두었습니다. 쩝, 〈다탄두탄〉인지 뭔지 흉내 내려면 은신 상태에서 딱 한 번만, 그것도 전장이 아주 시끄러울 때밖에 쓸 수 없겠지만 말이죠."

자신의 기분과는 상관없다.

김 반장은 군인 출신답게 에윈과 그랜빌 앞에서 조리 있게 설명했다.

푸른 수염이 깜빡 속을 정도의 〈다탄두탄〉은 김 반장이 총사대와 함께 만들어 낸 작품이었던 것이다.

"으음."

이쯤에서는 에윈도 더 이상 할 말이 없어졌다. 그것은 그랜빌도 마찬가지였다.

이하가 빠짐으로써 잃는 전력 손실이 얼마나 큰지는 이 방의 모두가 알고 있다.

"저야 언제나 하이하 씨가 자신감을 보인다면 찬성했습니다만— 이번에는 찬성할 정도가 아닌가 본데…… 다른 방법을 생각해 보는 건 어떨까 싶네요."

라르크는 은근슬쩍 이하를 만류했다.

실제로 그가 이하의 계획에 동참한 건 모두 이하가 확실하다고 판단한 이후일 뿐이었다.

이렇게나 불분명하고 불확실한 계획에 동의하는 건 그가 할 수 있는 일이 아니었다.

"거짓말은 안 되니까요."

"하여튼…… 사람이 좋은 건지, 맹한 건지. 이 정도 설명으로 우리가 모두 반대하면? 그럼 그만둘 겁니까?"

"저도 그게 궁금하군요, 하이하 씨."

라르크와 혜인이 같이 물었다.

이하는 자신을 걱정해 주는 유저들을 보며 빙긋 웃었다.

모두가 말리면 그만둔다? 만약 그럴 요량이었다면 애당초 이들 모두를 소집하지도 않았으리라.

"아뇨. 저는 갑니다."

"에윈 총사령관께서 반대하시면 하이하 씨, 당신은 절대 갈 수 없—."

"에윈 총사령관님은 반대하실 수 없어요."

〈업적: 〈신성 연합〉의 특수 작전 참모(R-)〉

축하합니다!

당신은 〈신성 연합〉 소속으로 90% 이상 불리한 전황을 뒤집어 내는 묘책을 내어 승리를 쟁취했습니다. 해당 군과 관련된 모두가 당신을 인정하는 이상, '그러한 사태'가 다시 한 번 발생하더라도 다른 장교들은 당신에게 반대할 수 없겠지요. 총사령관을 포함한 모두가 반대하더라도 당신은 딱 한 번! 당신의 목숨을 건 특작을 제안할 수 있을 것입니다. 그러나 그것이 용기일지, 만용일지, 반드시 고민하시길 부탁드립니다.

보상: 스탯 포인트 50개

〈신성 연합〉 전략 회의 시 100% 확률의 특수 작전 제안 가능(1회 제한)

"이것은 제가 제안하는, 〈특수 작전〉이니까."

단 한 번, 이하는 자신이 제안하는 작전을 100% 통과시킬 수 있다.

이하가 에윈과 그랜빌을 불러 달라 했던 것도 모두 이 업적을 활용하기 위함이었다.

유저들은 잠시 말을 잃었다. 권한은 이미 발동되었다.

루거나 키드가 무어라 말하기 전, 에윈이 먼저 고개를 끄덕였다.

"일발 역전의 수를 기대하고 있겠네."

"네. 그리고 그거라면 제가 가장 잘하는 일이죠."

"음?"

"저격수는…… 일발一發로 역전해야 하니까요."

오직 하나의 탄환만을 토해 내야 한다.

이하는 이제 간신히 그 기회를 만든 셈이었다.

〈신성 연합〉의 참모진들은 더 이상 아무런 말도 할 수 없었다.
 폭발하기 직전의 유저는 두 명뿐.
 키드는 자신의 화를 숨기고 싶다는 듯 모자를 눌러썼다. 루거는 자신의 모든 화를 드러내며 씩씩대고 있었다.
 이하는 그들이 터지기 전에 재빨리 귓속말을 보냈다.

 ─김 반장님이랑 이곳에서 시선 좀 잘 끌어 줘. 내가 카일을 찾는 데 시간이 얼마나 걸릴지 모르는 데다─ 어쨌든 프레아의 힘을 활용해서 당신들을 불러와야 할지도 모르니까.
 ─당연한 말입니다. 마탄의 사수 경쟁은 이런 식으로 끝날 게 아닙니다.
 ─빌어먹을 자식. 좋다. 하지만 연락도 없을 경우─ 너는 이제 끝이야. 영원히, 영원히 끝이다.

 이하는 신대륙의 모래사장을 걸으며 루거의 귓속말을 곰곰이 생각했다.
 "그 말은…… '이제 너랑 안 놀아!'라는 의미 아닌가? 낄낄, 하여튼 루거답다니까."
 드레벨과 크라벤의 잠수정은 떠났고 자신은 이제 자신의 일을 해야만 한다.
 이하는 이동식 지휘 본부의 유저들과 귓속말로 서로의 상황을 나누며, 그렇게 나아갔다.

"진짜 하이하는 어디에 있지?"

찡그린 표정의 푸른 수염이 다시 한 번 질문을 던진 그 순간, 알렉산더와 베일리푸스의 〈융합〉 스킬이 해제되었다.

"교우여, 지금이다."

[음!]

베일리푸스는 자유로워진 판단 능력으로 곧장 마법을 사용했다.

[〈익스플로젼〉!]

──, ──, ──!

그것은 그들이 맞춰 놓은 또 다른 합이었다.

푸른 수염이 혹시라도 하이하의 부재를 눈치챌 경우를 대비한 한 수!

분명 곧장 정신을 차릴 수는 없을 것이다. AI라도 사고의 속도에는 분명한 제한이 있으니, 분명 잠시간의 혼란이 찾아올 것이다.

그렇다면 그 틈을 노리자.

이미 컬러 드래곤들과도 이야기를 나눠 놓았기에, 베일리푸스의 공격에 맞춰 컬러 드래곤들이 연이어 마법을 쏟아부었다.

푸른 수염의 지근거리에서 폭발하는 화염의 수는 무려 12

번이었다.

 하나의 폭발에 따른 폭염이 공중으로 흩어지기 전, 또 다른 폭발이 그곳을 뒤덮으며 푸른 수염의 주변은 순식간에 매캐한 연기로 뒤덮이게 되었다.

 '바로 지금……!'

 그리고 그 옆에는 어느새 창을 들고 베일리푸스와 함께 돌진하고 있는 알렉산더가 위치하고 있었다.

 푸른 수염의 정신을 혼미하게 만들어 놓고 그가 또 다른 스킬로 드래곤들의 스킬을 방어하는 그 순간을 노린다.

 알렉산더는 자신의 창끝에 대롱대롱 달려 있을 푸른 수염의 머리를 상상했다.

 카아아아앙……!

 그러나 몇 백 번의 시뮬레이션에서 나온 결과와 현실은 달랐다.

 사라지지 않은 폭연 속에서 날카로운 금속음이 울려 퍼졌다.

 "크윽!?"

 알렉산더만 당황한 게 아니었다.

 베일리푸스 또한 더 이상 나아갈 수 없었다.

 드래곤의 전력을 다한 비행을 멈추게 할 정도의 강력한 힘이 그를 막은 탓이었다.

 "어떻게……."

 연기 속 푸른 수염이 조금씩 모습을 드러내고 있었다.

다만 분명히 실루엣의 머리 부분의 모자는 여전했다. 그게 알렉산더를 거슬리게 했다.

저 모자는 분명 지팡이를 변형한 것이니 다른 지팡이가 없어야 한다.

그런데 금속음이라니?

"끌끌……. 나를 너무 우습게 보는군, 알렉산더. 그리고 드래곤 여러분들."

푸른 수염의 목소리가 연기를 뚫고 나왔다.

연기가 걷히자 푸른 수염이 알렉산더의 창을 어떻게 막았는지 알 수 있었다.

[검인가. 아니, 창?]

[으으음, 저것을 무어라 불러야 할지…….]

에인션트 드래곤들조차 잠시 당황하게 만들 만한 것이었다.

푸른 수염은 오른팔로 자신의 뒷목을 주무르고 있었다. 알렉산더의 공격을 막아 낸 건 '왼팔'이었다.

엄밀히 말하자면 팔은 아니었다.

그저 길이가 팔과 비슷할 뿐.

팔이 잘린 자리에서 줄기줄기 뻗어 나온 검은 기운이 살아 있는 생물처럼 계속해서 그 모습을 변화시키고 있었기 때문이다.

[부정형不定形의 마기……. 마왕의 파편, 네 스스로도 통제가 불가능함을 의미하는 것. 그렇다면 그 힘은…….]

마왕, 에얼쾨니히의 것이다.

푸른 수염의 새로운 힘을 눈치챈 플람므의 말에 알렉산더의 마음이 다급해졌다.

"호오, 역시 할망구쯤이나 되어야 아는군. 하지만 이미 늦었어."

푸른 수염의 왼팔은 여전히 살아 움직이는 생명체처럼 다양한 형태로 변화했다.

변화하지 않는 건 알렉산더와 닿아 있는 끝부분뿐이었다.

"이익— 크읏— 떨어지지가……."

알렉산더는 어떻게든 떨어지려 했으나 창은 꼼짝도 하지 않았다.

"흐으으음, 칼리 녀석에게도 하이하의 모습은 확인되지 않았다 들었고…… 분명 내가 있는 곳에 올 줄 알았는데 이곳에도 없다면— 코크리? 코크리 녀석이 있는 곳으로 간 건가? 아니면 에얼쾨니히 님이 도착하실 때까지 기다린다?"

근육이 부풀어 오를 정도로 힘을 준 알렉산더였으나, 푸른 수염은 조금도 개의치 않는 듯 이하에 대해 주절거리고 있었다.

그의 시선은 알렉산더를 비롯한 드래곤들을 훑어 나갔다.

그리고 그는 웃었다.

"설마 바다를 건너간 것은 아닐 테고……. 그거야말로 최악의 생각 아닌가?"

[알렉산더 아이야, 그의 말을 들을 필요는 없다! 어서 떨어

져야 해!]

 푸른 수염의 '왼팔'은 마치 살아 있는 것처럼 알렉산더의 창 끝부터 휘감아 오르기 시작했다.

 알렉산더는 몇 번이나 더 창을 잡아당기며 베일리푸스와 함께 힘을 내보았으나 어쩔 수 없다는 걸 알았다.

 그렇다면 이 시점에서 그가 선택할 수 있는 길은 하나였다.

 일방적으로 죽어 줄 수는 없다.

 적어도 동귀어진 할 수 있는 '최후의 한 수'를 준비하는 것.

 "어째서 최악이지. 자미엘의 힘이 마왕에게 사용될 시 치명적이기 때문인가."

 그리고 그와 동시에 푸른 수염에게서 하나의 정보라도 더 빼내는 것!

 NPC인 이상 그는 알렉산더의 대화에 일정 수준 이상 응할 수밖에 없다.

 푸른 수염의 입꼬리는 여전히 올라가 있었으나 그 미소에는 조금 전과 같은 여유가 없다는 걸 알렉산더는 눈치챘다.

 "끌끌, 글쎄. 어차피 우리조차 찾지 못한 자미엘을 하이하 녀석이 찾을 수는 없을 거라 생각하네만."

 푸른 수염은 가볍게 말했다.

 언젠가 이하가 인정한 것처럼 그는 지식이 많고 지혜가 뛰어나지만 의외로 정공법을 택하는 마왕의 조각이다.

 즉, 지금 푸른 수염은 우회적으로 인정한 셈이나 마찬가지다.

알렉산더는 이 모든 대화를 라르크, 람화연에게 전달했다.

―자미엘을 직접 찾으려 했다, 그 키워드 자체가 역시 마를 없앨 수 있는 게 마탄의 사수밖에 없다는 의미일 거예요.
―하이하 씨가 방향은 제대로 잡았다는 건데…….

람화연과 라르크는 곧장 답했다.
에얼쾨니히를 상대하기 위해서 마탄의 사수, 자미엘의 힘을 활용해야 하는 게 분명하다. 그러나 여전히 그다음은 알 수 없었다.
마탄의 사수를 이용한다는 방향이 맞는다고 해도 정작 그 힘을 사용할 수 있는 치요와 카일 등이 숨은 이유가 있을 것이다.
"레, 너는 찾아낼 수 없었지만 그는 찾아낼 것이다. 그리고 마탄의 사수가 되어 에얼쾨니히와 너희들을 반드시 소멸시키리라."
알렉산더는 베일리푸스와 귓속말을 하며 최후를 준비했다.
공격보다는 일종의 자폭에 가까운 스킬이지만 상처 입은 푸른 수염에게 반드시 큰 타격을 입힐 수 있을 거라는 게 그의 계산이었다.
푸른 수염이 뒤의 한마디만 하지 않았어도 그는 즉시 스킬을 실행했을 것이다.

푸른 수염이 어째서 알렉산더의 말에 곧이곧대로 답변해 주었을까.
"불쌍한 알렉산더, 우리가 그 생각을 안 했을 것 같나."
마왕군은 그에 대한 대비도 마련해 놨기 때문이다.

Geschoss 7.

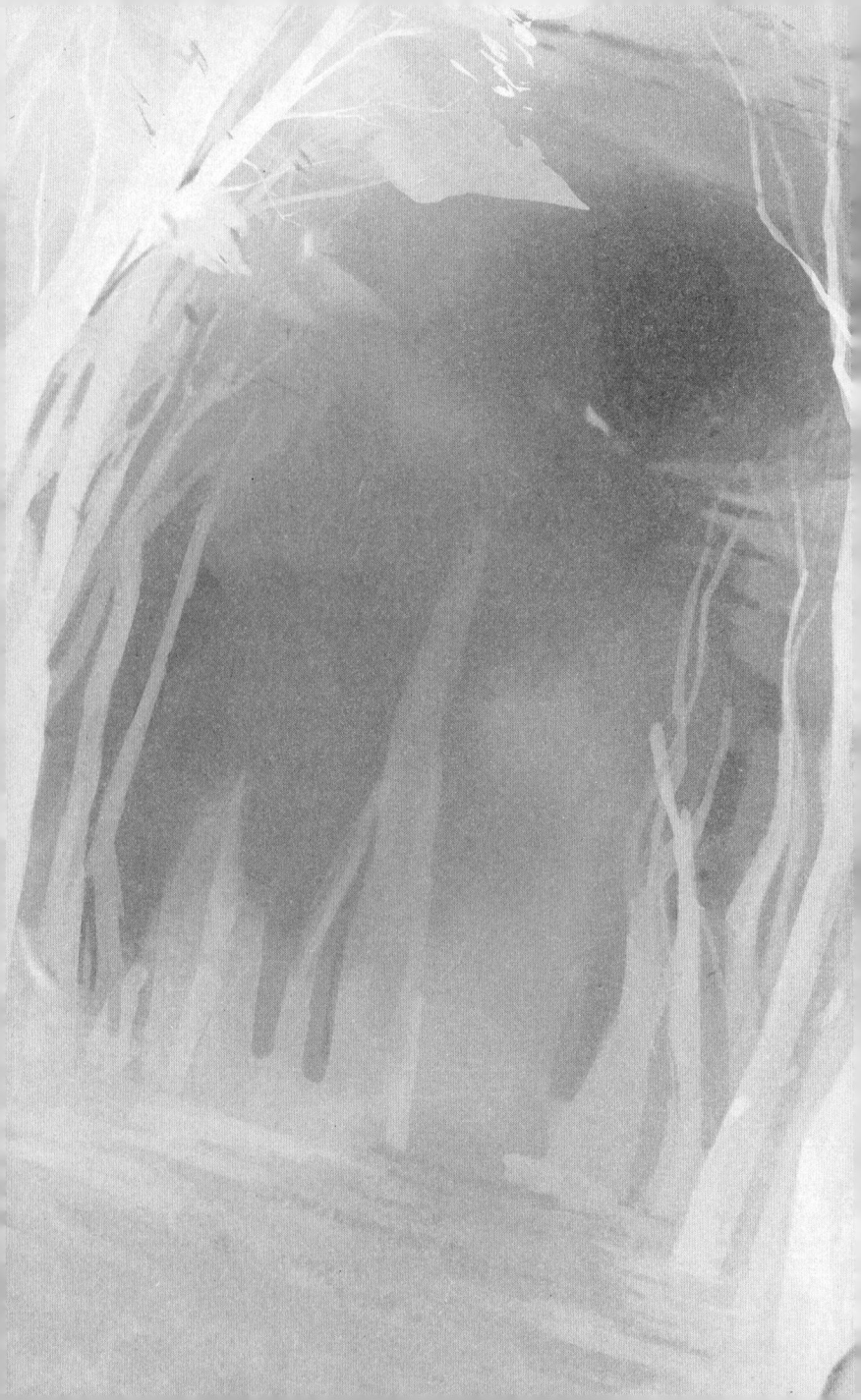

"으, 음?"

"우리가 설마 아무것도 안 남기고 왔다고 생각한 건 아니겠지."

알렉산더의 얼굴을 보며 푸른 수염의 미소는 여유를 되찾았다.

"몬스터를 남겨 두고 온 거라 말하는 것인가. 그러나 하이하의 힘이라면 레, 네가 가장 잘 알 것이다. 그까짓 몬스터 몇 마리로 하이하를 막을 수 없다."

"끌끌, 맞는 말이야. 하지만 이제 우리는 모두 에얼쾨니히 님이 보우하사, 에얼쾨니히 님의 품 안에 있는 셈이라네. 무슨 의미인지 알겠나?"

푸른 수염은 황홀한 표정을 지었다. 이제 그의 왼팔은 알렉산더의 창을 거의 다 집어삼킨 상태였다.

꾸물거리며 기어 올라오는 부정형의 마기는 마치 새카만 진흙이 움직이는 것처럼 보일 정도였다.

알렉산더와 베일리푸스가 지근거리에 있으므로 에인션트 드래곤이라고 별다른 수를 쓸 수 있는 것도 아니었다.

공간 결계로 막혀 있는 데다, 알렉산더를 두고 갈 수 없는 베일리푸스도 마찬가지였다.

[몬스터를 통해 알 수 있다는 이야기군.]

"역시 나이를 허투루 먹은 게 아니군, 베일리푸스. 만약 하이하 놈이 에얼쾨니히 님의 자식이자 나의 형제 중 누구 하나에게라도 상처를 입힌다면, 에얼쾨니히 님께서는 그것을 즉시 파악하실 거다. 그리고……."

씨익, 그는 뒷말을 삼키며 웃었다.

그것이 알렉산더에게는 매우 꺼림칙한 일이었다.

한 가지의 사실이 더해졌기에 더욱 불길하게 느껴질 수밖에 없는 말이기도 했다.

"설마. 에얼쾨니히가 즉시 그곳에 갈 수 있다는 건가."

마왕은 지금 어디에 있는가.

제1방어 진지는 전투가 한창이다. 그곳에 에얼쾨니히는 없다.

제3방어 진지인 이곳도 지상에서는 지옥도가 펼쳐지고 있다.

제2방어 진지에는? 벌써 먼 바다에 언데드 선박 수천 척이

나타났다는 통보가 있다.

그리고 세 곳 모두, 마왕의 모습은 보이지 않았다.

"글쎄? 나는 모르겠군."

푸른 수염이 어깨를 으쓱거렸다. 이제 더 이상은 답변이 나오지 않으리란 걸 알렉산더는 깨달았다.

이후의 일은 남은 유저들을 믿는 수밖에 없으리라.

―람화연, 라르크, 하이하에게 몬스터와 마주치지 않아야 한다고 어서 전하도록. 그리고…… 뒤를 부탁한다.

―아직! 죽기엔 일러요! 다른 방법 뭐 없답니까? 바하무트라도 불러 봐요, 알렉산더 씨!

알렉산더와 베일리푸스가 모든 각오를 마쳤을 때, 람화연이 이하에게 귓속말을 넣고 있었다.

―하이하! 푸른 수염에게서 새로운 정보를 알아냈어!

신대륙의 몬스터를 죽여서는 안 된다.

마주치는 것도 위험할지 모른다. 최대한 몬스터들에게서 멀리 떨어져라.

당신의 눈이라면 그러한 경계 태세에서도 카일을 쫓는 일이 가능할 것이다.

간결하게 전한 람화연의 뜻을 들으며 이하는 난처한 표정을 지었다.

―화연아.
―왜? 지금 알렉산더 씨가 자폭하려 하고 있다고! 그 인간, 태도는 별로 마음에 안 들지만 지금은 무엇보다 중요한 전력이야. 살릴 수 있는 방법을 생각해야 해서 바빠!

알렉산더를 설득해 봤자 소용이 없다.
현재 알렉산더의 주변 자원을 활용해서 푸른 수염을 떼어둘 수 있는 방법밖에 없을 것이다.
문제는 그런 방법이 쉽게 떠오르지 않았다. 있다면 이미 드래곤들이 먼저 사용해 봤을 터였다.
알렉산더에게 해가 가해지지 않으면서 푸른 수염만 떼어 내려면 어떤 유저의 무슨 스킬을 활용해야 할까.
"……원거리 자동 회피."
람화연의 읊조림을 들으며 라르크가 소리쳤다.
"알렉산더 씨를 푸른 수염에게서 '떼어 내는' 게 아니라 푸른 수염이 알렉산더로부터 '떨어지도록' 만들자!? 오케이! 이해했습니다!"
조금 전까지도 사용할 수 없었지만 이제는 이야기가 달라진 카드가 하나 있지 않은가.

라르크는 곧장 그들에게 연락했다.

그리고 잠시 후, 괴조와 드래곤들의 치열한 싸움을 뚫으며 누군가가 날아왔다.

[이놈, 레! 베일리푸스 님에게서 떨어져라!]

블라우그룬의 비행은 매우 느렸으나 어떤 괴조도 그곳을 향해 접근하진 못했다.

바로 그 위에 있는 인물 때문이었다.

하지만 푸른 수염은 그곳을 바라보며 인상을 찌푸렸다.

"가짜 하이하……! 네 녀석이 뭘 할 수 있겠나!"

그는 자신만만하게 소리쳤으나 그 기세가 조금 전과 다르다는 걸 알렉산더는 알 수 있었다.

그의 왼팔이 움찔거린 게 분명하게 느껴졌다.

'그렇군…… 레에게는 완전히 각인이 된 거야.'

그 이유는 뻔한 것이었다. 푸른 수염 스스로가 '가짜 하이하'라고 칭할 정도로 이하가 이곳에 없음을 알면서도 긴장하는 이유?

"어이, 파랭이! 뭘 할 수 있는지 한번 보여 줄까?"

검게 칠한 머스킷을 들고 블라우그룬의 위에서 레를 겨누고 있는 김 반장의 모습은 영락없는 이하였다.

김 반장은 방아쇠를 당기는 대신 한쪽 팔을 높이 치켜들었다.

―, ―, ―, ―, ―, ―, ―…….

블라우그룬의 몸체 위에서 몇 개의 아지랑이가 피어올랐다.

그곳에선 후드를 뒤집어쓰고, 김 반장과 완전히 똑같이 생긴 무기와 망토를 지닌 인물들이 생겨났다.

내막을 모르고 대형 홀로그램만을 통해 보는 유저들에게는 '하이하와 하이하의 분신들'이라고 착각할 정도의 모습이었다.

"이제 모든 걸 깐 거예요. 반드시 알렉산더를 살려야—."

람화연 또한 입술을 씹으며 그 모습에 집중하려 했다.

—그럼 난 어떻게 해야 해?
—어떻게 해야 하는지는 당신이 생각해야지. 우선 몬스터와 마주치지 않는 것에 집중해야 해.

이하에게 귓속말이 오기 전까지는.

람화연은 이하의 귓속말이 무슨 의미인지 재빨리 파악하고는 다시금 답해 주었다.

알렉산더와 푸른 수염의 전투에 난입한 김 반장 그리고 그가 새롭게 불러낸 인원들은 어떤 전투를 펼칠 것인가.

—아니, 그게……. 벌써 만났거든.
—……뭐?

람화연은 그 모든 것을 잊게 되었다.

—어…… 한 서른 마리 정도 되겠는데?

이하는 자신의 앞에 선 몬스터들을 바라보며 귓속말을 보냈다.

얼핏 고릴라 팔레오와 닮았으나 새빨간 눈을 빛내고 있는 원숭이형 야수 서른 마리가 이하를 둘러싼 상태였다.

—위험한 상태야? 언제 마주쳤— 아니, 뭐가 됐든! 쏘면 안 돼! 아직 당신 주위에 에얼쾨니히가 나타나지 않았다면, 적어도 그쪽에서 눈치채지 못했다는 뜻일 테니까!

—어, 아, 응…… 뭐. 위험한 것 같지는 않고 도망도 칠 수는 있겠지만—.

—그럼 어서 도망쳐! 알았지? 명심해, 절대 싸우면 안 돼!

이하는 자신에게 몇 번이나 강조하는 람화연의 말을 들으며 조금 당황스러웠다.

몬스터에게 상해를 가할 시, 에얼쾨니히 또는 푸른 수염이 이하 자신의 위치를 눈치챌 것이라는 이야기는 이미 들어서 알고 있다.

"음…… 블랙, 이럴 때는 어떻게 하지?"

―큭큭. 각인자여, 무엇이 걱정인가. 녀석들에게 모조리 나의 이빨을 박아 넣기만 하면 되는 거다.―

"근데 왜 목소리는 여전히 정령계에서의 목소리로 들리는 거야? 아니, 예전이랑 같은데 그냥 그 이미지가 심하게 남아 있어서 비슷하게 느껴지는 건가……."

―그것을 나에게 묻는 것인가. 나는 각인자, 그대의 상념으로 소통할 수 있는 존재…….―

"그래, 그래. 나 때문이겠지."

이하는 머리를 긁으며 블랙 베스의 말을 받아 넘겼다.

정령계에서의 모습과 목소리가 너무나 인상 깊었던 탓에, 정령계에서 돌아왔음에도 이하는 그때의 목소리로만 들리는 중이었다.

추후 블랙 베스가 모습을 갖춘다면 정령계에서 봤던 외모가 그대로 적용되는 게 아닐까.

"으, 싫다. 지금은 이런 생각을 할 때가 아닌데 말이지."

이하는 몸을 부르르 떨다 문득 람화연에게 물어야 할 걸 깨달았다.

―화연아, 몬스터랑 싸우지만 않으면 되는 거지?

―응. 최대한 피해서―.

―아니, 얘네가 내 발 앞에 엎드려 있거든. 이 경우는 상관없는 것 같은데 혹시 어떻게 해야 하나 해서.

"우, 우끄으으으……."
"끼이, 끼이."
분명 서른 마리의 원숭이형 야수는 이하를 둘러싸고 있었다.
다만 그 자세를 바짝 조아린 데다, 심지어 붉게 빛나 무섭게 보이는 눈은 감히 마주칠 엄두도 못 내고 있었다.

―그게― 그게 무슨 뜻이야? 거대 괴수였어? 지배력?
―아니. 크기 자체는 그렇게 크지 않아. 인간 크기 정도 딱 될라나? 근데 뭐, 이렇게 되어 버렸더라고. 하핫. 난 원숭이라서 지능은 좀 높을 줄 알았는데. 아! 공포의 정령왕이 준 선물이 더해져서 아마 이렇게 된 것 같아.

이하는 웃으며 설명했으나 람화연조차 알아듣긴 힘든 말이었다.
'역시 정령계를 다녀오길 잘했어. 아니, 정확히는 흥정으로 버프 빼먹은 게 잘한 일이군.'
[현상]과 [감정] 그 대부분은 자신들의 속성과 관련된 버프 스킬을 주었다.
스탯이나 해당 속성에 대한 상승 능력을 준 것에 비해 공포의 정령은 달랐다.
이하가 이미 공포의 최상급 정령 언캐니와 계약된 상태였기 때문이다.

[네 녀석이 계약을 맺은 언캐니의 공포를, 너에게 직접 둘러 주마. 너에게서 풍기는 모든 죽음과 공포에 대한 기운은 날뛰는 야수조차 잠잠하게 만들 것이다.]

공포의 정령왕은 언캐니와 자신의 힘을 조합하여 이하에게 부여했다.

날뛰는 야수조차 잠잠하게 만든다는 설명에 애당초 '버프'형 스킬로 나오질 않아 이하로서는 도저히 이해가 힘든 보상이었다.

'근데 말 그대로인 보상이었다니.'

이하는 원숭이 무리를 처음 발견했을 때를 떠올렸다.

그들이 급속도로 접근할 때만 해도 이하는 곧장 발포하려 했었다.

그러나 거의 엎드린 자세로 울먹이며 다가오는 놈들을 보며 이하는 쉬이 방아쇠를 당길 수 없었다.

공포의 정령왕이 준 능력이 녀석들에게 적용된 게 틀림없었다.

무엇보다 전의만 깎인 게 아니었다.

'원숭이는 분명 똑똑한 몬스터야. 하지만…… 사람이든 짐승이든, 패닉— 공포에 빠지면 생각하는 힘을 잃게 된다.'

겁에 질린 사람이 올바른 판단을 내리기는 어렵다.

그것은 짐승 세계에서도 마찬가지다.

〈업적: 몬스터들의 후각을 마비시키는 피 냄새(R)〉

축하합니다!

당신은 셀 수 없이 많은 몬스터의 사냥에 성공하셨군요! 당신이 뒤집어쓴 몬스터들의 피 냄새가 뒤엉키고 섞여 더 이상 몬스터들은 당신의 냄새를 맡을 수 없게 되었습니다. 아니, 그뿐만이 아니라 몇몇 지능이 낮은 몬스터는 심지어 당신을 '아군'으로 착각할 지경이 되었네요! 과연 이것으로 무엇을 할 수 있을까요? 오우거 앞에서 발가벗고 춤을 추는 것도 할 수 있지만, 당신은 그것보다 조금 더 나은 행동도 분명 찾을 수 있을 것입니다.

보상: 스탯 포인트 75개

저지능 몬스터와 조우 시 공격 받지 않음

일정 확률로 저지능 몬스터와 교류 가능

(교류 실패 시 저지능 몬스터에게 공격을 받게 됩니다.)

〈몬스터들의 후각을 마비시키는 피 냄새〉 업적의 첫 번째 등록자입니다.

업적의 세 번째 등록자까지 명예의 전당에 기록이 되며, 기존 효과의 200%가 추가로 적용됩니다.

효과: 스탯 포인트 150개

즉, 공포에 짓눌린 원숭이형 야수들은 저지능 몬스터화 되어 버렸고, 결국 이하를 '아군', 그것도 원숭이형 야수 자신보다 '높은 등급의 몬스터 또는 NPC'로 인식해 버렸다는 의미였다.

에얼쾨니히나 마왕의 조각 정도가 되어야만 보이는 절대적인 복종임을 알았다면 이하는 지금보다 더욱 여유를 가졌으리라.

―그래서…….
―응. 원숭이 정도 녀석들이 이러는 거 보면, 아마 웬만한 몬스터들은 다 이럴 것 같아. 잘됐지, 뭐.
―'잘됐지, 뭐'? 지금 그 정도로 끝낼 게 아니라고! 당신이― 당신이 갖고 있는 그 힘의 활용성이―.
―흐흐, 그건 나중에 생각하고. 우선 나는 카일 찾으러 움직이는 중이니까! 블라우그룬 씨랑 김 반장님한테 알렉산더 꼭 살리라고 전해 줘!

람화연은 '그런 말 안 해도 내가 알아서 할 거다! 그것보다 왜 그런 업적이나 능력에 대해 미리 말하지 않았냐!'며 쏘아붙였으나 이하는 그저 웃기만 할 뿐이었다.

'내가 뭐 이렇게 될 줄 알았나, 낄낄.'

자신이 지닌 모든 업적과 모든 스킬, 그리고 그것들의 조합까지 모두 계산했다고 생각했다.

그러나 현실은 자신의 생각조차도 뛰어넘고 있다.

"그렇다면…… 할 수 있을지도."

―큭큭, 겁먹었는가.―

"아니. 그저 기쁠 뿐이지."

카일과 치요를 상대한다.

이곳까지 오면서도 줄곧 불안감을 없애지 못했던 이하에게서 처음으로 긍정적인 자신감이 자라났다.

"원숭이들, 혹시 다른 인간들 본 적 있냐? 너희가 못 봤으면 다른 친구들이라도 다 불러와 봐."

이하는 본격적으로 카일 수색에 나섰다.

[끄윽, 무겁다, 인간들아!]

그 무렵, 블라우그룬은 인상을 찌푸리며 가까스로 부양 상태를 유지하고 있었다.

김 반장은 재빨리 명령했다.

"쫌만 참으쇼, 드래곤이 그것도 못 참나! 총사대 전원, 장전!"

에인션트 드래곤보다 작다지만 어덜트 드래곤의 덩치도 만만치 않다.

그러나 지금 블라우그룬의 몸은 작아 보일 정도로 가득 찬 느낌이었다.

김 반장을 포함하여 블라우그룬의 몸 위에 올라선 유저만 무려 11명.

알렉산더는 그들을 보며 잠시 움찔거렸다.

〈은신〉 스킬을 더 이상 사용할 필요가 없어 모습을 드러낸 것은 이해할 수 있다.

거기에 더해, 그들 모두가 착용한 후드 달린 망토나 총기 등이 김 반장과 같은 모습까지도 이해할 수 있다.

'누구의 모습이 적의 눈에 띄더라도 [하이하]라고 의식할 수 있게끔 철저히 분장했다는 거겠지. 하지만 그것보다 놀라운 건……'

그들의 철두철미한 준비 자세에 놀란 게 아니었다.

그러한 유저들 모두가 블라우그룬의 등 위에 올라타 있다는 것.

비늘 하나에 발꿈치를 겨우 걸쳐 넣을 정도로 좁아 터진 곳에서 안정적인 자세를 유지하고 있는 그들의 자세에 놀란 것이다.

'빠른 속도로 날고 있는 드래곤의 몸체에 별다른 안전장치도 없이…… 저토록 균형을 잡으려면—.'

보통의 숙달된 솜씨가 아니다. 도대체 그들은 얼마나 연습한 것일까.

또 어느 정도의 실력을 지니고 있는 것일까.

'퓌비엘의 〈총사대〉라……'

본능적으로 느껴지던 위기감이 저들의 등장 이후로 완화된 것은, 알렉산더 자신도 이미 그들의 활약을 예상하고 있었기 때문이리라.

"〈다탄두— 아니, 이제 따라 할 필요도 없지. 갈겨 버려, 저 미친 변태 수염 새끼!"

투콰아아아————————……!

김 반장의 호령이 떨어지기 무섭게, 11명의 유저는 동시에 방아쇠를 당겼다.

어떤 의미에서는 이하의 다탄두탄보다 더 무서운 공격이었다.

세 발의 탄환이 푸른 수염의 몸체를 향해 쏘아졌다.

맞으면 위험할 정도의 데미지이므로 푸른 수염은 반드시 회피해야 했으나, 다른 탄환들은 이하의 다탄두탄과 사뭇 달랐다.

푸른 수염이 움직일 만한 공간에 각 두 발씩의 예측 탄환이 날아간 것이다.

"끌끌, 하이하도 아니면서 귀찮게 구는 건 영락없이 똑같군!"

일반적인 스킬보다 훨씬 빠른 속도의 탄환에 '연속해서' 반응할 수는 없었고, 결국 푸른 수염은 자신의 왼팔을 휘둘러야만 했다.

부정형의 마기로 생성된 왼팔이 움직이자, 공중에서 지지직— 하는 소리와 함께 무언가가 타오르는 효과가 발생했다.

베일리푸스와 알렉산더는 그 순간을 놓치지 않고 푸른 수염에게서 떨어졌다.

'방어 대용으로도 되는 건가.'

'젠장할, 회피 기능까지 있는 새끼가 저런 팔을 휘두르면— 이제 저격은 진짜 텄군.'

그 와중에도 알렉산더와 김 반장은 동시에 생각했다.

조심스레 한 발을 노리는 공격은 통하지 않을 것이다.

힘과 힘의 싸움을 노려야만 할까.

저 무지막지한 왼팔을 상대하기 위해 어떤 방식의 공격을 할 수 있을까.

"우하하핫! 과연 푸른 수염이로군! 예전의 명성은 전혀 잃지 않았어!"

알렉산더와 김 반장이 고민하는 사이, 블라우그른의 등 위에서 누군가가 후드와 망토를 벗어 집어 던졌다.

김 반장을 포함한 다른 '하이하'들이 당황할 정도의 돌발 행동이었다.

"이놈, 레야! 20년 전에는 내 너를 상대할 기회가 없었지만, 이제는 다르다! 한판 붙어 보자!"

"입 다무쇼, 대장! 지금은 내 말에 따르기로 하지 않았습니까!"

김 반장이 허겁지겁 그의 입을 틀어막으려 했으나 모습을 드러낸 '노인'은 말을 멈추지 않았다.

"그딴 게 어디 있겠나, 고르고. 우리는 〈총사대〉, 그 모토는 [하나는 모두를 위해, 모두는 하나를 위해]가 아닌가!"

"그러니까! 지금 질서를 흐트러뜨리는 행동을 하면 안 되는 거 아뇨? 개별 행동은 절대 금지입니다!"

김 반장은 그에게 말했다.

〈총사대〉에서의 직책과 달리 이번 '작전'은 김 반장의 주도 하에 이루어지고 있다.

그럼에도 무시할 정도의 발언을 하는 자들.

군인 출신 유저에게는 더없이 열 받는 행위였으나, 치아가 빠져 더없이 남루해 보이는 노인에게는 그러한 말이 통하지 않았다.

"우하핫, 고르고! [하나는 모두를 위해, 모두는 하나를 위해!] 거기서 말하는 하나가 누구인지 안다면 그런 말은 할 수가 없지!"

"누구? 그야 당연히 단체의 팀워크를 중시하는— 〈총사대〉 전체—."

"아니! 거기서 말하는 [하나]는 바로 나! 아테이니언의 찰스를 일컫는 거라고!"

찰스는 머스킷을 등으로 돌린 후 그대로 블라우그룬의 몸체 위에서 뛰어내렸다.

"이런 빌어먹을 노인네가! 드래곤님!"

김 반장은 그의 뒷덜미라도 잡아채려 했으나 이미 늦었다.

김 반장은 황급히 블라우그룬을 불렀다.

블라우그룬의 얼굴은 찌푸려 있었다.

시급을 다투는 이때 아군끼리 티격태격해 봐야 좋을 게 하나 없다는 것을 알고 있었기 때문이다.

[함부로 행동하지 마라, 인간. 〈플라이〉.]

블라우그룬은 최후의 경고와 함께 스킬을 사용했다.

그리고 당황했다.

[음!?]

[……마나의 반발? 저 아이는—.]

"뭐요?"

플라이는 먹히지 않았다.

블라우그룬과 플람므는 물론, 알렉산더와 베일리푸스도 심지어 찰스와 줄곧 함께했던 김 반장조차 예측할 수 없는 일이었다.

찰스의 진정한 힘에 대해 아무도 파악하지 못했기 때문이었다.

"가 보자꾸나, 로시난테!"

하염없이 추락하던 찰스의 몸이 급반전하여 상승하기 시작했다.

정확히는 찰스 홀로 떠오른 게 아니었다. 찰스는 무언가를 타고 있었다.

반투명보다는 조금 더 진한, 그러나 어쩐지 건너편이 비춰

보이는 말馬이었다.

[유령마인가?!]

[아뇨, 유령마가 아닙니다. 베일리푸스 님! 저도 서적으로밖에 확인을 못 했는데—.]

[백은의 페가수스……? 이미 멸종한 아이가 어찌 저곳에서—.]

"이런 젠장! 로시난테는 '그 소설'에서 나오는 말 이름이 아니잖아, 영감!"

베일리푸스와 블라우그룬 그리고 플람므와는 조금 다른 의미로 김 반장이 소리쳤다.

어떤 방식으로 사용되었든 적어도 미들 어스의 NPC들에게는 깊게 각인된 것만은 틀림없었다.

푸른 수염의 일그러진 얼굴이 그것을 말해 주고 있었다.

"백은白銀의 페가수스……. 그게 아직도 대륙에 남아 있었던 건가."

"내가 이것을 찾았을 땐 이미 모든 게 끝난 후였지. 하지만 지금이라도 제자들의 복수는 해야만 속이 시원하겠다!"

찰스는 품에서 새로운 무기를 꺼내어 들었다.

이하의 공격처럼 위장하기 위해 사용했던 머스킷은 더 이상 건들지도 않았다.

그는 양손에 각기 다른 무기를 쥔 채 레를 향해 외쳤다.

"레! 너의 비명을 나의 옛 제자들에게, 끝끝내 도움을 주지 못했던 제자들에게 바치는 고별사로 삼으리!"

속이 비칠 정도로 백색을 빛내는 페가수스와 오른손에 쥔 레이피어, 왼손에 쥔 소드오프Sawed-off 더블 배럴을 치켜들고 용맹무쌍하게 날아가는 찰스.

그렇다고 빠진 치아가 자라나는 것도 아니고 꾀죄죄한 모습이 멋져 보이는 것도 아니다.

그러나 비상식적이고 비정상적인 조합에서 나오는 황당함은 오히려 전율을 불러일으키고 있었다.

'소드오프 더블 배럴이면 샷건? 제기랄, 보 형도 샷건용 게이지 탄환은 만들기 힘들다고 했는데!?'

이하가 머스킷에 사용했던 '포도탄' 따위가 아니라, 제대로 된 샷건용 탄환이 장전되어 있음직한 이중 총열 샷건이라니!

거기에 레이피어를 들고, 푸른 수염과 에인션트 드래곤이 그 존재만으로도 경악하는 생명체를 타고 있는데다…….

"전대 삼총사의 스승이라. 단순히 이빨 빠진 늙은이는 아니라고 생각했지만……."

김 반장 자신이 〈총사대〉 관련 퀘스트를 클리어하면서도 아직 알아내지 못한 부분은 많았다.

어째서 퓌비엘의 왕궁은 퓌비엘 외부로 숨어 버린 찰스를 찾으라고 했을까.

기껏 샤즈라시안 인근에서, 카렐린의 도움을 받아 찰스를 찾아내었을 당시, 그는 어째서 자이언트로 변신한 채 자신의 신분을 감추려고만 했을까.

그를 설득하고 꼬드기느라 얼마나 고생을 했던가.

'이제야 퍼즐이 맞춰지는군. 세상에 모습을 드러내기 싫어해서 그런 거였어. 아마도 그 이유는······.'

전대 삼총사에 대한 미안함이 있기 때문이 아닐까.

깊은 사정까진 알 수 없지만 그가 내뱉는 외침만 들어도 추측할 수 있는 일이었다.

오히려 삼총사의 뒤를 이어 그 후계가 되어 버린 이하나 키드 그리고 루거는 알 수 없으리라.

이것은 전대의 삼총사가 현대의 삼총사로 완전히 교체되었기 때문에만 일어나는 또 다른 이벤트 시나리오 라인이다.

'단순히 아라미스가 머스킷 아카데미의 새로운 소장으로 부임한 이후— 달타냥이라는 스토리로 이어지는 게 아니라······.'

〈총사대〉가 될 수 없는 현대의 삼총사 입장에서 영원히 발견해 낼 수 없는 전대의 삼총사와 연관된 인물이 바로 찰스이리라.

김 반장은 자신이 그것을 찾아 다행이라 생각했다.

―이하야, 네 레어Lair에서 〈총사대〉 애새끼들 데리고 개고생한 보람이 있다.
―오, 정말요?! 반장님이 지금 푸른 수염 상대하고 있다고 들었는데…… 설마 맞히셨습니까?

이하가 블라우그룬의 레어에서 이런저런 연습을 했던 이유는 자신의 레어를 사용하지 못해서였다.
이하의 레어는 〈총사대〉의 실력 향상을 위한 연습장으로 사용되고 있었기 때문이다.

―흐흐, 아니. 로보인지 뭔지. 그 망할 늑대 세끼 아니었으면 찰스를 꼬드기지도 못했을 거거든.
―아, 네. 그 말씀은 저번에 하셨었잖아요. 찰스가 뭐 했습니까?
―뭐 한 정도가 아니다. 쩝, 일단 내가 녹화하고 있으니까 나중에 보던지.
―녹화요?
―그래, 인마. 브로우리스, 브라운, 엘리자베스의 스승이 어떻게 싸우는지 봐야 하지 않겠냐.

김 반장은 이하에게 귓속말을 보냈다.
카일을 찾아 움직이던 이하의 움직임이 잠시 멈춰졌다.

―무슨― 잘 못 들어씁다?

―됐어, 인마! 네 할 일이나 해! 끊는다!

―잠깐만요! 반장님!

김 반장의 답변은 더 이상 돌아오지 않았다.

이하는 그의 말을 명확히 이해할 수 없어 람화연과 라르크 등에게 귓속말을 해 보았으나, 그들도 지금의 사태는 이해하기 어려웠다.

대형 홀로그램에는 소리가 송출되지 않는 데다, 직접 보고 있으면서도 믿기 힘든 장면이었기 때문이다.

"하이하 씨가 웬 아저씨를 데려와서 믿음이 영 안 갔는데……. 하여튼 대단한 인간이야."

"흐흠, 그걸 이제 알았어요?"

"새삼 또 느꼈다는 게 더 대단한 거 아닙니까, 참나."

은근히 이하를 자랑하는 람화연을 보며 라르크가 허탈한 웃음을 흘렸다.

이동식 지휘 본부의 두 사람은 물론이고, 타 방어 진지에서도 대형 홀로그램을 바라보며 넋을 잃은 유저는 한둘이 아니었다.

"어디선가 나타난 날개 달린 말을 타고―."

"웬 노인이? 웬 노인이!? 푸른 수염을 몰아붙이고 있습니다!"

"아, 아무리 상처를 입었다지만 레의 왼팔은 일반 상식을 초월하는 능력을 지니고 있을 터! 주변의 에인션트 드래곤들조차 함부로 하지 못했던 푸른 수염을— 저 노인네가 상대하고 있습니다아아아!"

취재진의 환호가 더해져 미들 어스 전역이 떠들썩해졌다.

에인션트 드래곤들만 상대하기도 벅찼던 푸른 수염은, 김반장과 〈총사대〉의 본격적인 활약까지 더해진 적들을 모두 상대해야만 했다.

"루거 씨, 뭐 해요! 손 놀잖아요!"

"어, 아아."

보배의 일갈에 루거는 황급히 〈코발트블루 파이톤〉의 방아쇠를 당겼다.

제1방어 진지는 제3방어 진지보다 훨씬 수월하다고 평가되었으나, 만만한 수준은 아니었다.

포유류인 해양 괴수들은 뭍으로 올라와 거대한 덩치로 밀어붙이는 파괴력 또한 압도적이었다.

하물며 마왕군 소속 유저들 중 가장 많은 수가 포진된 곳이기도 하다.

각종 암 속성 디버프 스킬이나 메즈, 공격용 스킬 등은 PvP에 익숙지 않은 유저들에게는 상대하기 매우 까다로운 성향이었고, 거기에 더해 본격적인 상륙을 시작한 야수화 몬스터들의 맹공까지 더해지니, 속수무책으로 뚫리는 방어진도 나왔던 것이다.

"도대체 저건……."

그런 와중에 루거까지 손을 쉰다면, 〈신성 연합〉의 희생자가 더욱 나올 수밖에 없는 상황이었건만 정작 그런 사실을 알고 있는 루거도 쉽게 정신을 차릴 수 없었다.

당연히 그 이유는 대형 홀로그램에 비춰지는 제3방어 진지의 전투 현황 때문이었다.

"저것은 두 개의 짧은 수평 쌍대를 지닌 엽총— 샷건의 일종처럼 보입니다! 푸른 수염에게는 원거리 공격이 통하지 않는다는 법칙을 깨기 위해—."

"접근전을 펼치고 있습니다! 세상에, 저걸 보십시오! 푸른 수염의 바뀌어 버린 왼팔을 향해 레이피어를 휘둘러 쳐 내고! 샷건의 총구는 거의 그의 이마에 닿을 정도로 가까이 내지르며 쏘고 있습니다!"

푸른 수염의 왼팔을 쳐 낸다.

표현은 아주 간단했지만 알렉산더조차 '불가능'했던 일이다.

베일리푸스의 속력이 더해진 랜스 차징을 막아 버릴 정도로 강력한 힘을 지니고 있는 레의 왼팔을, 턱없이 가벼워 보이는 레이피어로 찌르고 쳐 낸다는 건 사실상 불가능에 가까운 일이었다.

검술만으로도 웬만한 랭커급 유저 이상의 실력을 지닌 데다, 그가 내세운 전략 또한 효과적이었다.

푸른 수염의 왼팔에 후두두둑, 탄환들이 박히며 증발되는 모습이 포착되었다.

"과연! 저렇게 공격한다면 근접전으로 인식이 된다는 걸까요!?"

"하지만 언제까지 통할지는 모릅니다! 적은 마왕의 조각 중 하나, 그 악명도 높은 푸른 수염, 레!"

푸른 수염은 일부러 거리를 벌렸다.

찰스가 방아쇠를 당기기 직전, 찰스에게서 떨어진다면 그의 공격은 '원거리'로 인식된다.

그 순간, 푸른 수염이 찰스의 뒤에서 나타나 왼팔을 휘둘렀다.

모두가 끝장이라고 여긴 순간, 백은의 페가수스는 이미 몇 미터나 나아가 있었다.

"그러나 은색의 말을 타고 다니는 노장의 활약은 하이하의 존재를 무시할 정도입니다! 저 말馬조차 보통의 생명체는 아닌 듯, 푸른 수염의 공격을 너무나 수월하게 회피하고 있습니다!"

취재진을 포함한 몇몇 유저들은 '공간 결계 안에서 텔레포트를 사용했나?'라는 말을 할 정도의 속도였다.

푸른 수염의 일그러진 표정은 돌아오지 않았다.

찰스와 푸른 수염의 1:1 전투만으로도 거의 비등하다고 판단될 정도의 전투에서, 〈총사대〉와 에인션트 드래곤들이 구경만 할 리가 없었으니까.

"아, 그 상황에서 주변의 유저들이 보조를 맞추기 시작합니다! 하이하로 추정되었던 인물은, 후드를 벗은 이후 하이하가 아닌 것으로 드러났지만, 그렇다면 주변에 날아다니는 유저 중 후드를 쓴 인물이 하이하일까요!? 그것까지는 알 수 없습니다!"

"난사! 난사! 마침내 저곳에서! 푸른 수염 쓰러지는가!"

루거만 대형 홀로그램을 보고 있는 게 아니었다.

또 다른 삼총사 또한 모자를 들어 올린 채 모든 신경을 집중하고 있었다.

―키드, 보고 있나.

―〈총사대〉의 찰스……. 하이하의 스승이 찾으러 간다 말했을 때부터 삼총사와 관련이 있다곤 생각했지만 저건 그 이상입니다.

―그러니까. 미친 짓이야. 오히려 주변의 〈총사대〉 찌끄래기들이 방해만 되는 것 같군. 저 노인네 혼자 싸우게 두는 게 나았을 텐데.

〈총사대〉의 완전한 원거리 공격이 푸른 수염의 움직임을 예측 불가능하게 만드는 것 같다는 루거의 판단이 있었으나 키드는 다르게 생각했다.

―아무리 그래도 저 노인이 1:1로 레를 이길 수는 없을 겁니다. 소리가 들리지 않는 상태이므로 우리는 알 수 없지만, 보기보다 훨씬 지쳐 있다고 봐야 합니다.
―……쳇, 일시적인 부스터 같은 건가.
―주변의 도움이 없었다면 저 노인도 이미 패배했을 겁니다.

1:1로 레를 완벽하게 제압해서 죽일 수 있는 NPC가 있을 리 없다.

아무리 에인션트 드래곤의 협공이나 알렉산더, 페이우 등의 방해가 있었다지만 그는 에얼쾨니히의 힘을 받아 강해진 상태다.

두 경우가 서로 상쇄된다고 한다면, 현재 푸른 수염은 에얼쾨니히에 의해 강화되기 전의 100% 컨디션이라고 계산해 봐도 좋다.

그리고 푸른 수염은 바로 그 상태에서 전대 바하무트의 한쪽 팔을 없애지 않았던가.

'하지만 이 정도 전투력을 원하는 때에 낼 수만 있다면…….'

공격력을 극대화할 필요가 있는 순간이 있다.

그때 저 노인의 힘을 더할 경우, 그 효과는 어디까지 커지는가.

―키드! 루거! 찰스의 전투 보고 있어?

키드는 갑작스레 헛웃음이 나왔다.
공격력을 극대화하기 위해서, 자신이 필요하다고 생각한 또 한 명의 인물이 귓속말을 했기 때문이다.

―악마의 이야기를 하면 악마가 온다고 했습니다.
―으, 응? 뭔 소리야? 찰스의 전투를 보고 있냐는 건데―.
―퉤, 바보 같은 놈. 한국말로는…… 네 녀석이 귀족― 아니, 양반은 못 된다는 거다.
―엥?

키드와 같은 생각을 떠올리고 있던 루거 또한 그의 말을 즉각 이해했다.
이하는 키드의 말도 이해가 되지 않았고, 루거가 어째서 한국식 속담을 알고 있는지도 궁금했으나 지금은 그런 이야기를 할 때가 아니었다.

―크하핫, 넌 카일이나 찾아! 이쪽은 신경 쓸 필요 없다.
―하지만 하이하 당신이 못 보게 되어 유감입니다. 이렇게

대단한 전투를—.
 —아니! 저 사람이 삼총사의 스승, 그니까, 브로우리스 소장님과 브라운, 엘리자베스의 스승이라는데!?

 찰스의 전투에 대해 할 이야기가 많았던 루거와 키드가 이하를 놀리려 했으나, 두 사람은 동시에 입을 다물어야 했다.
 이하조차 방금 알게 된 사실을 그들이 알 수 있을 리는 없었다.

 —지금 뭐라고…… 했습니까.
 —네놈이 그걸 어떻게 알았지?
 —김 반장님이 들었대. 삼총사의 스승 격 NPC니까 혹시 마탄의 사수 관련 정보나, 그런 게 있으면 알아봐 줘. 김 반장님이 알고 있는 키워드로는 그런 정보를 끌어낼 수 없을 테니까. 아! 어떤 방식으로 싸우는지도 꼭 말해 줘야—.

 "음?"
 "워어어어어……!"
 "불이다!"
 대형 홀로그램을 바라보던 제2방어 진지 유저들이 움찔거렸다.
 제3방어 진지의 화면에서 갑작스레 엄청난 불길이 치솟았기 때문이다.

"파이로······."

그랜빌을 지키기 위해 배치되었던 파이로가 푸른 수염의 근처까지 도착했다는 의미였으나 불길은 힘을 내지 못했다.

"전투가 끝난 겁니까······."

키드는 대형 홀로그램을 보며 모자를 눌러 썼다.

화염이 모두 걷어졌을 때, 그곳에 더 이상 푸른 수염의 모습은 보이지 않았다.

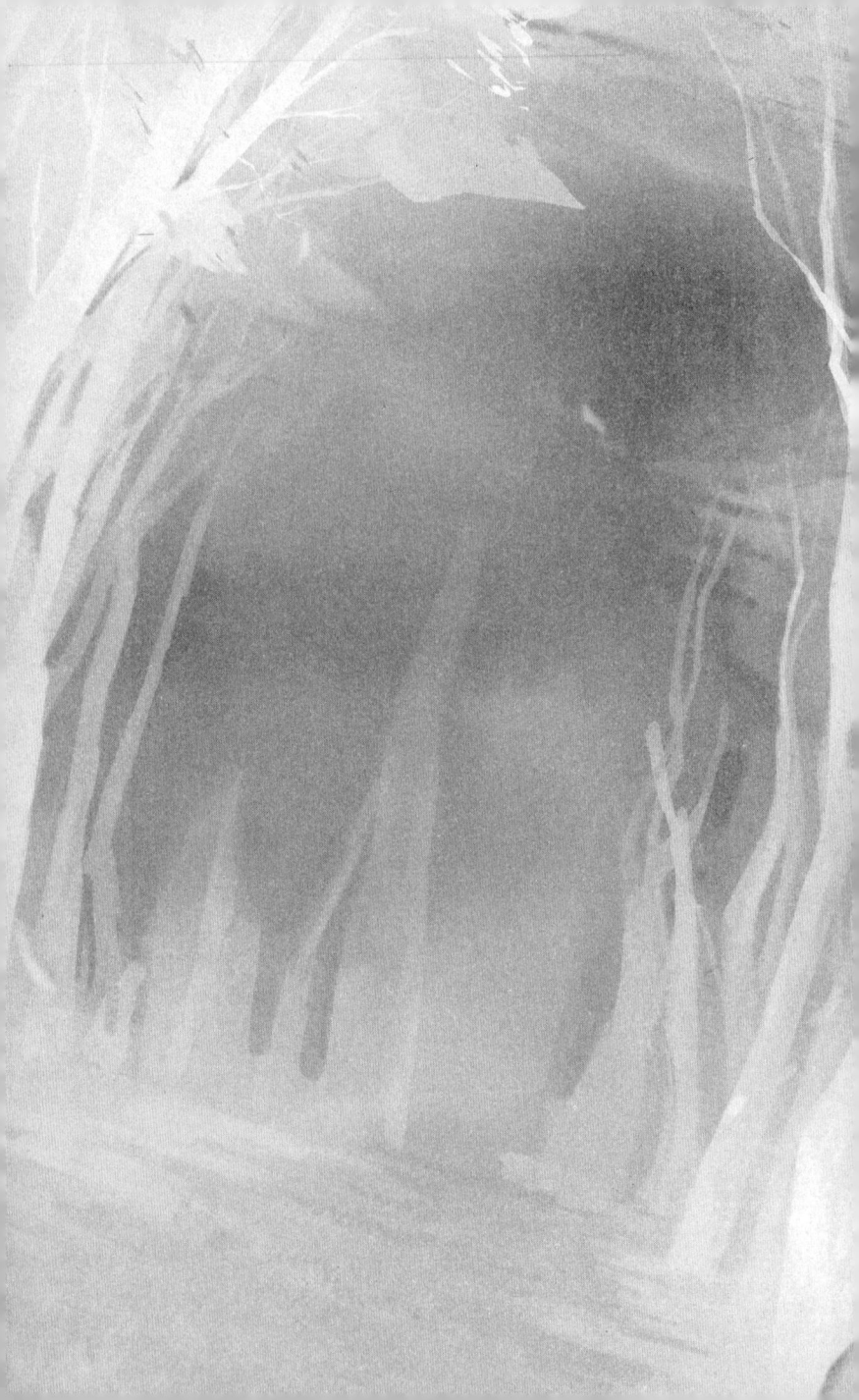

"어? 레 어디 감?!"

"공간 결계 끝났나 본데?"

비단 공간 결계 때문만은 아니었다.

컬러 드래곤의 장로이자 블라우그룬이 존경심을 느낄 정도로 마나 운용에 뛰어난 플람므가 공간 결계를 끊기게 만들 리가 없기 때문이다.

'찰스의 힘이 빠진 이후 드래곤들의 움직임이 말해 주고 있었습니다. 무엇보다 근본적인 전황에서 밀리기 시작했기 때문에 아마도…….'

플람므는 일부러 공간 결계를 지속시키지 않았으리라.

푸른 수염이 타이밍을 잡아 곧장 텔레포트로 사라지기를 오히려 바라고 있었을지도 모른다.

제3방어 진지를 광각으로 잡아 주는 대형 홀로그램은 퓌비엘의 항구 도시가 괴멸되어 가는 모습을 비추어 주고 있었다.
　메데인과 괴조 떼는 어덜트 컬러 드래곤 두 마리와 어덜트 메탈 드래곤 한 마리를 죽이는 성과를 거뒀다.
　드래곤들이 그들만을 상대하기도 벅찼기에 상륙한 야수화 몬스터들은 항구 도시의 방어 진형을 완전히 초토화시키며 밀어 버렸고, 더 이상은 그 기능도 하지 못하는 경계탑마저도 한을 풀듯 부숴 버린 것이다.
　'에인션트 드래곤들이 힘을 발휘해도 일거에 저들을 없애는 건 어려운 일입니다. 푸른 수염이 남아 있었다면 더더욱…….'
　따라서 플람므와 알렉산더는 푸른 수염에게 도망갈 기회를 주기로 합의했으리라.
　설령 푸른 수염의 발목을 잡고 있는다 해도, 그 자리에서 레를 죽일 수 없을 가능성이 컸을 테니까.
　"적장에게 상처를 입히는 대신 대량의 병력 손실을 감내한다……. 쉬운 결정은 아니었을 겁니다."
　키드는 여러 사람에게 귓속말을 받고 또 보내며 제3방어 진지 인근의 전투가 소강상태에 접어들었음을 알 수 있었다.
　퓌비엘의 항구 도시 외부에는 이미 그랜빌이 포진하고 있다.
　에인션트 드래곤들까지 합세한 그곳의 방어선은 분명 단단할 것이며, 상처 입은 레는 당장 진격하지 않을 테니까.
　여전히 선혈이 난무하는 제1방어 진지, 한 번의 혈풍이 쓸고 지나간 제3방어 진지와 달리 제2방어 진지인 크라벤의 항만은 긴장감만이 더욱 고조되고 있었다.

"폭풍 전야가 끝나 가는군."

"그래……. 드디어."

배를 타고 나가던 크라벤의 용사들은 모두 알 수 있었다.

아직 눈에도 보이지 않는 거리였으나 그들의 코에는 이미 바뀐 바닷바람을 느낄 수 있었기 때문이다.

그리고 약 5분 후, 전투를 준비 중인 〈신성 연합〉 유저들보다 훨씬 높은 위치에서 홀로그램의 장면을 비추던 '눈' 유저들이 그것을 가장 먼저 발견하였다.

"타종해라! 보인다!"

때앵——, 때앵——, 때앵——!

아직 항만의 방어선에서는 검은 바다 위에 떠오르는 새하얀 점밖에 보이지 않았으나, 대형 홀로그램을 통해서는 조금 더 자세히 볼 수 있었다.

"선박의 형태는—. 아니, 저게 뭐지?"

"……저건 도대체?"

"성채다……. 바다 위의 성채야."

"제기랄, 무슨 꽃봉오리 같은 배를— 저딴 배가 도대체 바다 위에서 어떻게 움직이는 거야? 노도 없고, 돛도 없고, 설마 마나만으로 저렇게 큰 게 움직인다는 거야?"

크라벤의 유저들조차도 당황스럽게 만드는 형태와 속도.

크라벤의 쾌속정이 작은 이유는 마나 수정구를 제아무리 활용한다 해도 그 한계가 명확하기 때문이다.

그러나 지금 피로트-코크리와 파우스트가 만들어 낸 배는 그러한 상식을 벗어나 있었다.

"엥?"

"뭐야, 저건—."

외형과 속도만 상식에서 벗어난 게 아니다.

새하얀 뼈로 감싸져 '꽃봉오리'를 닮았던 언데드 선박이 개화開花하듯 열렸을 때, 그곳에서 튀어나온 것은 새하얀 기둥이었다.

약 십여 개의 기둥은 모두 크라벤의 항만을 향하고 있었다.

그게 어떤 의미인지 가장 먼저 깨달은 유저는 루거였다.

―파우스트의 포砲! 그걸 몇 배나 키워 놓은 거야! 튀어라, 키드!

그것은 이미 파우스트가 사용했던 기술이었다. 당연히 피로트-코크리도 사용할 수 있다.

무엇보다 그 파괴력은 비교조차 할 수 없을 것이다.

"빌어먹을, 모두 배리어 스킬을 사용하십시오!"

루거는 진심 어린 마음으로 키드에게 회피를 요청했으나 키드가 홀로 도망갈 리는 없었다.

키드는 엄청난 속도로 움직이며 주변에 위험을 전파했다.

"설마 대포?!"

"쉴드 쓰라는데—."

"뭐, 뭔지는 모르겠지만 빨리! 〈앱솔루트 배리어〉!"

키드의 목소리가 들리지 않아도 상관없었다.

대형 홀로그램을 통해 보이는 압도적인 기세에 짓눌려, 누구라도 쉴드 종류의 스킬을 사용해야만 했으니까.

"어! 쐈다."

포에서 불꽃이 번쩍였다고 생각했을 때, 요새처럼 단단하고 거대한 언데드 선박은 엄청난 파도를 만들어 내며 뒤로 밀릴 정도였다.

키드를 포함하여 〈신성 연합〉의 유저들은 결코 조립식 언데드 선박을 무시하지 않았다.

추후 상륙 시 전투에 대비하여 스킬을 남겨 놓은 것도 아니다.

사제 직업군이나 마법사 직업군 유저들은 본능적으로 자신이 지닌 가장 강력한 방어 스킬을 사용했다.

―――――――――――――…….

다만, 에얼쾨니히에 의해 강화된 피로트-코크리의 힘을 제대로 파악하지 못했을 뿐이다.

"큿—."

키드의 모자는 폭풍에 휩쓸려 날아갔다. 그의 검붉은 코트가 쉴 새 없이 펄럭거렸다.

열기를 머금은 뜨거운 바람을 맞으며 키드는 생각했다.

'……피하는 건 불가능—.'

콰아아아아——————ㅇ!

포성이 들려온 것은 그 이후였다.

유저들의 비명이나 단 일격에 허물어지는 건물의 붕괴음 따위를 모두 집어삼키는 엄청난 음량이었다.

보이지도 않을 정도의 속도로 쏟아지는 포탄에서 키드가 가장 먼저 느낀 건 또 다른 삼총사였다.

'루거가 쏘는 레일건…… 그 속도에 필적하는 위력입니다.'

애당초 탄환을 보고 피하는 건 불가능하지만, 이것은 그 정도를 벗어나 있다.

그리고 미들 어스에서 이 정도의 속도와 파괴력을 가진 포탄은 오직 루거의 〈자계사출포〉뿐이었다.

"초, 총사령관님!"

"에윈 장군님, 이걸 어떻게—."

제2방어 진지 본부 인근의 유저와 NPC들이 혼비백산하여 에윈의 곁으로 모여들었다.

그들은 항만이 전부 내려다보이는 위치에 자리하고 있었으나, 반대로 말하자면 포격으로 노리기 가장 쉬운 위치에 있는 셈이나 다름없었다.

"다음번 공격은 이쪽을 노릴 수도 있습니다!"

"아니, 그전에— 피로트-코크리가 조금만 더 전술 배치에 대해 알았다면 저희는—."

일격에 모두가 사망했을 가능성도 배제할 수 없으니, 그들이 난동을 부리지 않는 것만으로도 감사해야 할 상황이었다.

그러나 에윈은 꼼짝도 하지 않았다.

"이 정도는 해 주어야지."

"네, 네?"

"우리에게 가장 좋은 패턴이야."

"그게 무슨……."

"녀석들은 저 공격으로 충분히 맛을 보기 전까지, 결코 상륙을 시도하지 않을 테니까."

말도 안 되는 포탄을 계속 쏘게끔 내버려 두겠다는 것인가?

그 포탄에 의하여 항만 도시가 전부 파괴되는 걸 지켜보겠다는 의미인가.

유저와 NPC들이 아리송한 표정을 지었다.

에윈은 그들을 흘끗 바라보곤 다시 입을 열었다.

"또한 우리 방어 진지가 가장 늦게 전투를 시작한 것 또한 아흘로 님의 계시라고 할 수 있지."

"그……렇습니까."

평소와 달리 친절한 설명까지 덧붙여 주었음에도 이해할

수 없는 건 마찬가지였다.

에윈은 그런 모습을 보며 흐뭇하게 미소 지었다.

그의 곁에서 같이 웃을 수 있는 건 비밀을 알고 있는 유저, 프레아뿐이었다.

"자, 하얀 눈의 정령사님."

"예."

"신호를 부탁합니다."

최대한 적은 인원만이 이번 작전에 대해 알고 있어야 했으므로, 〈신성 연합〉에서는 프레아를 모든 지역에서 활용할 수 있도록 계획했다.

제2방어 진지인 이곳에서 그녀의 역할은 신호수!

프레아의 모습이 사라지기 무섭게, 항만 도시의 곳곳에서 녹색의 발광탄이 쏘아져 올라갔다.

그 모습은 먼바다에서 멈춰 선 언데드 선박에서도 충분히 보였다.

"끼히히히힛—! 저건 뭐지!? 세 군데에서 동시에 뭔가를 준비한다는 건가……? 셋 중 하나가 진짜고 나머진 가짜? 아니면 셋 모두 가짜이고 본체는 전혀 다른 곳에 있는 걸까?! 지금 나를 상대로 '선택'을 강요하는 거야?"

조립식 언데드의 선박 위에서 피로트-코크리는 마음껏 웃어 젖히고 있었다.

프레아를 신호수 삼은 것은 이러한 이유 때문이었다.

여러 군데에서 동시다발적으로 혼란을 주면서도, 신호를 주는 그녀와 에윈이 있는 본부는 안전해야만 했으니까.

"파우스트, 다음 포 준비! 지금 녹광이 올라간 곳으로 각 두 개씩! 그리고…… 나머지는 저쪽! 언덕 위로!"

그럼에도 피로트-코크리의 능력은 떨어지지 않았다.

그녀는 정확하게 에윈이 있는 위치를 찾아내었다. 그리고 발각될 가능성에 대해서라면 〈신성 연합〉 참모진들 또한 각오하고 있던 일이었다.

"알겠습니다, 피로트-코크리 님―……. 음!?"

파우스트는 무언가를 발견했다.

조금 전까지 주변의 바다는 깨끗할 정도로 아무것도 없었건만, 지금 보이는 저것들은 어디서 나타났단 말인가.

파우스트와 함께 타고 있었던 네크로맨서 유저들이 허겁지겁 망루로 올라가 이상 방향을 살폈다.

"파, 파우스트 님, 대량의 선박이 나타났습니다!"

"선박…… 신호? 지금 저게 신호탄이었나!? 선박의 정체를 파악해라! 누구의, 어디의 배냐!"

"아직 정확히 파악이 되지 않고 있습니다. 무, 무엇보다 저 또한 모든 선기船旗를 아는 게 아니라―."

"모양이라도 말해 봐, 머저리 같은 게!"

파우스트가 버럭 화를 내었다.

그는 어째서 자신이 화를 내는지 느끼고 있었다.

이곳이 어디인가.

'크라벤의 항만…… 그리고 적의 지휘관은—.'

초원의 여우, 에윈.

그의 지략은 초원에서만 빛나는 게 아니다.

미들 어스 커뮤니티를 통해 여러 가지 정보를 들었던 파우스트였기에, 그는 망루의 유저가 선기를 확인하기 전 다가오는 선박의 정체를 눈치챌 수 있었다.

"깃발에 그려진 그림은 아마도…… 기다란— 뱀……?"

"이런 제기랄, 시 서펜트! [바다뱀] 호다!"

"바다뱀 호!? 바다뱀 호라면—."

마왕군 유저들의 눈이 휘둥그레졌다. 선박에 대해 아무리 모르는 유저라도 바다뱀 호는 안다.

정확히는 바다뱀 호를 아는 게 아니라, 바다뱀 호의 선장에 대해 안다.

"〈두 번째 폭풍〉! 드레이크가 온다아아아아아!"

바다에서는 무적을 자랑하는 크라벤의 해군 총사령관이자 제1함대의 제독.

드레이크가 에윈의 신호에 맞춰 나타났다.

심지어 이번에는 혼자가 아니었다.

"모든 함대, 기동."

"전 함대에 연락하겠습니다! 모든 함대, 기동! 기수, 빨리빨리 움직여!"

드레이크의 복귀와 함께 바다뱀 호의 부관을 맡게 된 유저가 목청이 터져라 외쳤다.

그의 빠릿빠릿한 행동에 만족한 표정을 지으며, 드레이크는 반대편으로 고개를 돌렸다.

"안데르송, 모든 전투 인어들을 이끌어라. 우리의 앞바다에 놈들을 수장시킨다."

"예, 왕자님. 으음, 하지만 한 말씀 드려도 될까요?"

해신의 근위대에 들어갔던 안데르송이지만 이번만큼은 달랐다.

이미 유저들을 비롯하여 여러 인간과 접촉했던 거의 유일한 인어로서, 그는 이번 전투에 인어들을 이끄는 영광을 얻을 수 있었다.

"뭐지."

"언데드는 어차피 숨을 안 쉬어도 상관없으니까 바다에 수장한다 한들 별로 소용이 없지 않을까 싶어서요."

다만 그것과 별개로 성격은 여전히 비슷하다는 게 독특한 점이었다.

안데르송의 터무니없는 질문에 크라벤의 유저들이 잠시 멍한 얼굴로 그를 바라보았다.

제아무리 날고 긴다는 크라벤의 뱃사람들도 인어를 실제로 보는 건 대부분 처음이므로 놀라웠건만, 그 인어가 한다는 소리가 이런 수준이라면 당연히 할 말을 잃게 되는 것이다.

"시끄럽다. 어서 가."
"넵! 임무를 완수하고 복귀하겠습니다!"
드레이크는 귀찮다는 듯 안데르송을 내쫓았다.
"……하이하 녀석에게 이상한 것만 배웠군."
갑판에서 곧장 물속으로 뛰어드는 인어를 보며 드레이크는 고개를 저었다.
"하이하…… 역시 관련이 있는 거였나."
"도대체 용궁은 어떻게 갔을지, 원."
그 이야기를 들은 유저들에게 다시 한 번 이하의 이름이 각인될 때, 바다뱀 호 주변에서 이루 말할 수 없는 포말이 일었다.
돌고래 떼와는 비교조차 할 수 없을 정도로 바다를 하얀 거품으로 채워 가는 생명체는 바로 인어들이었다.
"본국을 택한 걸 후회하게 만들어 주마."
크라벤의 제1함대부터 제9함대에 더해, 실체를 갖게 된 용궁의 모든 인어를 모두 지휘할 수 있는 '바다의 왕자'와,
"자, 피로트-코크리. 네가 좋아하는 '테마 게임'이다."
〈신성 연합〉의 참모진들을 놀라게 할 정도의 AI를 지닌 '초원의 여우'가 동시에 말했다.

이제 대형 홀로그램에서 분할된 4개 화면 중, 3개는 모두

전장의 현황을 비추고 있었다.

여전히 해양 괴수와 야수화 몬스터들 그리고 마왕군 유저들을 상대하는 제1방어 진지.

푸른 수염이 물러감으로써 조금은 소강상태에 접어들었다지만, 아직도 방어 진지를 재편성하는 〈신성 연합〉을 쫓는 야수화 몬스터와 한 마리의 괴조라도 더 없애려 노력하는 드래곤들의 제3방어 진지.

두 개의 전황은 피 튀기는 혈전과 듣도 보도 못한 스킬들의 향연으로 축약할 수 있었다.

몸과 몸이 부딪쳐 피어오르는 열기가 대형 홀로그램을 찢고 나올 정도로 후끈한 전황은, 뭇 〈신성 연합〉 유저들과 취재진마저도 달아오르게 만들었으니까.

"하지만 지금…… 제2방어 진지의 전투는 전혀 다른 양상을 띠고 있습니다!"

멀리 떨어진 높은 전망대에서 보는 것과 같은 화면이었다.

시퍼런 바다 위에 떠 있는 새하얀 언데드 선박과, 그 언데드 선박을 향해 접근한 수백 척의 함선들!

"이것을 뭐라 표현해야 할까요. 제 미숙한 말솜씨로는, 그저 바다 위에 수繡를 놓고 있다는 것밖에 보이지 않습니다. 파란 바다 위에 펼쳐지는 자수刺繡라고 할 수 있을까요?"

바다와 선박의 색 그리고 선박이 지나가며 만들어 내는 새하얀 포말이 고스란히 보이는 화면은 일견 아름다워 보일 정도였다.

물론 아름다움을 자아내기 위한 함선의 운용은 아니다.

"언데드 선박의 포신이 방향을 틀기 시작했습니다! 그렇습니다, 고요하고 아름답기만 한 바다가 아닙니다! 저곳은 미들어스 각 진영 최고의 지략가들이 수手 싸움을 하는 체스판입니다!"

취재진의 설명처럼 언데드 선박의 포가 방향을 돌려 선박들을 노리기 시작했다.

그에 맞춰 크라벤의 함선들도 산개했다.

가장 앞선 제1함대의 바다뱀 호에 있던 드레이크는 굳이 뒤를 돌아보거나 대형 홀로그램 등으로 이야기를 전해 듣지 않아도 이번 '산개'의 문제점을 파악해 냈다.

"4함대가 뒤처진다. 7, 8함대에 속도를 더 높여 압박하라고 전해라."

"알겠습니다!"

"그리고 3함대 제독은 뭘 하는 건가. 이번 전투가 끝나는 즉시 교체되기 싫으면 똑바로 움직이라고 해."

"네, 넵!"

"70초 안에 전함대 제자리에 위치하고, 각 좌우 포 가동 준비."

"Ay, Ay, Sir!"

타 함대에도 제독들이 있다. 닳고 닳은 수군으로 배를 지휘

해 온 NPC와 유저들이 있다.

각 함대 제독 간의 경쟁 심리가 있는 데다, 무엇보다 각 제독들은 수평적인 위치나 마찬가지다.

즉, 해군 총사령관과 겸임하는 제1함대 제독이라고 하여 이와 같은 언행은 할 수 없는 것이었다.

"드레이크 제독님의 명령입니다! 속도를 더 높여서 4함대를 압박하시라고—."

"올려! 그럼 당장 올려, 노잡이 새끼들 뭐 하는 거야! 우리 함대에서 가장 뒤처지는 배의 노잡이는 목을 쳐 버리겠다!"

"7함대에 뒤처지면 안 돼! 7, 8함대에 동시 명령이라면— 반드시 비교 평가 당한다! 아니, 그전에! 살아남기 위해서라도 더 빠르게 이동해!"

단 한 명, 드레이크라는 예외가 있을 뿐이다.

드레이크는 크라벤의 전 수군에 있어 하늘 위의 하늘, 바다 위의 절대자나 마찬가지였으므로 모든 제독들은 그의 말이라면 절대적으로 따랐다.

푸화아아아————————ㄱ!

"바, 방금 저희 함대 선박 세 척이 포격을 피했습니다. 조금만 늦었어도……."

따라 봐야 손해 볼 거 하나 없다는 것을 경험적으로 알고 있기 때문이었다.

"역시 드레이크 제독이야. 그 누구보다 파도를 잘 읽고 바람을 보는 사람을…… 당해 낼 수 있을 리 없지."

제4함대에 소속된 선박을 이끄는 선장 NPC가 이마의 식은 땀을 훔쳤다.

웬만한 선박 마스트 높이의 물보라가 칠 정도의 파괴력이라면 선미 부분이 스치기만 했어도 배는 항행 불능에 빠졌으리라.

피로트-코크리의 무지막지한 포격에 단 한 척의 피해도 없이, 크라벤의 9개 함대는 언데드 선박을 포위하듯 진형을 갖췄다.

거기까지가 드레이크가 이야기한 '70초'였다.

대형 홀로그램으로 제2방어 진지의 앞바다를 바라보고 있던 취재진은 크라벤 9개 함대의 선박에서 동시에 연기가 피어오르는 것을 보았다.

"쐈다!? 도, 동시에— 저렇게 많은 함선이…….'

"정확합니다! 적중! 또 적중! 크라벤의 함대는, 아니, 드레이크의 함대는 지지 않는다!"

몇백 척이나 되는 캘리번 포의 동시 포격!

소리가 나오지 않는 대형 홀로그램이었으므로 취재진은 침이나 꿀꺽 삼키며 바라보는 중이었으나, 실제로 제2방어 진지 인근에 배치된 유저들에게는 하늘이 갈라지는 정도의 포성이 들려오고 있었다.

연기에 잠시 끌렸던 취재진의 시야는 금세 피로트-코크리의 선박으로 향했다.

그에 부응이라도 하듯 '눈' 역할을 하는 유저는 언데드 선박에 조금 더 집중했다.

취재진은 하늘로 솟구치는 새하얀 조각들을 보았다.

그것이 무엇인지, 크라벤 대함대의 포격이 어떤 결말을 만들었는지는 너무나 뻔한 일이었다.

"이럴 수가! 파괴되고 있습니다!"

"피로트-코크리의 뼈들이 분수처럼 날아오릅니다! 바다 위에 핀 새하얀 꽃이 넝마가 되기까지는 이제 시간문제— 아……?"

뼛조각들은 마구잡이로 튀어 올랐다. 포격이 연달아 올 것도 당연한 수순이었다.

그렇다면 피로트-코크리가 그것을 당해 줄 리가 없다는 의미이기도 했다.

"아니, 파괴된 게 아니다! 파괴가 아닙니다! 떨어져 나온 〈조립식 언데드〉가 모습을 갖추기 시작했습니다!"

"저희가 단독 입수한 정보에 따르면, 완전히 불태워 없애버리거나 가루로 만들 정도의 타격을 입히지 않는 한, 〈조립식 언데드〉의 재료가 되는 뼈는 계속해서 네크로맨서들의 영향을 받는다고 합니다— 즉, 지금 저것은—."

"충선!? 매우 간소한 형태이지만 그 외형에 따른 성능이 보장되는 모습입니다! 원뿔 형태로 뭉친 뼛가루들이— 크라벤의 함대를 향해 나아가고 있습니다!"

 언젠가 파우스트가 루거 등이 탑승했던 쾌속정을 상대하기 위해 만들었던 바로 그것.

 제아무리 큰 배라도 옆구리가 뚫려 침수가 시작되면 속도를 낼 수 없다. 그리고 속도를 낼 수 없다면 언데드 선박의 포격을 피할 수도 없게 된다.

 피로트-코크리는 물론 파우스트조차도 함대를 다루는 방법은 몰랐지만 '함대전'이 어떠한 개념인지는 알고 있었다.

 적의 배를 느리게 만들고, 적의 배에 한 방 먹여 주면 되는 것이다.

 그리고 취재진의 말처럼 이것은 거대한 바다를 반상으로 취급하는 두 존재의 수 싸움이었다.

 두 번째 포격을 준비하던 게 거짓말이라는 것처럼 크라벤의 대함대의 움직임이 바뀌기 시작했다.

 "……허허, 집채만 한 선박을 가지고 쥐똥만 한 어선보다도 선회를 빠르게 하는군."

 제1방어 진지에 있던 '어부' 시몬이 헛웃음을 터뜨릴 정도의 완벽한 기동 운영이 이루어지는 순간, 크라벤의 대함대를 향해 다가오던 뼛조각들은 새로운 적들을 맞이해야만 했다.

 "이, 인어가! 인어가 막아 내고 있습니다! 파도 위에 마구잡이로 떠오르는 것은 색색의 비눗방울— 아니, 물방울입니다!"

 "아, 피로트-코크리의 충선이 연달아 물방울의 벽에 부딪

칩니다!"

 안데르송이 해신의 근위대에서 빠져나와 이번 일을 맡게 된 원인이기도 했다.

 몸집이 예전보다 커지긴 했다지만 여전히 해신 근위대의 우락부락한 근육질 인어에 비하면 왜소하다.

 그럼에도 그가 근위대에 들 수 있었던 것은 다름 아닌 마나를 다루는 능력이 뛰어나기 때문이었다.

 뼈로 만들어진 충선들은 크라벤의 함대에 접근조차 할 수 없다.

 포격은 절대로 맞지 않겠다는 듯 환상적인 기동으로 피해낸다.

 거기에 조금만 방심한다면?

 ──, ──, ──!

 연이은 포격이 날아온다.

 몇백 척이나 되는 함선은 [정렬, 사격, 산개, 재정렬]의 단계를 드레이크의 지휘하에 완벽한 호흡으로 해내고 있었다.

 "피, 피로트-코크리 님."

 "이렇게 나온다 이거지이~? 끼히히힛! 좋아…… 좋아. 선택하지 않는 것으로 엿 먹여 주고 싶었는데—."

 그것을 지켜볼 피로트-코크리가 아니었다.

 그녀는 움직이지 않고 제자리에서 항만과 함대를 모두 상대하는 것으로 선택을 무시하려 했었다.

그러나 더 이상은 무시는 불가능했다.

"선택해 주겠어……. 파우스트!"

"옛! 피로트-코크리 님!"

"선박들 몰고 가서 보여 주고 와."

"알겠……습니다. 그럼 피로트-코크리 님께서는―."

"끼히히히힛! 내게 선택하게 만들었으니, 녀석들에게도 선물을 줘야겠지!? 에얼쾨니히 님께 받은 힘을 잔~뜩 보여 주겠어."

피로트-코크리의 말과 함께 활짝 핀 꽃처럼 열렸던 언데드 선박들은 다시금 봉오리처럼 오므라졌다.

그것은 대형 홀로그램을 통해 바라보던 취재진에게는 일종의 승리 확정과도 같은 장면이었다.

"이겼다아아아아아!"

"마침내! 세 개의 방어 진지 중, 첫 번째 승리 진형이 나왔습니다!"

"아직 결과가 나오지 않은 제1방어 진지를 제외하고! 무승부인 제3방어 진지와 승리의 제2방어 진지가 확정이 나게 되었습니다!"

취재진뿐만이 아니었다. 〈신성 연합〉의 참모진들 또한 자리에서 벌떡 일어서 화면에 집중할 정도로 기쁜 순간이었다.

아직 완전히 웃고 있지 않은 사람은 람화연과 라르크 그리고 그들과 연락하던 에윈이었다.

"이제부터 진짜겠죠."

"아까 혜인 씨가 루비니 씨와 함께 다니며 봤다고 했잖아요. 저 배 안에 '무엇'이 들었는지……."

"능력도 보통은 아닐 거예요. 에얼쾨니히의 힘이 가해졌을 테니까."

"쩝, 드레이크의 능력을 더 써먹고 싶었는데. 아쉽게 됐군."

사실 바다에서 싸워 주는 게 〈신성 연합〉에게는 즐거운 일이다.

그들이 데려온 언데드 병력이 무엇인지 알고 있었기에, 어떻게든 드레이크로 하여금 언데드 선박의 접안을 저지하려 했으나 그건 확실히 불가능한 일이었다.

"선장님! 〈조립식 언데드〉의 형태가 바뀌고 있습니다!"

"좌현 포는 더 이상 사격이 불가능합니다! 4, 5, 6, 7, 8함대에서도 우현 포 전개가 불가능하다는 연락이 왔습니다!"

압도적인 크기로 위용을 과시하던 언데드 선박이 날렵한 형태로 변했다.

모든 해군에게 있어 '사기'라고 봐도 좋은 기술이었다.

이미 건조를 마친 선박이 항행 도중 유불리를 계산하여 모습을 바꿀 수 있다니…….

"……여기까지인가."

드레이크는 이를 악물었다.

포탄을 활용하여 뼈를 잘게 부수기만 한 것은 아니다.

화약이 터지며 내뿜는 열기는 분명 상당량의 뼛조각을 태워 버렸다. 그럼에도 여전히 〈조립식 언데드〉는 많다.

 다만 이 정도의 선박으로도 더 이상 지원을 할 수 없다는 게 크라벤 해군들의 울분이었다.

 "부관, 전 함대에 후퇴 명령을."

 "피, 피로트-코크리의 선박을 포위하는 게 아닙니까? 선박이야 다른 형태로 재조립된다 해도— 만약 우리의 육지 군사들이 이긴다면 분명 달아나려 할 텐데요?"

 부관 유저가 물었으나 드레이크는 빠르게 고개를 저었다.

 성공할 경우 피로트-코크리의 병력을 항만과 함대, 양측에서 잡아먹듯 노려볼 수도 있다.

 그러나 지금은 아니다.

 "일항사!"

 "옛, 선장님!"

 "기설정해 둔 항로를 통해 전 함대를 통솔하게. 그리고 최소한의 수군을 제외한 모든 병력을 하선시켜서 데려오도록."

 "알겠습니다!"

 드레이크는 그렇게 말하곤 코트를 벗어 던졌다.

 갑작스러운 선장의 행동에 유저와 NPC들이 당황했다.

 그는 크라벤 왕국으로 돌아왔지만 적어도 '모습'만큼은 예전과 달라져 있지 않았던가.

 '꼬리가……'

'저것을 드러내지 않으시려 했던 것 같은데―.'

인어와도 다르고, 순수한 인간과도 다르다.

반은 인간이고 또 반은 인어인 독특한 외형.

그는 자신의 모습을 고스란히 드러낸 채 바다뱀 호의 선원들을 한 번 바라보았다.

조금 전까지 인간처럼 보이던 그의 눈이 바다의 포식자와 같아졌다.

움찔거리는 선원들을 보며 드레이크는 웃었다.

"나는 먼저 가 있지. 30분 안에 저곳에서 보기로 한다."

"Ay, Ay, Sir!"

인어와 인간 사이에서 태어난 혼혈 왕자는 그대로 바다로 뛰어들었다.

그리고 마침내, 파우스트가 이끄는 선박들이 크라벤의 항만에 접안했다.

그곳에서 언데드 병력들이 쏟아져 나오기 시작했을 때, 취재진을 비롯한 〈신성 연합〉의 유저들은 경악해야만 했다.

특히나 〈기브리드의 서진〉을 저지하기 위해 노력했던 유저일수록 그 충격은 컸다.

"저, 저건―."

"……나 아냐?"

피로트-코크리와 파우스트가 데려온 언데드 병력은, 에리카 대륙에서 죽었던 '자신'들이었으니까.

언데드가 주는 근본적인 감정은 공포심이다.

죽어야 하는 게 죽지 않았을 때의 공포. 죽어도 되살아나는 것에 대한 공포.

물론 미들 어스를 플레이하는 유저들에게 있어서는 그저 판타지의 한 가지 요소일 뿐이었다.

언데드라는 개념이 익숙해진다면 그것은 공포라기 보다는 그저 상대해야 할 여러 속성 중 하나로 인식되기 때문이다.

그러나 지금은 어떠한가.

피로트-코크리가 만들고 파우스트가 지휘하는 〈언데드 신성 연합〉은 〈신성 연합〉 군세의 힘을 다방면으로 빼놓았다.

"구려! 뭐 이딴 상황이 다 있어!"

"네크로맨서의 언데드화가 이렇게까지 되나? 그게 도대체 언제 적 전투였는데 아직도 남아 있는 거야!"

"왜 얼굴까지 똑같냐고! 꼴 보기 싫다고!"

살점이 조금 떨어지고 부식된 피부를 드러낸 채 자신에게 달려오는 또 하나의 자신.

미들 어스를 오래 플레이한 유저도 겪어 보지 못했던 '나와의 싸움'이라는 개념만으로도 〈신성 연합〉의 뭇 유저들을 뒤흔들어 놓기에 충분했다.

"우와아악!? 저쪽에― 〈세계수〉 길드 마스터 아냐? 나름 미니스 탑 파이브 길드 중 하나인데!"

"시발, 일부러 알고 뭉쳐 놓은 건가? 〈사랑과 평화〉 길드원들은 뭉쳐서 다닌— 쏘, 쏜다!"

"그게 문제가 아냐, 저쪽은 〈황룡〉이라고! 페이우만 없지, 빌어먹을 황룡이 그대로— 온다아아아!"

거기에 더해 압도적으로 강한 유명인들의 공격을 당한다면?

평소라면 경외심을 가져 마땅한 미들 어스의 아웃사이더나 레벨 높은 플레이어들 또는 집단의 힘을 과시하던 단체들이 지금은 모조리 적이 되었다.

"싸워라! 이미 에윈 사령관의 명령은 떨어졌어!"

"막아! 죽기 살기로 막아! 저쪽에서 다가오는 게— 우리 자신이라면! 어차피 스킬 패턴들은 알 거 아냐!?"

언데드 선박이 정박할 위치는 이미 정해진 상태였고 그들이 하선한 이후 벌어질 전장도 이미 읽고 있던 일이었으므로, 바리케이드를 비롯한 방어 시설과 유저들의 진형은 완벽하게 갖춰져 있었다.

그러나 준비한 것들을 살릴 수 없다는 게 문제였다.

자기 자신과 싸워서 이길 수 있을까?

이미 자신의 공격 패턴이 전부 AI화 되어 언데드로 다시 태어났다면, 지금 내가 어디로 칼을 휘두를지 '또 다른 나'는 이미 알고 있는 게 아닐까?

〈세계수〉 길드의 길드 마스터와 내가 싸울 수 있나?

저 사람은 〈황룡〉 내의 부길드 마스터 중 한 명인데 무슨 수로 싸워야 하지?

생각이 많아진다. 그럼 몸이 느려진다.

느려진 반응은 두려움을 불러온다. 두려움에 몸은 더욱 움츠러든다.

부정적인 연쇄 반응이 유저들 스스로도 눈치채지 못한 상태에서 작동할 때, 파우스트가 뼈 지팡이를 높이 치켜들었다.

그곳에서 뿜어진 검은 기운은 전방위로 퍼져 달려 나가는 언데드 군세를 감쌌다.

쇄도하는 자신의 병력들을 보며 파우스트가 외쳤다.

"다 쓸어버려라————!"

그리고 그것은 이루어졌다.

〈언데드 신성 연합〉과 〈신성 연합〉의 군세는 맞부딪쳤다.

그 장면은 대형 홀로그램을 통해 모든 방어 진지로 송출되고 있었다.

"아……."

"미친—."

그것을 바라보던 타 진지 유저들의 얼굴이 어두워졌다.

직접적으로 보고를 받던 에윈과 라르크 그리고 람화연의 인상이 찌푸려진 것은 말할 것도 없었다.

제2방어 진지는 수상전에서 벌어 두었던 점수를, 육지전 첫 번째 돌격에서 곧바로 잃게 되었다.

"끄아아악—!"

"살려—."

"내가 아냐! 이건 내가 아냐! 나보다도 강해!"

외형만으로도 몸을 굳게 만드는 〈언데드 신성 연합〉은 피로트-코크리와 파우스트의 힘이 더해져 실질적인 파괴력조차 유저들을 뛰어넘어 있었다.

"〈배쉬〉!"

"〈배쉬〉!"

동시에 같은 스킬을 쓰며 충돌했지만 잿빛이 하나 추가될 뿐이었다.

기브리드의 서진 이후 100일이 넘는 시간이 흐를 동안 유저들 또한 레벨 업을 많이 해 두었으나 그로 인해 증가된 수치보다 '마왕군'의 버프를 받은 언데드들이 더 많은 수치가 증가되었다는 뜻이나 마찬가지였다.

파우스트는 파죽지세의 〈언데드 신성 연합〉을 보며 미친 듯이 웃어 젖혔다.

"크크크크, 죽어, 죽어! 멍청한 새끼들! 내가 마왕군으로 갔을 때 모두 날 욕했지! 내가 잘못 선택했다고 인터넷에 글 쓴 새끼들 다 튀어나와 봐! 〈레이즈 언데드〉!"

그간의 울분을 전부 토해 내며 그는 스킬을 사용했다.

조금 전 같은 스킬을 사용하며 죽었던 〈신성 연합〉 유저의 잿빛 시체가 스르륵, 다시 일어서기 시작했다.

"말도 안 돼— 거기서 다시 한 번 살아나면……."

"이, 이렇게 나가면— 열흘 후에 접속했을 때 나는 두 명의 나를 상대해야 하는 거 아냐!?"

에윈이 위치한 언덕 위의 지휘 본부에서도 그 모습은 볼 수 있었다.

〈무희〉 직업군 유저들이 천리안과 유사한 스킬을 사용하여 전황 곳곳을 비춰 주고 있었기 때문이나, 지금은 오히려 역효과가 날 지경이었다.

"도대체 저걸 어떻게…… 저걸 이길 수 있을 리가—."

"있지."

에윈이 조용히 한마디 내뱉었다.

평소라면 그의 판단과 결정에 의구심을 갖지 않는 참모진들도 이번만큼은 물어볼 수밖에 없었다.

"이길 수 있는 상대가 있다는 말씀이십니까?"

"전쟁은 한 사람의 힘으로 이길 수 없어. 하지만……."

에윈은 자리에서 일어서며 말했다.

"세 사람만 있으면 전황을 뒤바꿀 수 있다네."

대형 홀로그램의 한곳에서 휘광이 터져 나온 것은 그때였다.

넘실거리는 빛의 파동 속에서, 한 명의 실루엣이 보였다.

펑퍼짐한 로브를 터질 듯이 부풀린 빛의 구球 안에서, 한 남자가 십자가를 짊어지고 있었다.

그의 곁으로 두 명의 모습이 스쳐 지나갔다.

검붉은 코트를 펄럭이는 유저와, 언데드처럼 보일 정도의 검은 기운을 흘리는 유저였다.

"누구?"

―, ―, ―, ―, ―, ―, ―……

"정신 놓을 때가 아닙니다."

키드는 베르나르의 빛에 의해 약해진 언데드에게 가차 없이 총알을 쑤셔 넣었다.

도합 열두 발의 탄환은 주변의 언데드 열두 마리의 미간에 정확히 구멍을 내었다.

"키드……."

"당신들이 죽으면 누가 즐거워할 거라고 생각합니까? 파우스트의 즐거움을 위해 광대짓을 하겠다면 말리지는 않겠습니다."

"우리라고 그러고 싶어서 그러는 게 아니라―."

"머리 숙이셈. 뒤에 몹 있음."

"윽!"

키드를 향해 반발하던 유저는 이지원의 말을 들으며 황급히 목을 움츠렸다.

그러나 이지원은 키득거리며 그곳을 지나가기만 할 뿐, 검을 휘두르진 않았다.

무엇보다 방금 키드가 정리를 끝낸 이곳에 몬스터가 있을 리가 없지 않은가.

"응? 언데드가 어디 있다고—."

[미안하다. 이거 보여 주려고 어그로 끌었다. 싸움 수준 실화냐? 가슴이 웅장해진다.]

조심스레 고개를 돌린 유저의 눈에 들어오는 건 작은 쪽지였다.

당최 무슨 장난인지 이해조차 할 수 없는 유저들은 멍한 표정으로 그를 바라보았다.

그곳에선 그의 정신세계만큼 이해할 수 없는 그의 실력이 만천하에 드러나고 있었다.

"〈기가 라이트닝〉, 〈블레이즈 트레이스〉."

검은 번개 줄기를 뿜어내기 무섭게 그가 밟는 지면에서 화염이 치솟았다.

서로 다른 두 가지 속성을, 키드와 비슷한 속도로 달리면서 캐스팅하고 사용하는 것으로도 모자라 그는 검을 휘두르며 언데드 세 명을 동시에 베어 냈다.

"이곳은 우리의 방주……. 신께서 허락하지 않은 생물은 태울 수 없습니다."

"음!?"

그들의 뒤를 이어, 막대한 신성력을 자랑했던 베르나르가 따랐다.

반경 30m 범위에서 초당 HP를 회복시켜 주는 스킬을 사용한 채 걷는 그는 움직이는 오아시스나 마찬가지였다.

"이럴 수가. 캐릭터 창 열어 봐! 다들 피통 차는 것 좀 봐!"

"고작 셋에서— 이런 힘을—."

"숫자는 셋이지만, 실력은 서른 명 이상이라 그런가……?"

제2방어 진지의 지휘관, 에윈은 틀리지 않았다.

순식간에 도시의 절반 이상을 빼앗겼던 〈신성 연합〉의 방어선이 멈춰 선 것도 그즈음이었다.

―푸핫! 대박인데? 역시 이지원 씨나 키드나 다르긴 다르다니까.

―발재간이 빠른 놈들끼리 모여서 장난 짓거리나 친 거지. 만약 내가 그곳에 있었다면 파우스트는 상륙도 못 했을 거다.

이하는 루거의 투덜거림을 들으며 빙긋 웃었다.

키드의 활약상은 람화연이나 라르크를 통해서도 들었으나 이렇게까지 감정적인 묘사가 아니었다.

'지가 제일 들떠서 떠들어 놓고는 꼭 마지막에 이런다니까.'

하물며 키드에 대해 말할 때 루거의 목소리는 누구보다 흥분해 있었다.

굳이 그의 표정을 보지 않아도 감정을 느낄 수 있을 정도로 말한 것을 이하 또한 기억하고 있었다.

―그래서? 피로트-코크리 쪽은?
―드레이크와 망할 놈의 서펜트들이 방해하곤 있지. 크크, 신대륙 첫 항행 때가 생각나는군. 지금의 나라면 서펜트 놈들의 몸뚱이에 구멍을 낼 수 있을 텐데.
―으음, 아마 안 될걸.
―뭣!? 하이하 네 녀석이 뭘 안다고―.

이하는 로페 대륙 남부 해역의 '수호신'을 알고 있다.
여명의 바다에서 그 역할을 하는 게 해신의 서펜트, 스발트와 흐빗이지 않은가.
아직까지 유저들의 힘만으로 그들을 제압하는 건 불가능할 것이다.
'어쨌든 드레이크와 서펜트들이 가세했다면 그나마 좀 나아졌겠군. 인어들도 보조할 테고…….'
〈조립식 언데드〉의 변화무쌍한 공격은 귓속말을 통해서는 도저히 전해 듣지 못할 정도였다.
시시각각 모습을 바꾸며 도시를 파괴하고, 인어들을 죽이기 위해 나뉘고, 또 피로트-코크리의 안전을 도모하는 뼛조각들은 묘사조차 불가능하다고 했기 때문이다.

'문제는 피로트-코크리가 아직 움직이지 않고 있다는 점이다. 단순히 드레이크와 서펜트 그리고 인어들의 방해를 받아서가 아닐 텐데.'

대형 홀로그램을 통해 전황을 살피던 루거도 말했었다.

여타 언데드 선박처럼 꽃봉오리 모양으로 닫힌 게 있었으나, 그것만큼은 공중에 떠 있다고 했다.

바로 그 안에 피로트-코크리가 들어가 있는 상태였으며, 드레이크와 인어들은 피로트-코크리를 꺼내기 위해 고군분투 중이었다.

'하지만 〈조립식 언데드〉만 상대하기도 벅차다고 했지.'

그렇다면 피로트-코크리는 그 안에서 무엇을 하고 있을까.

에얼쾨니히의 힘을 받아서 강해진 게 어느 정도인지는 푸른 수염의 예를 통해 알게 되었다.

피로트-코크리도 과거와는 비교조차 할 수 없을 정도일 것이다.

'꽃봉오리에서 튀어나오기 전에…… 끝장내야 한다는 건가.'

그러나 그것이 가능할까?

젤라퐁의 입체 기동을 통해 쉴 새 없이 움직이던 이하는 주변을 보며 소리쳤다.

"원숭이들! 빨리빨리 안내 못 해!?"

"끼익— 끼긱!"

"주변 동료들은? 지금 여기에 남은 인간이 그쪽밖에 없으니까 쉬울 거 아냐?"

"우끼, 우낏!"

원숭이형 야수들이 이하를 보며 연신 고개를 조아렸다. 그러곤 주변을 향해 이하가 이해할 수 없는 울음소리를 내질렀다.

"그렇지! 친구들한테 그 새끼 발견하거든 얼른 신호하라고 하고. 너무 티 나지 않게! 알았어!?"

"끽! 끽!"

원숭이들의 대답을 들으며 이하는 만족스러운 표정을 지었다.

현재 자신의 곁에 있는 것은 고작 다섯 마리의 원숭이가 전부지만, 이 숲에 퍼진 건 셀 수도 없을 것이다.

―큭큭……. 자미엘이 눈치채지 못할 거라 생각하는가.―

"당연하지. 일부러 〈마음의 눈〉도 쓰지 않았어. 그리고 내가 겪어 보니까 알겠어. 귓속말만으로 모든 전장을 파악하는 건 불가능해."

이하는 블랙 베스를 움켜쥐었다.

이곳에서 겪어 봤기에 더욱 확실하게 여길 수 있는 부분이 있었다.

"무엇보다 치요는 내가 이곳에 있다고 상상조차 하지 못할 거야."

직접 보는 것과 전해 듣는 것의 차이는 크다.

김 반장이 이하처럼 활약한 '눈속임'은 알고 있을 것이다.

찰스가 날뛰는 것도 보았으니 호기심을 가질 것이다.

그러나 그보다 중요한 건 그 모든 일이 이루어지는 와중에도 다른 〈총사대〉 유저들은 후드를 끝끝내 벗지 않았다는 점.

'그 덕분에 치요는 내가 없다고 확신할 수 없어. 절대 그러지 못해. 치요라면 오히려 내가 여전히 로페 대륙 어딘가에 숨어서 다른 계획을 찾고 있다고 생각할 거야.'

김 반장과 총사대의 철두철미함은 이하가 원했던 이상의 결과를 가져올 것이다.

'치요는 내 위치를 파악하지 못했지만 나는 파악한다.'

야수화된 동물들의 언어를 이해할 수는 없었으나 어느 정도 의사소통이 되는 원숭이형 야수에 의해 카일의 위치는 대강 파악도 된 상태였다.

거기에 더해, 종족도, 이동 방법도 다른 야수 몇 종이 카일의 발자취를 쫓고 있는가.

마리 수로만 따져도 300마리가 넘는 야수들이 신대륙 서부의 숲을 수색하고 있다.

'이제 곧이다.'

이하는 블랙 베스를 더욱 강하게 쥐었다.

전투의 때가 되었음을 스스로 느끼고 있었다.

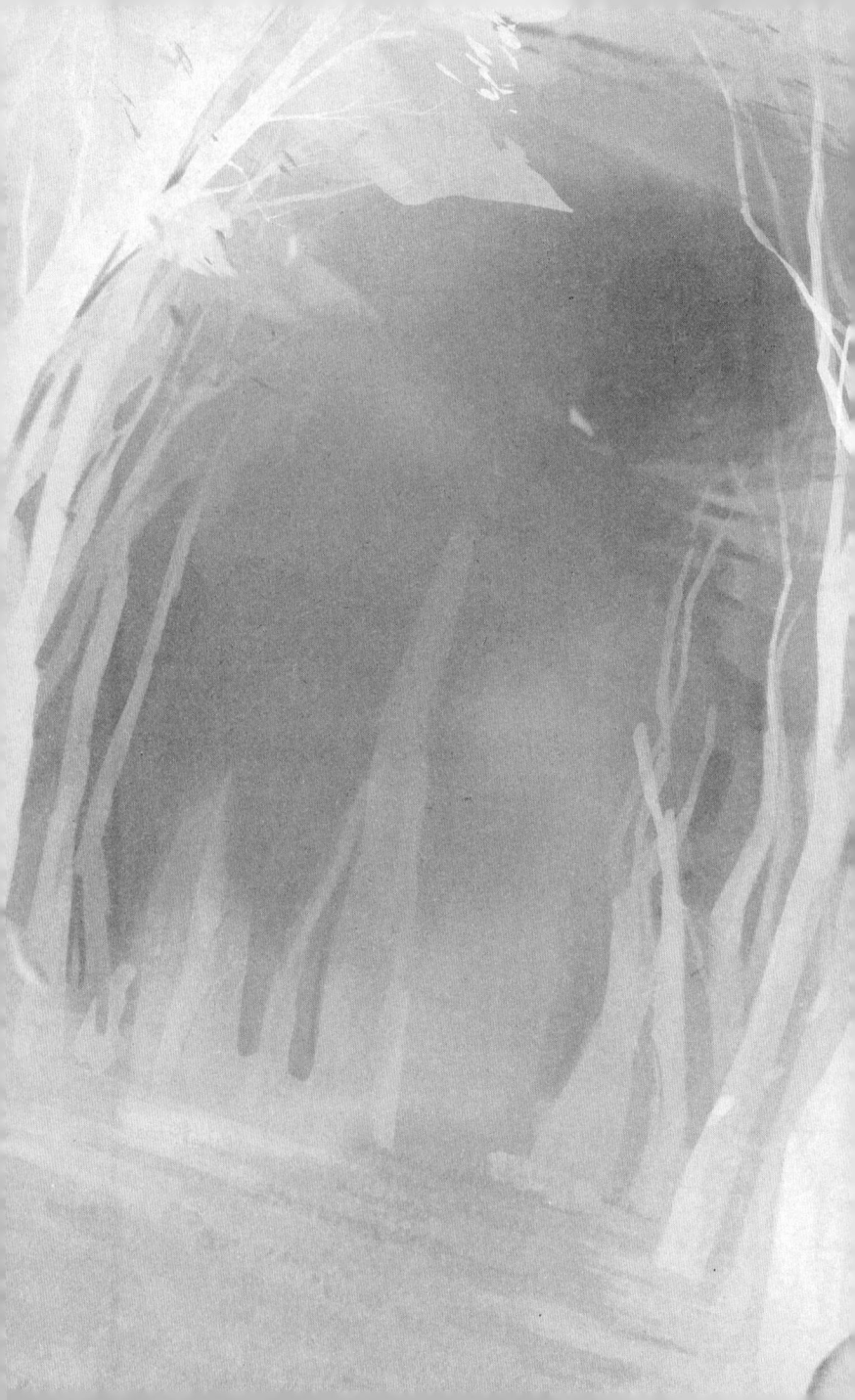

치요와 카일은 멀리 있지 않았다. 어쩌면 에얼쾨니히와 마왕군이 에리카 대륙을 떠난 이후 그들도 그 뒤를 따르려 했던 것일까.

'원숭이들의 말을 내가 제대로 알아들은 거라면…… 기껏해야 2시간 전후야.'

드레벨의 잠수정에서 내린 후 지금까지 이하가 이동한 총 거리는 약 4시간 거리 정도가 된다.

그렇다면 치요와 카일 등은 해안선에서 6시간 남짓 떨어진 거리 인근을 배회했다고 볼 수 있다.

이하가 상상할 수 있는 안 좋은 상황 중 하나는, 치요와 카일 일행이 신대륙 중앙부 또는 신대륙 동부에 있으면 어쩌나 하는 것이었다.

'분명히 에얼퀴니히를 피하기 위해 최대한 멀리 가야만 했을 거야. 서부 인근에서라면 푸른 수염의 부하들에게 엄청나게 추적을 당했을 테니까.'

그런 의미에서 그들이 신대륙 서부, 그것도 해안가에서 그리 멀지 않은 곳에 있다는 건 고무적인 정보였다.

'하지만 역시 치요야. 지금까지 걸리지 않은 것만으로도 대단한데…… 마왕군의 움직임은 놓치지 않고 있었군.'

즉, 에얼퀴니히와 마왕의 조각들이 로페 대륙으로 떠나는 것을 완벽하게 확인한 후 이 근방으로 오게 되었다고 보는 게 옳다.

그 이유라고 한다면 역시 한 가지뿐이었다.

'로페 대륙으로 오려고 했겠지. 마왕도 없고 〈신성 연합〉도 없는 신대륙에서 자기들끼리 남아 봐야 아무런 소득이 없을 테니까.'

그러나 치요 측에는 변변한 이동 수단도 없다.

여기서부터 선박을 건조해서 이동하려고 했을까?

비행이나 텔레포트로는 불가능한 거리에서 그들이 선택할 만한 방법은 무엇이 있었을까.

'……어쩌면 우리를 기다리고 있을지도 몰라.'

제3세력이 되고자 하는 그들이 끼어들 틈은 이제 딱 한 번밖에 남지 않았다.

에얼퀴니히와 마왕군에 의해 〈신성 연합〉이 대폭 밀렸을 때와 로페 대륙의 절반 이상이 파괴되거나, 주요 인물들이 모조리 사망해 버렸을 때.

〈신성 연합〉 측에서는 고사리손이라도 빌리고자 하는 급박함이 생길 것이고, 치요는 그때를 노려 자신의 세력을 어필하려 할 것이다.

"흠, 그때 〈신성 연합〉 측에서 자신들을 찾기 쉽게 하기 위해, 또는 그쪽에서 텔레포트나 기타 이동 수단을 갖고 있을 거라는 가정하에 미리 여기까지 나와 있다…… 정도가 제일 타당한 가설 같은데."

치요가 정보에 밝고 두뇌 회전이 빠르다지만 신은 아니다.

미들 어스의 모든 것을 파악할 정도의 능력이 있는 게 아니다.

즉, 이하 자신을 처치하기 위해 이곳까지 나와 있다거나 하는 말도 안 되는 상황은 있을 수가 없다는 뜻이다.

'아주 좋아. 그렇다면 반대로…… 지금이 가장 방심하고 있을 때다.'

에얼쾨니히와 마왕군이 로페 대륙의 어디까지 점령할까?

치요는 그 정보를 획득하기 위해 혈안이 되어 있을 것이다. 그리고 먼 곳을 바라보는 시선은 등잔 밑을 놓치기 마련이다.

치요와 카일이 자신을 알아차리기 전에 그들과 싸울 수 있다.

"쩝, 바하무트 님의 힘만 쓸 수 있었어도 이렇게 가슴 졸이지 않았을 텐데 말이지."

지속적으로 치요의 좌표를 확인하는 일은 더 이상 사용할 수 없다.

그 힘으로 치요를 사살한 이후부터는 통용되지 않는 일종의 조건부 활용밖에 되지 않았기 때문이다.

'괜찮아, 그래도 이 정도로 일이 잘 풀린다면……. 충분해. 몬스터들을 이용해 찾은 후 루거와 키드를 불러온다.'

이하가 두 사람을 떼어 놓으려 했던 가장 큰 이유는 역시나 마탄에 대한 대비였다.

그들이 온다면 카일은 고민도 없이 마탄을 사용하여 불리한 상황을 유리하게 뒤집으려 할 테니까.

'그래서 나 혼자 있으면 어떻게든 빈틈을 노려보려고 한 건데…….'

지금은 상황이 다르다.

치요와 카일은 이하가 이곳에 왔다는 걸 알 수가 없다!

그렇다면 기존에 세웠던 계획보다 훨씬 유리한 위치에 놓여 있는 게 아닌가.

'흐흐, 어차피 [기습]이라면 세 사람이 한 번에 조져야지.'

치요와 카일 그리고 주변의 시노비구미까지.

일거에 쓸어버려야 한다.

'프레아의 힘이 있으니까 가능할 거야. 키드가 말했던 '순번 이동'을 활용해서 루거와 키드를 두 번에 걸쳐 이곳으로 부른다면…….'

완벽하다.

완벽한 기습으로 카일을 죽일 수 있다.

—큭큭…… 크림슨 게코즈와 코발트블루 파이톤인가.—

"응. 아무래도 셋이 함께해야 맞는 거겠지?"

이하는 블랙 베스에게 물었다.

결과가 나올 때까지 방심해선 안 되지만 가정만으로도 기분이 좋아지는 것은 어쩔 수 없었다.

그토록 염원했던 카일과 삼총사의 대결!

—하지만 각인자여, 나와 그대 단둘이서 자미엘을 상대해야 할 경우도 생각해 봐야 할 것이다.—

이하의 들뜬 기분은 한 방에 사그라들었다.

오히려 이하보다도 더욱 침착한 블랙 베스의 말을 들으며 이하는 다시금 평정을 되찾았다.

"무, 물론…… 뭐, 그럴 수도 있기는 한데. 근데 어쩐 일이래? 항상 악마의 유혹하는 말만 하면서?"

블랙 베스의 이러한 태도는 이하에게도 낯선 것이었다.

언제나 '가장 빠르지만 악에 젖어 버린 길' 따위를 제시하던 블랙 베스가 아니었던가.

"오히려 크림슨 게코즈나 코발트블루 파이톤을 '흡수'한 후에, 삼위일체가 되어서 빵~! 뭐, 이런 소리나 할 줄 알았더니?"

—큭큭…… 게코즈나 파이톤 따위는 내 알 바 아니다. 나의 숭고한 의지는 오직 자미엘에게만 집중되어 있는 것. 놈의 피

만 마실 수 있다면…… 나는 각인자, 그대에게 모든 것을 협조할 것이다.—

"흐흐, 그렇지. 이번 일에서만큼은 너도 장난을 칠 수 없겠지."

그럴 수밖에 없었다.

자미엘을 집어삼키는 일은 블랙 베스의 존재 의의와도 같은 일이니까.

'그리고 블랙의 말도 틀린 건 아냐. 애당초…… 이곳으로 올 때 생각했던 게 블랙과 나, 단둘이서 카일과 싸우는 거였으니까.'

삼총사가 함께 싸우거나 이하 홀로 싸우는 것을 결정하는 건 역시나 '시점時點'의 차이였다.

이제 몇 시간 지나지 않아 카일의 흔적을 찾고 그 뒤를 추적할 수 있게 될 것이다.

'하지만 전투는 언제쯤 개시할 것인가.'

그것은 이하 홀로 결정할 문제가 아니었다.

'그 시점의 키드와 루거가 로페 대륙에서 뭘 하고 있느냐. 그것에 따라 좀 융통성 있게 진행해야—.'

―피로트-코크리다.
―하이하, 코크리가 깨어나기 시작했어. 키드와 이지원을 코크리 쪽으로 급파하고 베르나르는 방어선의 지원을 맡을

거야.

―람화연 씨가 연락했겠죠? 추가로 말씀드리자면 제1방어진지는 거의 밀림 없이 막아 내고 있는 상태입니다. 카렐린 씨가 역시 잘해.

젤라퐁에 몸을 맡기던 이하에게 세 명의 귓속말이 동시에 들려왔다.

카일을 마주치기까지 2시간 전후, 로페 대륙에서도 새로운 변화가 일기 시작했다.

"끼히히히힛! 어때에~?"

허공에서 슬쩍 휘두른 지팡이였지만 그 힘만큼은 강대했다.

피로트-코크리가 만들어 낸 검은 기운은 인어들이 만들어 낸 물방울에 침투했다.

마치 검은 잉크를 떨어뜨린 것처럼, 물방울은 순식간에 새카맣게 변했다.

"칫, 〈다이나믹 버블〉은 해제하세요! 다음 공격 마법으로 갑니다!"

"해, 해제가 안 된다, 안데르송!"

"해제가 안 될 뿐만 아니라 통제가― 자, 잠깐!"

인어들이 만들어 낸 물방울은 새카맣게 변한 순간, 이미 피로트-코크리의 통제권으로 들어갔다.

강도와 경도를 자유자재로 조절할 수 있던 〈다이나믹 버블〉은 지금 이 순간, 인어들에게 던져지는 투석이 되어 버렸다.

"안 돼, 〈월 오브 워터〉!"

안데르송은 바닷물을 급히 끌어들여 물의 벽을 만들어 냈지만 피로트-코크리의 힘이 더해진 '바위'가 그 정도로 멈출 리는 없었다.

"죽는—."

콰아아아아─────────o!

눈을 질끈 감아 버린 인어들의 앞에 거대한 그림자가 드리웠다.

물리적 에너지라면 가장 수월하게 방어해 내는 존재들이 그들의 앞을 가렸기 때문이다.

"안데르송! 전투 요원들을 물러라! 스발트와 흐빗만으로는 막아 낼 수 없다!"

"그럴 수 없습니다! 왕자님께서 다치시는 걸 보고 있을 순 없어요!"

〈다이나믹 버블〉의 수는 많았고 서펜트로만 막아 내는 건 역부족이었다.

실제로 피로트-코크리의 이번 공격 한 번으로 상당수의 인어가 죽거나 다쳤지만 안데르송은 결코 떠나려 하지 않았다.

적어도 드레이크가 이곳에 있는 한, 그들은 계속해서 싸울 것이다.

드레이크는 인상을 찡그렸다.

"지금은 바다니까 스발트와 흐빗이라도 가세가 가능한 거다! 놈이 육지로 올라가는 순간—."

"왕자님! 또 옵니다!"

"이런— 〈조립식 언데드〉로······."

피로트-코크리의 공격은 한 번으로 그치지 않았다.

그녀의 곁에 모여든 뼛조각들은 삽시간에 잘게 쪼개어졌다.

작은 드릴 모양으로 나뉜 뼛조각들을 보는 순간, 인어들의 표정이 어두워졌다.

"스발트, 흐빗! 보호!"

"모든 인어들은 방어 마법 캐스팅! 〈워터-폴 스피어Sphere〉로 몸을 감쌉니다!"

매우 빠른 폭포의 힘으로 자신의 몸을 감싸게 하는 스킬이 있다. 하지만 폭포의 흐름보다도 강력한 속도를 지닌 투사체가 있다면?

"끼히히힛! 〈니들 스프레이〉!"

피로트-코크리는 양팔을 펼쳤다.

이루 셀 수 없을 정도로 많은 새카만 바늘들은 한순간에 쏟아졌다.

──────────······!!!!

비명 또한 동시에 울렸다. 곳곳에 생성되었던 짙푸른 물의 방어막은 흔적조차 남지 않고 사라졌다.

그것을 만들었던 인어들이 모조리 죽었기 때문이다.

"키시이이이이이……."

"스발트, 흐빗!"

서펜트들이라고 괜찮을 리는 없었다.

특히 하얀 몸을 자랑하던 서펜트의 몸은 더 이상 그 흰 바탕의 신체를 찾아볼 수 없을 정도로 빽빽한 바늘이 박혀 있는 상태였다.

"어떻게 이런……."

드레이크는 망연자실한 표정으로 서펜트들을 살폈다.

이미 이하가 알고 있는 정보를 '해신의 아들'로 설정된 NPC가 모를 리 없다.

서펜트들의 피부를 파고들어, 치명적인 상처를 주는 일이 가능한 것인가.

"끼히히힛, 놀랐나 보지이~? 그러게 '선택'했어야지! 막을 것이냐, 피할 것이냐! 〈심연〉의 힘이 더해진 내 힘을 막을 수 있다고 생각했어?"

수만 개의 바늘을 흩뿌리는 스킬을 피할 수 있을 리가 없다.

어차피 막아야 하는 선택을 강요하여 희생시켜 놓고 '선택'을 운운하는 피로트-코크리 특유의 말투는 유저와 NPC를 가리지 않고 실행되는 부차적인 정신 공격이나 마찬가지였다.

"자아~ 여기까지가 아니야! 한 번의 잘못된 선택이 어떤 '스노우 볼'을 굴리게 되는지 봐야겠지!?"

피로트-코크리는 허공을 가볍게 밟으며 걸었다.

장난기 가득한 목소리에 우아한 동작을 선보이는 마왕의 조각은 드레이크와 안데르송을 잠시 내려다보곤 그대로 고개를 돌렸다.

"히익, 들켰다!"

"튀, 튀어야 해! 빨리―."

"잠깐! 도망가면 바로 죽일 거야?! 끼히히힛, 너희들이 바라보는 모습이 모두에게 전해지는 거겠지?"

상당한 거리가 있음에도 유저들은 움직일 수 없었다.

〈신성 연합〉에서 파견되어 대형 홀로그램의 '눈' 역할을 하던 유저와 그를 이동시켜 주는 또 다른 세이지가 공중에서 얼어붙었다.

"그대로 나를 봐! 그리고 잘 보여 주라고."

대형 홀로그램을 바라보던 취재진을 포함한 유저들이 움찔거렸다.

그들은 모두 피로트-코크리와 눈을 마주 보고 있다는 느낌을 받았다.

그녀는 천천히 입을 여는 동시에 지팡이를 휘둘렀다.

접속한 지역의 국가 언어에 상관없이 모두에게 번역되어 보이는 말이 허공에 아로새겨졌다.

[너희가 아는 〈심연〉은 단순한 단어일 뿐이야. 실제로는 훨~씬 더 오묘하고 끔찍하지.]

[에얼쾨니히 님과 우리는 그곳에서 돌아왔다. 심연의 힘이 있는 이상 너희들은 우리를 이길 수 없어.]

[그러니 선택해. 무릎을 꿇고 바닥에 엎드린 녀석들은 특별히 죽이지 않을 테니까!? 끼히히힛!]

그것은 가장 알기 쉬운 형태의 절망이었다.
제2방어 진지의 육지 방어를 담당하던 유저들 또한 글귀를 보며 몸에 힘이 빠져나간다는 생각이 들었다.
정말 이길 수 있을까?
의심하는 순간부터 그 수렁에 빠져 버리게 만들 정도로 피로트-코크리의 말에는 무게가 있었다.
람화연과 라르크조차도 입술을 깨물고, 손톱이 주먹을 파고들어 가게끔 둘 수밖에 없는 상황이었다.
적어도 지금 이 시점에서 피로트-코크리에게 당당하게 말할 수 있는 사람은 딱 한 명뿐이었다.
"그거 어디 영화에서 나오던 말이었던 것 같은데. 그럼 나는 인정?"
"음!?"

피로트-코크리와 '눈'이 고개를 돌렸다.

대형 홀로그램에는 검은 기운을 줄기줄기 뿜어내는 검을 치켜든 이지원의 모습이 보였다.

"나도 심연에서 돌아왔으니 쌉가능이라는 뜻이자너."

그는 웃고 있었다.

그 미소를 보기 무섭게 피로트-코크리의 등 뒤에서 검붉은 코트가 펄럭였다.

타다앙————————……!

총성이 울렸다.

"음? 너— 무슨—."

피로트-코크리는 인상을 찌푸리며 재빨리 뒤를 돌아보았다.

"이것으로 끝이 아닙니다. 〈황야의 무법자〉, 〈와일드 번치〉."

이미 키드의 모습은 보이지 않았다. 그곳에는 흐릿한 반투명의 인영이 남아 있을 뿐이었다.

"—빨라—."

피로트-코크리는 이를 악물었다. 그녀를 둘러싼 반투명의 유령들의 자세를 보았기 때문이다.

————————————……!!!!

그리고 곧 영원히 이어질 것 같은 총성이 울렸다.

피범벅이 된 드레이크는 물론 안데르송조차도 휘둥그런 눈으로 그 장면을 바라만 볼 뿐이었다.

"누가……."

"잠깐— 뭔가가 보였던 것 같은데……. 제게도 보이지 않습니다, 왕자님."

지척에서 관찰하는 그들조차 발견할 수 없었다.

대형 홀로그램을 통해 보는 취재진이나 기타 유저들은 말할 것도 없었다.

"분명히 그 모습은—."

"키드?! 앗? 어느새 이지원의 모습도 사라졌습니다!"

"피, 피로트-코크리가! 마치 종이 인형처럼 허공에서 춤을 추고 있습니다! 그러나 저것은 춤이 아닙니다! 엄청난 수의 탄환을 맞아 뒤틀리고 꺾이는 관절! 줄 끊어진 마리오네트!"

"키드는 보이지 않습니다만, 정작! 피로트-코크리는 괴로워하고 있습니다! 마치 비명이 들리는 것 같은 저 모습을 보십시오! 옴짝달싹하지 못하는 그녀를 향해—."

이지원이 뛰었다.

"꺄하아아아앗!?"

"〈코로나 제트〉."

새카만 흑염을 두른 검이 사선을 크게 그렸다. 피로트-코크리는 황급히 주변의 뼛조각을 모아 방패를 만들었다.

그러나 완전히 달궈진 검 앞에는 아무런 소용도 없었다.

검은 불이 닿기 무섭게 피로트-코크리의 뼛조각은 모조리 불타 허공에서 증발해 버렸기 때문이다.

"크으, 너!?"

"이번엔 안 놓침. 죽으셈."

이지원은 그대로 검을 수평으로 베었다.

피로트-코크리의 몸에 닿을 수 있다면 뼛조각을 찰나 만에 날려 버리는 열기가 분명 영향을 끼칠 것이라는 기대가 있었다.

마왕의 조각이 웃기 전에는.

휘이이이익……!

검은 그대로 허공을 갈랐을 뿐이다.

"음!?"

"모습은— 보이지 않습니다."

이지원과 키드는 잠시 당황했다.

그들은 자신의 움직임만 빠른 게 아니다. 빠르게 움직이는 물체를 판별하고 인식하는 능력 또한 높아졌다.

그런데 두 사람이 전혀 눈치채지 못할 정도의 속도를 내었다고?

"끼힛…… 대단한걸?"

피로트-코크리는 건물의 옥상에 있었다. 이지원과 키드는 황급히 고개를 돌렸다.

그 순간 그녀의 모습은 사라졌다.

이지원과 키드는 흔적조차 찾지 못했다.

처음 이지원이 검을 휘두를 때 막았던 자리에서, 피로트-코크리가 어느새 허공을 지르밟고 서 있을 때까지.

대형 홀로그램을 통해 보는 유저들도 마찬가지였다.

"보이지가…… 않습니다."

"현재 완전히 줌-아웃된 시점으로 보고 있습니다만, 피로트-코크리의 움직임은 읽어 낼 수 없습니다."

"간혹 이펙트가 없는 스킬이 있기는 합니다. 하나 이렇게까지…… 텔레포트와 같은 움직임을, 블링크 이상의 속도로 낼 수 있을까요? 이것은 마치 푸른 수염의 움직임과 같은―."

취재진이 제각각의 분석을 내놓을 때, 지상에 있던 키드가 모자를 슬쩍 들어 올렸다.

이지원도 어느 정도 당황할 수밖에 없었다.

"과연…… '그때'의 장난입니까."

"끼히히힛…… 벌써 눈치채면 재미 없는데에~?"

"당신의 재미는 나와 상관없습니다. 이 스킬은 나와 루거 그리고 하이하가 시티 페클로에 갔을 때 이미 보여 주지 않았습니까."

그러나 한 사람, 키드는 이 스킬의 정체를 알고 있었다.

이지원은 어느새 키드의 곁에 섰다. 키드 또한 〈크림슨 게코즈〉의 탄환을 순식간에 장전하며 입을 열었다.

"피로트-코크리는 자신이 통제하는 '뼈'를 자기 자신으로 만들 수 있습니다. 말하자면 이곳에 있는 모든 〈조립식 언데드〉는 그녀의 분신과 실체로 자유롭게 변동될 수 있다는 의미입니다."

언젠가 〈시티 페클로〉에서 경험한 적이 있다.

아직 깨어나지 못했던 피로트-코크리는 외부에 있는 언데드의 뼈로 자신의 분신을 만들고 그것들을 옮겨 타는 듯한 스킬을 선보인 적이 있었다.

다만 지금까지 보이지 않았던 이유는 간단하다.

"하지만 당신의 '배 속'에 있으므로 가능하다는 의미의 발언을 한 적이 있습니다만…… 시티 페클로가 아닌 밖에서도 가능해진 이유는 역시 그것입니까."

"에얼쾨니히 때문에? 이런 무. 친. 스. 킬……."

이지원은 얼굴을 찌푸리며 간단한 감상을 내뱉었다.

피로트-코크리의 눈매는 제법 날카로워져 있었다.

"역시 하이하 오빠도 좋지만— 그때도 모자 쓴 오빠가 흥미로웠지. 똑똑한 척하는 인간들을 속이는 게 제~일 재밌으니까."

키드의 분석이 전부 맞아떨어졌기 때문이다.

물론 키드나 이지원이 이것으로 즐거워할 리는 없었다.

이 스킬이 발동된 시점에서 피로트-코크리는 죽지 않는다는 의미나 마찬가지니까.

모든 뼈를 분신으로 만들고 그곳에 실체를 집어넣어 이동해 버린다면, 이곳에 있는 모든 뼈를 태워 버리기 전까지는 그녀에게 상처조차 줄 수 없다는 뜻이지 않은가.

그리고 그녀가 사용할 수 있는 뼈는?

꿀꺽. 키드는 다시 모자를 눌러썼다.

그녀가 지금까지 드레이크와 인어들을 괴롭히기 위해 사용했던 〈조립식 언데드〉뿐만이 아니다.

이미 제2방어 진지의 육상전을 담당하는 언데드들은?

그 언데드들을 이끄는 파우스트의 〈조립식 언데드〉는?

이렇게나 많은 언데드가 있다면 피로트-코크리는 이 도시의 어디로든, 언제든 그 실체를 옮겨 버릴 수 있다.

"사실상 무한정의 피로트-코크리입니다."

즉, 그녀를 죽이는 건 불가능해진다.

"끼히히힛, 이 정도는 아~무것도 아니지! 에얼쾨니히 님께 받은 심연의 힘은 아직도 보여 줄 게 한참이나 더 남았다고!"

피로트-코크리가 줄곧 보였던 여유가 바로 이것이었다.

자신은 절대로 당하지 않을 거라는 자신감.

크라벤의 항만을 통째로 날려 버리지 못한다면, 피로트-코크리는 죽일 수 없다.

그리고 이 이야기는 키드에서 이동식 지휘 본부로, 이동식 지휘 본부에서 각 방어진지의 주요 유저들에게로 전해지는 중이었다.

―빌어먹을! 내가 갈까?

―당신이 와서 할 수 있을 거라 생각합니까.
―기브리드랑 똑같지! 너희가 시간만 좀 끌어 주면 내 스킬로 날려 버리면 돼! 건물이고, 인간이고, 언데드고, 모조리, 싹!

루거는 람화연에게서 이야기를 전해 듣자마자 이미 모든 각오를 마쳤다.
다시 말하면 크라벤의 항만을 통째로 날리고, 〈언데드 신성연합〉과 싸우는 유저들 전원을 PK해서 죽일 정도의 각오가, 그 이후 자신에게 쏟아질 지탄을 감수할 정도의 각오를 끝냈다는 뜻이다.
키드는 루거의 무지막지한 희생정신(?)에 잠시 헛웃음이 나왔다.

―아니. 피로트-코크리는 바보가 아닙니다. 이미 이 도시 밖, 또는 당신의 사거리가 닿지 않는 범위 어딘가에 통제할 수 있는 뼈를 숨겨 두었을 겁니다.

이번 마왕의 조각은 그렇게 죽일 수 있는 상대가 아니기 때문이다.
루거의 욕지거리가 키드의 머리를 잠시 어지럽게 만들었다.
피로트-코크리는 여유를 부리고 있다.

드레이크와 안데르송이 살아남은 인어들을 수습하여 퇴각을 준비하는 모습을 보면서도 그녀는 줄곧 웃는 얼굴이었다.

키드는 그 모습을 보며 긴장했으나 아직까지 절망적인 상황은 아니었다.

"내가 먼저 감?"

"내가 먼저 움직이면 당신이 복수할 기회가 없어지지 않겠습니까."

피로트-코크리만 숨겨 둔 스킬이 있는 게 아니다.

이지원과 키드, 두 사람 또한 아직까지 보여 주지 않은 게 있다.

애당초 이지원이 다른 방어 진지에 참여하지 않고 기다렸던 것은 모두 피로트-코크리에 대한 복수심 때문이 아니었던가.

키드의 다소 건방진 발언에도 이지원은 표정 하나 변하지 않았다.

"피로트-코크리."

그는 천천히 앞으로 걸어 나갔다.

"끼히힛, 왜 그러지~? 무릎을 꿇는다면 살려 주겠—."

"님이 한 말 하나도 마음에 안 들지만 하나는 리얼이었음."

피로트-코크리의 얼굴에서 웃음이 사라졌다.

그녀는 이지원의 검에 끝없이 모여드는 검은 알갱이들을 보고 있었다. 이지원이 피로트-코크리를 향해 검 끝을 겨눴다.

그는 아직 아무런 스킬도 사용하지 않았다.

지상의 이지원과 공중의 피로트-코크리 사이의 거리는 최소 30m도 넘는다.

일순간에 거리를 줄인다 해도, 이미 곳곳에 흩어진 뼛조각들은 수없이 많다.

적어도 키드의 판단은 그러했다.

'그 피로트-코크리 자신이 긴장하고 있는 겁니까.'

완벽한 생명 보존 수단을 지닌 마왕의 조각이 겁을 먹는다?

키드도 이지원의 스킬은 알 수 없다.

그러나 그게 보통이 아니라는 건 알 수 있었다.

"뭐가…… 진짜Real라는 거지?"

랭킹 2위, 이지원. 고초를 겪기 전에도 이미 미들 어스 이해도가 최상급이었으며, 남들과 다른 몰이사냥과 더블 캐스팅 방식을 활용하여 알렉산더를 가장 긴장하게 했던 유저.

"심연은 그저 단어일 뿐이라는 것. [심연에서 돌아온 자]만이…… 그 지옥을 알 수 있다는 얘기지."

그에 더해, 유저 중 유일하게 온전한 심연을 겪고 기어 나온 유저.

이지원은 검을 수평으로 들었다.

피로트-코크리가 허둥지둥 무언가를 하려는 찰나, 그는 조용히 말했다.

"〈심연의 칼날〉."

이지원은 허공에 검을 그었다.

그는 특별히 움직이거나, 소란스럽게 소리를 지르지 않았다.

아주 조용하게 허공에 매달린 실 하나를 끊듯 조심스러운 동작으로 베어 냈을 뿐이다.

그러나 그 '베기'가 끝난 시점에서, 크라벤의 항만은 새까맣게 뒤덮였다.

일순간에 일어난 일이었으므로, 대형 홀로그램으로 보는 유저들은 모두 화면이 꺼졌다고 착각할 정도였다.

무엇보다 그들에게는 소리가 전해지지 않으므로 당연한 일이었다.

그러나 제2방어 진지, 크라벤의 항만에서 싸우던 〈신성 연합〉 유저들은 물론 지근거리에 있던 키드는 그 소리를 똑똑히 들을 수 있었다.

"끼야아아아아아아아악!"

마왕의 조각이 결코 내지 않을 것 같은 처절한 비명이 끊이지 않고 울려 퍼졌다.

대형 홀로그램을 통해 보는 유저들로서는 답답하기 그지없는 일이었다.

그것은 타 지역에서 '눈' 역할을 하는 요인들에게도 마찬가지였다.

"이럴 수가……."

"어떻게 됐어요? 루비니 씨, 보여요? 아니, 안대를 하고 있긴 하시지만— 어쨌든 보이시죠? 어때요?"

"저게 스킬이라면— 피로트-코크리는 죽었을 수도 있겠는데요?"

"혜인 씨!? 자세히 설명 좀! 빨리!"

페르낭의 다급한 물음에도 루비니와 혜인은 답하지 못했다.

어떻게 설명해야 하는지 막막해서 그런 것이기도 했으나, 이지원이 보인 스킬의 압도적인 능력에 대한 경외심이 들어 입을 열 수 없었기 때문이다.

따라서 먼 바다를 응시하며 관찰하던 페르낭은 졸지에 고문과 같은 상황에 놓이게 되었다.

"빨리 말 좀 해 봐요! 에잇, 아니면 나도 고개 돌립니다!?"

"루비니 씨의 지도는 자동으로 적의 등장을 알리고, 저 또한 그에 맞춰 텔레포트만 하면 되니 상관없지만— 페르낭 씨는 '직접 보셔야' 하는 일이잖아요."

혜인은 우회적으로 페르낭의 의무에 대해 언급했다.

개척왕이라 불린 미들 어스 제일의 모험가도 그의 말을 따를 수밖에 없었다.

어째서 오라클 직업군의 지도만 사용하지 않고 멀리 보는 능력을 지닌 유저들을 함께 배치하여 경계시켰는가.

직접 눈으로 확인해야만 하는 경우를 이미 예측했기 때문이다.

"쩝, 나도 보고 싶은데 하필 제1방어 진지의 눈을 맡아서—…… 음?"

투덜거리지만 단 한 번도 고개를 돌리지 않을 정도로 자신의 책임을 다하던 페르낭이 고개를 갸웃거렸다.

"루비니 씨! 지도에 뭐 나온 거 없죠?"

"네? 아, 네. 아직 아무것도—."

"어라, 방금 뭔가가 흐느적거렸는데 공중에서 아지랑이…… 어, 어어어어!?"

페르낭은 더 이상 말을 잇지 못했다.

뒤를 돌아 대형 홀로그램을 바라보던 혜인과 루비니는 본능적으로 페르낭이 무언가를 발견했음을 알아차렸다.

그리고 페르낭은 자신의 의무를 다한 순간, 이 모든 일이 어떻게 진행됐는지 파악했다.

"마왕이다————아아! 은신으로, 어둠 없이 이곳까지 왔— 공격!? 공격합니다!"

마왕 에얼쾨니히가 왔다.

신대륙에서 언제나 몰고 다니던 [어둠]은 없었다.

심지어 그의 모습조차 가리고 왔다.

그럼에도 마지막에 모습을 드러낸 이유는?

공격 직전이기 때문에?

'아니다……. 마왕과 마왕의 조각은 연결되어 있다고 했었지. 기브리드의 경우를 예로 보자면—.'

마왕이 모습을 드러낸 것은 마왕의 조각에게 유효한 타격이 가해져, 그 충격이 전달되었기 때문일 것이다.

즉, 이 경우 생각할 수 있는 것은 피로트-코크리에 대한 이지원의 공격뿐!

하지만 그것이 잘되었다고 할 수 있을까?

공격을 당한다는 것조차 모르고 당하는 최악의 상태는 피했으나 제1방어 진지를 향해 뻗은 손 앞에는 이미 엄청난 크기의 보라색 기운이 뭉쳐 있지 않은가!

이제 대형 홀로그램의 첫 번째 화면에는 마왕의 모습이 비치고 있었다.

"어?"

"음?"

그게 '누구'인지, 그가 '무엇'을 할 것인지.

이 시점에서 명확히 파악한 사람은 몇 명 되지 않았다. 그러나 본능이 시키는 움직임에 따르는 사람들은 있었다.

기정은 그를 보았다.

루거도 그를 보았다.

그리고 동시에 말했다.

"시발."

마왕의 끝에서 보라색의 파波가 뿜어졌다.

처음 잠에서 깨어 모든 〈신성 연합〉을 죽이기 위해 사용했던, 그때와 같은 색의 기술이었다.

람화연과 라르크는 그대로 얼어붙었다.

힘든 상황이긴 했으나 나름대로 일진일퇴를 거듭하는 전장들을 지휘했다고 생각했다.

제3방어 진지에서 푸른 수염을 격퇴한 것이나, 현재 제2방어 진지에서 피로트-코크리에게 치명적인 상처를 입힌 것 같다는 보고를 들을 때는 주먹까지 불끈 쥘 정도였다.

"반칙…… 반칙이잖아."

라르크는 비틀거렸다.

여전히 제2방어 진지의 화면은 돌아오지 않고 있었다.

이지원의 스킬이 작렬하는 동안 그곳은 검은 화면으로만 계속해서 비춰질 것이다.

그러나 제1방어 진지는?

조금 전 에얼쾨니히가 나타나 보라색 파동을 날려 버린 제1방어 진지는?

"체, 체스를 두는 게 아니라— 체스판을 뒤집어엎어 버리면— 그걸 무슨 수로……."

라르크는 의자에 주저앉았다.

람화연은 테이블을 짚고 가까스로 버티는 중이었다.

마왕 에얼쾨니히의 힘은 이미 알려진 바 있다. 바하무트가 막아 냈던 최초의 공격이 와이튜브 곳곳에서 인기를 끌었던 적이 있다.

그러나 정신없이 싸우던 그때, 아직 잠에서 깨지 않은 마왕이 발광하듯 공격했던 최초의 일격에 비하면 지금의 공격은 어떠한가?

'훨씬…… 강하다. 그리고 깔끔해.'

당시 다섯 개로 나뉘었던 〈신성 연합〉의 공격진에 마구잡이식 공격을 했던 때와는 다르다.

에얼쾨니히는 〈신성 연합〉과 〈마왕군〉의 유저 및 몬스터들이 혈투를 벌이던 제1방어 진지에 힘을 고스란히 집중했다.

그리고 지금 눈에 보이는 것이 바로 그 결과였다.

제3방어 진지에서 그랜빌과 함께 새로운 포위망을 형성하고 대기하던 유저와 취재진들이 가까스로 입을 열었다.

"지형이 바뀌었습니다. 여러분, 믿기십니까. 해안선이— 해안선의 모양이 바뀌었습니다……."

"조금 전의 기습은 도대체 어떻게 된 것이었을까요. 정녕 마왕에겐 아무런 우군 따위도 필요 없었던 걸까요. 지금 저곳에 〈신성 연합〉은 물론이고, 날뛰던 온갖 종류의 해양 몬스터와 마왕군 유저들도 보이지 않습니다. 아, 아아아……."

"눈에 보이는 것, 크흠, 것은…… 없습니다. 문자 그대로 모든 게 지워졌습니다."

제1방어 진지는 황량했다.

지형이 바뀌어 움푹 팬 자리로 바닷물이 주르륵 흘러가며 채우기만 할 뿐, 그곳에는 그 어떤 생명체의 흔적조차 남지 않아 보였다.

그러나 그들이 제1방어 진지를 대형 홀로그램으로 보고 있다는 의미가 무엇인가.

"후우우우…… 괜찮으시죠?"

"이런— 미친— 아니, 마왕의 움직임은 마지막에 봤어요. 분명 손에서 '이것'을 뿌리자마자, 남쪽으로 내려가기 시작했었습니다. 아마 목표는 에즈웬 교황청일 가능성이 높아요! 루비니 씨, 마왕은요?"

"제, 제 지도에는 잡히지 않습니다. 마왕의 조각보다 더욱 뛰어난 존재인 마왕이라면 당연하겠죠."

2차 전직을 마친 세이지는 한순간의 텔레포트를 성공시켰다.

페르낭과 루비니는 당장이라도 추격해야 한다는 듯 말했으나 혜인으로서는 더 이상 움직일 힘도 나지 않는 게 사실이었다.

'별초를…….'

별초의 인원들은 어떻게 되었을까.

그는 친구 창을 열어 보았다. 태일과 비예미, 징경경, 보배 등 모든 유저들의 상태가 로그아웃으로 되어 있었다.

단 하나, 현재의 위치가 드러난 사람을 제외하고는.

―케, 케이?!
―후우, 후우……. 혜인 형님.
―너— 사, 살았어? 어떻게— 대피한 거니? 텔레포트?
―아뇨. 텔레포트라, 후우. 그런 걸 할 시간이 없었습니다.
―그럼?

"페르낭 씨! 저쪽! 저쪽 좀 살펴 주세요!"
"네?"
"저쪽에 케이가 있습니다! 별초의 길드 마스터! 마스터케이가 아직 살아 있다고요!"
"무슨— 그런?!"
페르낭은 당황했으나 혜인의 지시대로 '눈'을 옮겼다. 대형 홀로그램에도 곧 모습이 나타나기 시작했다.
주변에는 아무것도 없었다.
그리고 기정은 레벨1의 유저가 된 것처럼 서 있었다.
"저것은…….."
"홀리 나이트? 마스터케이로 추정되는 유저가 있습니다만— 그의 상징이라 할 수 있는 아이템은 아무것도 없습니다. 검도, 방패도, 아무런 방어구도 없는…….."
취재진은 기정이라고 확정조차 할 수 없을 정도였다.
'이름 없는 팔라딘의 검'과 '토온의 뼈로 만든 방패'는 모조리 증발해 버렸기 때문이다.

―케이! 설마 아이템을…….
―크, 키킥…… 그래도 미친 짓을― 성공했으니 다행이죠, 형님?
―뭐?

혜인은 귓속말을 했다.
기정은 혜인 쪽을 한 번 흘끔 바라본 후, 몇 걸음을 옮겼다.
기정의 뒤로 그림자가 져 있던 공간이 페르낭의 눈에 들어왔다. 대형 홀로그램을 보며 취재진은 경악을 금치 못했다.
"앗? 그의 뒤에도 누군가가―."
"저 옷은…… 쪼그려 앉아도 인간의 절반 이상 크기인 저 유저는―."
"카렐린! 카렐린이 있습니다! 제1방어 진지의 유저 지휘관으로 임명되었던 카렐린이 살아 있습니다!"
마왕의 공격을 보자마자 기정은 눈치챘다.
이곳에 있는 모두가 죽을 것임을.
누군가에게 말할 시간도 없다. 전달할 여유도 없다.
텔레포트 스크롤을 당장 들어 찢으면 자신은 살 수 있을지 모른다.
그 와중에 기정은 생각했다.

―제가 죽는 한이 있더라도…… 카렐린 씨를 살리는 게 낫

지 않나 싶어서요.

―너, 무슨 그런…….

―헷. 로그아웃하면 보배 씨한테 엄청 욕먹겠네. 여자 친구 옆에 두고 엄한 놈 살리냐고.

―내 말이 그 말이다. 하아아아, 케이, 원래도 좋은 성격이라는 건 알고 있었지만 넌 정말…….

많고 많은 유저들 중 카렐린을?

혜인은 당장 기정의 선택을 이해할 수 없었다. 그러나 이미 모두 종료된 일이다.

이제 와서 그 이유를 물어본다 한들 어차피 자신은 기정의 마음을 영원히 이해하지 못할 거라는 걸 혜인 또한 알고 있었다.

―그러고 보니 제1방어 진지라면 삼총사 중……

―루거요? 루거는 아마―.

기정은 혜인을 보며 웃었다.

기정이 카렐린을 향해 달려갔던 이유 중 하나는, 보라색 파동이 모든 것을 휩쓸기 직전 보았던 무지개의 반짝임이 있었기 때문이니까.

―――――――――――…….

"……뭐가 어떻게 된―. 설마!?"

"휴유, 아마 거기는 다 박살 났을 거예요. 어차피 여기 이분들이 더 잘 아실 테니까 들으면 되겠네."

"프레아 씨!?"

"프레아 씨! 루, 루거 씨?"

람화연과 라르크는 소스라치게 놀라며 뒷걸음질 쳤다.

무언가가 번쩍했다고 느끼자마자 프레아와 루거의 모습이 눈앞에 보였기 때문이다.

루거는 람화연과 라르크의 표정을, 대형 홀로그램을 그리고 프레아의 얼굴을 보았다.

굳이 말을 듣지 않아도 자신이 마지막으로 보았던 장면이 어떤 결과를 초래했는지 알 수 있었다.

"……빌어먹을. 구해 줘서…… 고맙다, 백내장."

평소라면 '고맙다 소리를 듣기 위해 이딴 짓거리를 한 건 아니겠지'라며 투덜거리는 성격일지라도 지금은 그럴 수 없었다.

루거가 너무나 순순히 감사를 표하자 람화연과 라르크는 놀랐으나 정작 인사를 받은 프레아의 표정은 그리 밝지 않았다.

"글쎄요. 과연 고마워하실 건지."

"뭐?"

"저는 루거 씨를 구하기 위해 '그림자'를 활용했어요. 이곳에는 무지개의 정령으로 올 수 있었지만……."

프레아는 말을 끝마치지 않고 작은 한숨을 내쉬었다.

루거의 본능이 그 한숨의 의미를 이해하려는 순간, 줄곧 검게 비치던 제2방어 진지의 모습이 홀로그램에 나타나기 시작했다.

《마탄의 사수》 53권에 계속

토이카_ 죽지 않는 엑스트라

'믿고 보는 토이카'가 여는 새로운 모험의 세계
살아남고 싶은 엑스트라의 유쾌한 반란이 시작된다!

먼전 도시를 다스리는 셰어든 후작의 둘째 아들, 에반 디 셰어든.
유복한 환경에서 넘치는 사랑을 받으며 자란 철부지 소년 에반은
어느날 자신의 전생이 지구인 여반민이었다는 사실을……
그리고 여반민의 29년 삶의 기억 속에는,
지금 그가 사는 세상과 똑 닮은 게임인
〈요마대전 3〉에서 허무하게 죽어 나갔던
'엑스트라 에반'도 포함되어 있었다!

"절대로 죽지 않을 테다. 절대로!"
에반은 과연 죽지 않는 엑스트라가 될 수 있을까

은 재미와 감동으로 엄선된 장르소설 전문 출판 브랜드입니다.